Ugo Bellagamba
Thomas Day

Le double corps du roi

ÉDITION RÉVISÉE
PAR LES AUTEURS

Gallimard

Quand il n'enseigne pas l'histoire du droit et des idées politiques à l'Université de Nice, ou celle des constellations à sa fille, Ugo Bellagamba écrit. On lui doit un nombre considérable de nouvelles – quelques-unes sous le pseudonyme de Michael Rheyss – parues dans différentes revues et anthologies, ainsi que deux romans à quatre mains avec Thomas Day (*L'École des assassins*, Le Bélial', et *Le double corps du roi*, Mnémos).

Né en 1971, Thomas Day s'est imposé en quelques années comme l'un des auteurs les plus passionnants de l'imaginaire francophone, au fil d'une cinquantaine de nouvelles et d'une poignée de romans qui tous se caractérisent par une propension avouée au mélange des genres : *L'Instinct de l'équarrisseur*, *La Voie du Sabre* et sa suite *L'homme qui voulait tuer l'Empereur* (Folio Science-Fiction), *L'École des assassins* et *Le double corps du roi*, écrits en collaboration avec Ugo Bellagamba, et, dernier en date, *La Cité des Crânes*.

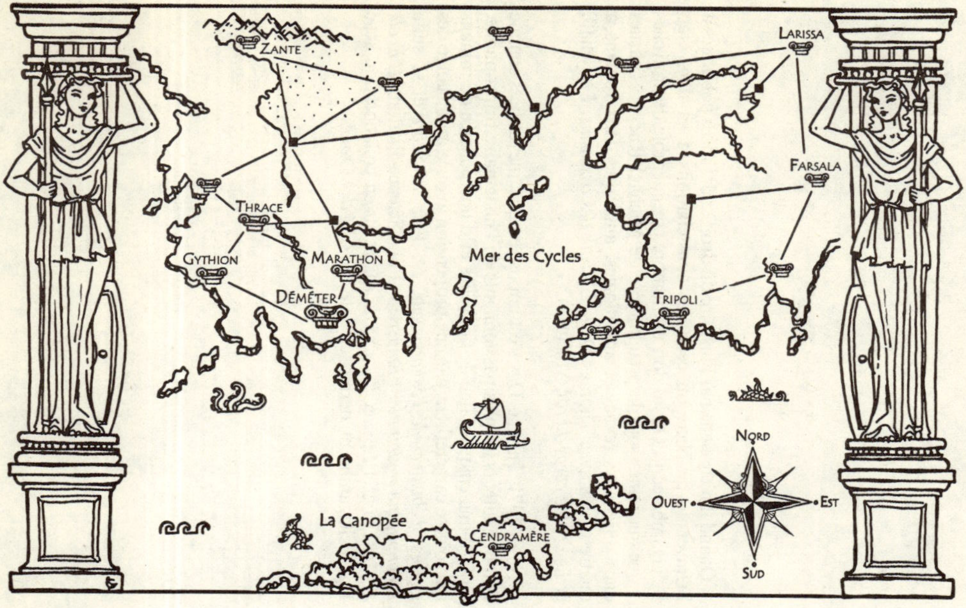
Zante
Larissa
Farsala
Thrace
Gythion
Marathon
Déméter
Mer des Cycles
Tripoli
Nord
Ouest
Est
Sud
La Canopée
Cendramère

Toute technologie suffisamment avancée est indiscernable de la magie.

ARTHUR C. CLARKE

Aux temps anciens, alors que les continents affleuraient à peine hors du berceau des océans et que le ciel ne vibrait pas encore sous le cri d'oiseaux démesurés, Déméter, la fille du Dieu-Forgeron, se noya, happée de la plage qu'elle arpentait par une puissante vague. Fou de douleur, son père implora toute chose, tout être sur cette terre. Il pleura mille larmes de lave pour qu'on lui rende le corps de son enfant et les cendres de ses jurons étouffèrent le ciel.

Titans, Gorgones, Harpies, Demi-dieux et Démons... Tous échouèrent à trouver la dépouille de Déméter. Leur quête stérile se prolongea encore et encore, lune après lune, jusqu'à ce que de simples mortels venus des archipels rendissent aux volcans le corps pâle de la jeune fille. Pour les remercier de tant de mansuétude et de courage, le Dieu-Forgeron travailla vingt-huit jours et vingt-huit nuits. Avec ses mains immenses, rougies par le feu des profondeurs de la terre, aidé d'assesseurs aux visages écrasés par la fournaise, il forgea une armure fabuleuse. Il la nomma Hérakléion et l'offrit aux honnêtes pêcheurs qui lui avaient ramené le corps de son enfant.

Durant plus de mille ans, le peuple des archipels conserva l'armure de quartz magique. À chaque début de règne et à chaque solstice, les Rois Pêcheurs prirent l'habitude de revêtir l'armure afin de s'inscrire dans sa Transcendance. Grâce à la Phuséios Théias, *le souffle divin qui animait, anime et animera toujours l'Hérakléion, leurs mémoires s'accumulèrent.*

Vint bientôt le temps de l'émergence, de la peau plus sombre, des ouïes qui se ferment. Le peuple des archipels devint celui de la terre, des jungles et des forêts. Et pour la première fois, les guerres se répandirent sur le monde et ses continents nouveau-nés. À l'image d'une lèpre, le sang et le feu dispersèrent les hommes. De ce chaos naquirent les dialectes et les rites funé-

raires ; les ventres violés expulsèrent les premiers enfants de la honte et les tribus partiren à l'assaut de nouvelles terres.

L'Armure fut perdue.

Mille ans vécurent.

Dix mille ans moururent.

Nul ne sait combien de temps l'Armure dormit au pied d'un volcan, dans la gangue noire et croûteuse d'une éruption depuis trop longtemps éteinte.

Une fois encore, de simples mortels eurent le privilège de retrouver l'Hérakléion ; ni les Titans ni les Gorgones ni les Harpies ni même les Dieux, tous oubliés, emportés par le vent, brûlés par le Soleil, effacés par la Lune. Agenouillés devant l'Armure, fascinés par sa majesté de quartz et la richesse de ce qui y était celé, ceux qui, jadis, avaient été nomades et pilleurs décidèrent de mettre un terme à leur stérile fuite en avant. Illuminés par le caractère sacré de leur découverte, ils construisirent leur première nécropole, entre volcans et océan. À l'ouest des tombes, ils érigèrent une cité qu'ils baptisèrent Déméter, dans laquelle s'épanouirent une agora, un marché, des temples, des quais et une bibliothèque.

La cité devint un royaume.

Le royaume s'étendit au nord et à l'est, butta contre de hautes montagnes, s'enlisa dans le plus dangereux des déserts.

Trop étendu, trop fier, le royaume devint un empire.

Notre empire.

Année après année, nous les Thaumaturges, enfants des Cycles, rendons grâce à l'Hérak-

léion en lui sacrifiant nos souverains, en les magnifiant dans le Deuxième Corps, dans la Transcendance qu'il promet.

Il est dit qu'un jour, un être viendra, ni supérieur ni inférieur. Son innocence et son sacrifice ressourceront la Phuséios Théias *et feront de l'Hérakléion la voix universelle que tous entendront, celle de la Raison et de la Lumière, celle qui garantira la Paix et l'Équilibre du Monde.*

Cet être, nous l'attendons…

SOTHIS L'ANCIEN,
Écrits (fragment XVII),
an 345 de l'ère du Feu.

PREMIÈRE PARTIE

L'AVÈNEMENT D'ABSÛ DÉLÉTHÉRION

CHAPITRE 1

« Nous y sommes, Général. C'est ici que tout va se jouer », annonça Argo de Thrace.

Ce dernier avait arrêté sa monture juste avant l'ombre portée par les monts arasés au cœur desquels s'ouvrait le défilé d'Alankhar.

Sans prendre la peine de commenter la remarque de son officier en second, ou de jeter un coup d'œil à la petite troupe qui les escortait, le général Déléthérion posa la main droite sur le pommeau de la selle et stoppa sa chimère en tirant sur les rênes. La monture cristalline obéit instantanément, s'immobilisant aux côtés de celle d'Argo ; quand cela serait nécessaire, un claquement de langue suffirait à la faire repartir. L'officier en second tendit une gourde à son général, mais ce dernier l'ignora. Les deux Thaumaturges échangèrent un bref regard. Avec une précipitation mal dissimulée, Argo ramena vers lui sa gourde et but avec avidité, laissant l'eau couler sur le rebond de sa gorge tendue, piquée de centaines de poils noirs chargés de poussière et de sueur — fruits d'un voyage exténuant. Pendant trois jours, sur une distance de cinq marathons, ils avaient longé l'Achéron jusqu'à la ville de Zante, sise au pied des monts déchiquetés où le grand fleuve sacré prend sa source, puis ils s'étaient enfoncés dans le Désert de Sel, vers le nord-est, sur près de deux marathons, une distance qu'une chimère pouvait parcourir en une journée sur une route ou une piste, mais en aucun cas dans du sable. Et c'est donc trois jours durant qu'ils avaient peiné dans le désert pour parvenir ici, à l'entrée du défilé d'Alankhar.

Engoncé dans sa lourde armure de combat, souffrant de la chaleur, Absû Déléthérion avait la bouche desséchée. N'importe qui se serait emparé de la gourde d'Argo pour boire, chasser le sable, le sel, tuer la soif. Mais pour l'instant le général préférait regarder les reliefs ocre du massif rocheux d'Alankhar et surtout la gorge pâle et désolée qui les fendait verticalement. Ce panorama l'habitait et ne laissait en lui aucune place pour la soif ou ne serait-ce qu'un stigmate de fébrilité. Il plissa les yeux afin de mieux distinguer l'entrée du défilé.

Inquiétante.

Pleine de promesses.

Étroite et obscure. Tel le chemin de la naissance. Telle que je l'avais imaginée.

Les deux hommes, bien que conscients du risque qu'ils prenaient en étant présents dans cette région reculée du Désert de Sel, firent avancer leur monture de quelques pas afin d'observer la gorge de plus près. Lentement, ils pénétrèrent dans l'ombre portée, se soustrayant à la lumière rasante du soleil couchant.

Deux treilles de bois, longues d'environ vingt pas et décorées par des trophées brunâtres encadraient la partie visible du défilé. Il y avait là des cadavres incomplets et des harpes éoliennes fixées à des mâts tortueux, fabriquées avec des os et des calottes crâniennes proprement découpées. Aucun vent n'agitait ces mobiles ou les cheveux des morts. La haute salinité et la sécheresse parfaite de l'air avaient momifié les corps exposés, sur lesquels subsistaient un peu de peau et parfois le fantôme d'une chevelure. Il y avait des enfants dans le lot, crânes décalottés pour la plupart. Excepté ces trophées, aucune inscription ne signalait l'entrée de la cité troglodyte des Eizihils. Celle-ci se résumait à un trait sombre dans la roche ocre et feu du massif d'Alankhar.

Obéissant à une impulsion, Absû Déléthérion fit décrire un brusque quart de volte à sa monture dont les sabots translucides soulevèrent un nuage de poussière âcre et immaculée. Par-dessus son épaule caparaçonnée, il jeta un coup d'œil à la troupe qui l'avait suivi à travers le désert blanc, six jours durant. Se trouvaient là — chacun chevauchant une chimère de cristal — plusieurs commandants de l'armée de Déméter qui lui vouaient une confiance aveugle, quelques lieutenants arrivistes, et l'étique Vissarion Delphis, l'interprète que lui avait imposé le pontife Théagénès Phalaris.

Un espion à n'en point douter, mais j'en ai besoin.

Chacun des hommes de cette troupe semblait soucieux à l'exception de l'interprète, dont les yeux affolés exploraient sans cesse le paysage alentour.

« La nuit tombe, Mon Général », s'inquiéta Argo de Thrace.

Après avoir fait exécuter un second quart de tour

à sa monture pour faire face à la troupe, Déléthérion tourna la tête vers le soleil, énorme boule de lave éclose et floue, qui s'écrasait dans les montagnes. En direction du sud, à gauche du défilé, la croûte de sel s'étendait à perte de vue, à peine plus ondulée que les draps d'un lit au carré. Malgré l'avancée du crépuscule, l'irritante fournaise de la journée ne semblait pas décidée à rendre le désert salé à la fraîcheur de la nuit. Rejoint par son capitaine, le général se décida enfin à parler :

« Rebroussons chemin, Argo. Nous bivouaquerons près de ce lac oxydé que nous avons traversé il y a moins d'un lithion. Je ne veux pas affronter les Eizihils de nuit. Pas sur leur territoire. Au fil des générations, la chaleur du désert les a transformés en créatures nocturnes et ces trophées... » Absû montra du doigt les treilles couvertes de cadavres momifiés et les harpes éoliennes, « ...sont là pour nous rappeler, au cas où nous serions tentés de l'oublier, que nous ne sommes pas les bienvenus. »

De retour au lac, miroir rougeâtre d'eau stagnée s'évaporant lentement dans son écrin de sel, évoquant une tache de sang sur un drap blanc, le général Déléthérion ordonna que les chimères soient retaillées et que les cristaux les plus longs soient rassemblés, prêts à être utilisés comme torches. Une fois l'élagage terminé, il indiqua à ses lieutenants comment disposer les chimères en cercle tout autour des membres de l'expédition.

Sur l'injonction des militaires, les entités cristallines s'allongèrent. Tête contre croupe, elles prirent leur position jusqu'à former un anneau discontinu, puis fusionnèrent, s'imbriquant les unes dans les autres, formant une enceinte protectrice et homogène de dix pas de diamètre — un tore défensif dont la couronne externe se hérissa sur l'instant de cristaux oblongs et tranchants.

Déléthérion, que cette procédure n'impressionnait plus depuis longtemps, se tourna vers l'un de ses subordonnés :

« Placez les cristaux prélevés au pied de nos défenses. Plantez-les profondément dans le sable, à intervalles réguliers, puis allumez-les. Ils brûleront toute la nuit. Cela devrait suffire à tenir les Eizihils éloignés. Si on en croit les textes anciens, le feu est bien la seule chose qu'ils craignent... »

Sans attendre de réponse, Déléthérion se retourna et marcha en direction des réserves d'eau. Autour de lui, les hommes dressaient les tentes, se débarrassaient de leurs lourdes armures minérales. Tout en se rafraîchissant, certains essayaient de plaisanter, mais leurs bons mots tombaient à plat comme autant d'assiettes qui se brisent et crispent le maître de maison.

Déléthérion était las ; une tension endolorissait sa gorge — cette tension qu'imposent les événements quand ils se rapprochent de leur résolution. L'un de ses lieutenants coupa son chemin. À sa manière de saluer, gauche et précipitée, le général comprit que son subordonné s'était délibérément placé sur sa route pour lui poser une question.

Contrarié mais désireux de n'en rien laisser

paraître, le général jaugea l'homme d'un seul coup d'œil et se heurta à son allure par trop aristocratique.

Malgré le labeur du soleil, qui, depuis trois jours, les avait cuits et recuits comme du pain dans un four d'argile, l'homme demeurait pâle, telle une carcasse remplie d'un sang trop pauvre.

Consternant. Il ressemble à ces mignons fardés qui n'ont de cesse de frayer dans les couloirs du palais pour courtiser notre soi-disant roi et sa maudite faiblesse. Dire que j'ai choisi cet homme pour tester sa loyauté et sa résistance. J'ai ma réponse, semble-t-il. Voici le maillon faible d'une chaîne qui n'a aucun droit à la rupture ! Quel est le nom de ce lieutenant, déjà ? Ah oui ! Pisistrate... Le dernier rejeton d'une noble famille, jadis grande. Toutes ces fins de sang aristocrates me répugnent... autant que le haut clergé qui les manipule. Ils ne seront jamais de ma trempe... ou de celle d'Argo. Il ne suffit pas d'être bien né, encore faut-il avoir bien poussé. Si seulement je pouvais me passer des clercs et des arrivistes...

« Mon Général, permettez-moi de... »

Forçant son interlocuteur à lui emboîter le pas, Absû Déléthérion continua d'avancer vers un faisceau de lances thermiques au sommet duquel avait été accrochée une outre d'eau. Il prit le temps de se désaltérer, s'essuya la bouche et raccrocha l'outre à la théorie de lances qui se soutenaient les unes les autres comme les montants d'une tente inachevée.

Le lieutenant Pisistrate avait attendu sans rien dire. D'un simple signe de tête, Déléthérion l'autorisa à poursuivre.

« Mon Général, je ne comprends pas ce que nous sommes venus faire ici, si peu nombreux.

— Vous ne comprenez pas… »

Le ton consterné du général dut surprendre l'aristocrate, car ce dernier recula d'un pas, avec l'air contrit de celui qui vient de commettre une terrible maladresse.

« Vous ne comprenez pas ? répéta Déléthérion. Vous faites pourtant partie d'une puissante famille. Ne vous a-t-on donc rien appris dans votre blanche demeure ?

— Je… appris ?

— Écoutez-moi bien, Lieutenant… Pisistrate. De tout temps, les Thaumaturges se sont fait un devoir de dominer, de contrôler leur environnement. Il y a plusieurs milliers d'années, nous avons dressé la cité de Déméter entre l'océan en furie et des volcans assoupis, nous y avons apporté l'eau potable, des cultures florissantes, des jardins d'une beauté inégalée, un parc animalier et la plus grande bibliothèque connue. Nous y avons marié les trois éléments : le feu, la terre et l'eau. De règne en règne, Déméter a prospéré jusqu'à devenir le nombril du monde.

— Je sais tout cela, Mon…

— Ah oui ? C'est très bien, Pisistrate. Vous savez donc également qu'ici, en plein territoire eizihil, nous ne sommes qu'à six jours de voyage de notre si belle capitale. Six jours ! Bien que peu nombreux, les Eizihils représentent, aujourd'hui encore, une sérieuse menace. Leur présence sur nos terres, si près de la capitale, ne met pas en danger notre civilisation, mais elle est intolérable. Et nous devons y remédier. Êtes-vous d'accord avec cette analyse de la situation, Lieutenant ? »

L'officier déglutit péniblement.

« Oui, Mon Général. Mais attaquer les Eizihils alors que nous ne sommes qu'une douzaine, faiblement armés, dépourvus de toute machine de guerre… Ce n'est que pure folie.

— Mais qui vous a dit que nous étions là pour les attaquer, Lieutenant ?

— Je croyais que…

— Vous vous trompiez. Cette discussion est close. »

Pisistrate hésita à ajouter quelque chose, mais le mot mourut en lui comme sa volonté de rester en présence du général.

Au petit matin, tandis que le soleil émergeait péniblement des brumes du désert, Absû Déléthérion entreprit de se raser avec une dague, le visage penché au-dessus d'une petite gamelle remplie d'eau claire. Pendant tout le rasage, Argo de Thrace garda le silence, se contentant de tenir une serviette propre. Dans le miroir tremblotant de l'eau, Déléthérion remarqua, avec un certain étonnement, que l'inquiétude déformait les traits de son plus fidèle capitaine.

D'une main mal assurée, Argo lui tendit le tissu-éponge.

« Les sentinelles ont trouvé des traces tout autour du campement, Mon Général. Et certaines à l'intérieur de l'enceinte.

— Ce sont des créatures fouisseuses. Elles sont

venues ; elles sont passées sous les chimères. Elles nous ont observés.

— Je ne comprends pas pourquoi les Eizihils ne nous ont pas attaqués.

— Ce que je ne comprends pas, c'est pourquoi les sentinelles n'ont rien vu. Maintenant que les Eizihils ont nourri leur curiosité à notre encontre, ils savent combien nous sommes forts et combien nous sommes faibles. C'est un jeu, Argo ; ils ont abattu une carte et gardent tous leurs atouts. C'est aujourd'hui que nous perdons ou que nous gagnons, annonça Déléthérion en s'emparant de la serviette. Aujourd'hui. »

Après s'être essuyé le visage, offrant quelques perles de sang au tissu-éponge, il fit face au levant.

« Bientôt nous mourrons ou nous sauverons une monarchie décadente. Allez me chercher l'interprète et faites préparer la troupe. Nous sommes sur le départ.

— Bien, Mon Général. Mais ne devrions-nous pas...

— Ce sera tout », coupa Déléthérion, la serviette serrée autour de son cou épais.

Argo n'insista pas et, une fois de plus, le général put apprécier la maîtrise et l'obéissance de son officier en second.

Tu étais là, mon ami, quand mon épouse s'est... est morte. J'étais là quand ton fils est né. Tu seras là quand nous triompherons et tu recevras alors la récompense que tu mérites, toi qui as toujours su reconnaître le vrai pouvoir et qui m'obéis aveuglé-

ment, non parce que tu es servile, mais parce que tu sais que j'ai raison. Depuis le début.

Les temps glorieux vont revenir et nous serons les héros de ce nouvel âge d'or.

L'interprète arriva alors que le général se massait le visage avec une huile parfumée. N'importe quel soldat aurait attendu un signe l'autorisant à s'exprimer ; Vissarion, lui, n'attendit pas. Ce qui ne surprit pas Déléthérion ; l'arrogance faisait partie des traits de caractère les plus répandus au sein du haut clergé.

« Vous m'avez fait demander ?

— L'étendard est-il prêt ?

— Oui, Mon Général.

— Vous garantissez la justesse de votre traduction ?

— Bien entendu.

— Dans ce cas, confiez l'étendard au lieutenant Pisistrate. Il ouvrira la marche à mes côtés, en le brandissant à l'attention des Eizihils.

— Au lieutenant Pisistrate ?

— C'est ce que je viens de dire. Cela vous pose-t-il un problème ?

— Eh bien, c'est-à-dire que je… Vous pourriez peut-être…

— Vissarion, Vissarion, vous réfléchissez mal. Peut-être préféreriez-vous que je respecte l'étiquette royale…

— Comment ?

— En vous laissant le soin de porter l'étendard jusqu'au moment où les Eizihils déchiffreront le message qui y est inscrit ?

— Non, dit précipitamment Vissarion. Pisistrate sera parfait pour cette tâche.

— Sans doute… À moins que Théagénès vous ait ordonné d'être au premier rang ?

— Je vous assure que non, Mon Général. Il m'a simplement demandé de vous assister. Je… Je suis votre serviteur.

— J'en doute fort, vous servez Théagénès. Vous pouvez disposer, à présent. »

Drapé dans une toge sombre qui accentuait la maigreur de sa silhouette sans parvenir à masquer ses tremblements, Vissarion fit volte-face et s'éloigna en direction des tentes des lieutenants et des chimères reconfigurées en montures, déjà prêtes pour le départ.

Lorsque les lèvres décharnées du défilé apparurent au-devant de la troupe, tel un rictus avide et vertical, le général Déléthérion fit stopper les hommes qu'il avait entraînés en territoire ennemi. Délibérément, il les laissa observer la gorge hantée de ténèbres, dans laquelle le vent s'engouffrait avant d'en ressortir aussitôt, hurlant de terreur.

D'une étroitesse extrême — seulement deux cavaliers pouvaient s'y engager de front —, le défilé balafrait la pierre ocre sur une hauteur d'environ cinq cents coudées. Sur ses bords déchiquetés avaient germé des buissons anémiques, évoquant des boutons de fièvre. Dans l'ombre du passage, cliquetaient les trophées des Eizihils, tous ces squelettes momifiés aux articulations liées, toutes ces harpes éoliennes jouées par le vent matinal et furieux.

Au sein de la petite troupe brûlée par le soleil et le sel mêlé de poussière, des murmures résonnèrent de-ci de-là. Obnubilé par la tâche à venir et par le sang-froid qu'elle requérait, Déléthérion les ignora. Il fixa du regard l'arriviste auquel avait été confié l'étendard : l'homme se tenait juste derrière lui.

« Lieutenant Pisistrate ! »

L'interpellé se raidit sur sa selle et s'empressa de faire progresser sa monture jusqu'à se placer quasiment à la hauteur du général, en retrait d'une coudée tout au plus.

« Suivez-moi et dressez bien haut notre étendard !

— À vos ordres, Mon Général ! »

La main droite du lieutenant, celle qui tenait l'étendard, tremblait. Toutefois, la longue hampe de bois portant le message destiné aux Eizihils se retrouva bientôt en position verticale, l'étoffe claquant au vent. Le regard du jeune lieutenant, voilé par la peur, se porta droit vers le défilé et ses treilles de bois, croulantes de trophées, ses harpes éoliennes qui jouaient une musique funèbre.

D'un claquement de langue, Déléthérion fit avancer sa chimère et, presque d'elle-même, celle du lieutenant lui emboîta le pas. Tandis qu'ils cheminaient côte à côte en direction du défilé, le lieutenant se tourna légèrement vers Déléthérion.

« Général, puis-je poser une question ?

— Vous êtes si prévisible, Pisistrate.

— Prévisible ?

— Vous voulez savoir ce qui est inscrit sur l'étendard.

— Comment le savez-vous ? Je… Oui, Mon

Général. Les hommes n'ont eu de cesse de poser la question.

— J'ai demandé à l'interprète d'y écrire *Bonne nourriture*, ou quelque chose d'approchant ; voyez-vous, lieutenant, le langage des Eizihils n'est pas mon domaine d'excellence.

— *Bonne nourriture* ? Je ne comprends pas... »

Déléthérion haussa les épaules sans regarder Pisistrate.

« Comme si cela pouvait avoir la moindre importance... »

Le général stoppa sa monture à quelques pas des croisillons de bois déformés et polis par le poids des corps qu'ils soutenaient et le travail du vent, du sable et du sel.

Une légion de morts anciennes et récentes dont je perçois l'odeur de cuir tanné, le chuchotement des os qui s'effritent, le chant apaisé des chevelures sèches comme du fourrage.

Sans un mot, Déléthérion se tourna vers son lieutenant, dégaina son sabre sans l'enflammer et frappa de taille. L'aristocrate tomba sans un hurlement, la poitrine ouverte sur un méplat de côtes brisées. Une plaie qui, déjà, se gorgeait de sang. Ignorant les réactions des soldats derrière lui, le général se pencha en avant vers la monture libre de Pisistrate et se saisit de l'étendard dont la hampe était restée coincée dans les anneaux métalliques qui lui servaient de guides.

Ayant fait décrire une demi-volte à sa chimère, Absû vint calmement se placer derrière le lieutenant blessé. Ce dernier, incapable de se relever, se tenait à genoux sur le sable et tentait avec ses mains de retenir la vie qui le quittait en cascadant. Il avait la bouche grande ouverte, bloquée sur un cri qui échouait à quitter sa gorge. Déléthérion cabra sa monture qui scintilla de mille feux sous le soleil. Il leva bien haut l'étendard et utilisa les forces conjuguées de son armure et de sa chimère pour frapper le dos courbé de sa victime. La hampe ferrée de l'étendard traversa sans difficulté l'aristocrate pour venir se ficher profondément dans le sable, soutenant ainsi le malheureux dans ses ultimes soubresauts d'agonie.

Rouge sang sur sable blanc — une ombre s'agrandissant.

Menant sa chimère au pas, Déléthérion revint vers la troupe. À son approche, les murmures d'incompréhension et d'horreur s'estompèrent, rapidement avalés par la crainte que le général inspirait à ses hommes. Cependant, les regards restaient accusateurs et l'attitude des officiers était tissée d'une réprobation mal contenue. Même l'interprète, qui ne devait guère être surpris par la tournure des événements, ne parvenait pas à juguler le dégoût qui déformait ses traits. Déléthérion n'en avait cure. Jamais il n'avait cherché à plaire à ses hommes et encore moins aux ecclésiastiques.

Tu n'es qu'un hypocrite de plus, Vissarion, comme la plupart des nobles et des lettrés.

Ces vingt dernières années, votre confrérie n'a eu de cesse de grandir.

Fin de sang, fin de règne. Il est grand temps d'agir.

N'était-ce pas l'interprète qui lui avait dit que

l'ouverture d'une négociation avec les Eizihils était conditionnée par l'offrande d'une généreuse quantité de viande fraîche, si possible humaine ?

Le général ne savait pas si l'aristocrate suffirait, mais il n'avait nullement l'intention de sacrifier l'un de ses fidèles officiers. En observant l'altière silhouette du capitaine Argo de Thrace, Déléthérion songea que son second était la plus parfaite illustration de l'idéal militaire thaumaturge. *Le menton haut, les épaules sûres.* Argo se tenait droit sur sa selle, protégé par sa lourde armure d'officier magmatique, rouge et or, alliant le cuir, les métaux et le quartz martial. Il ne portait pas son casque qui battait contre le flanc de sa chimère ; un épais bandeau de tissu ocre retenait ses cheveux noirs, fins, pareils à ceux d'une femme. Et, malgré cette longue chevelure peu militaire, son visage lisse, aux traits à peine esquissés, il n'avait rien d'efféminé. Bien au contraire. Argo possédait les bras et la carrure de l'homme à qui l'on confie volontiers sa famille.

Le général laissa sa chimère avancer jusqu'à ce que la longue tête aux yeux de diamant frôlât celle de la monture d'Argo. Les deux créatures émirent un tintement discret. Les chimères étaient issues d'un mariage improbable entre cristal et science ; fruits de connaissances et de techniques ancestrales que Déléthérion ne maîtrisait pas. Ce domaine était celui du clergé et de ses chercheurs cachés sous terre, dans les laboratoires des temples, au secret. Il s'agissait d'un art si étrange qu'il passait pour de la magie aux yeux du peuple.

Les Thaumaturges, les faiseurs de miracles.

Encore une mystification du clergé.

Un outil pour contrôler l'aristocratie et la politique des rois.

C'est à mon tour d'en faire usage pour que Déméter retrouve sa gloire originelle !

Le temps est venu pour que le clergé et son savoir servent la monarchie et non l'inverse.

Absû Déléthérion s'adressa à la troupe d'un ton impérieux.

« Soldats ! Regardez bien ce qui va se passer et ne me jugez pas sur mes actes, mais sur leur portée. Car j'œuvre pour la gloire de Déméter. Sachez qu'une vie humaine n'est qu'une goutte dans l'océan de l'Histoire. »

Sans attendre, Absû reporta son attention sur le cadavre du lieutenant Pisistrate. Tous l'imitèrent. L'étendard flottait au vent, soutenant le cadavre. Autour du corps, soudain, le sable sembla s'agiter. Une rumeur aiguë monta des entrailles du Désert de Sel, accompagnée par des roulements de tambour souterrains. Il se forma une sorte de dépression quelques pas devant le cadavre. Une spirale de sable fit lentement pencher l'étendard vers l'entrée du défilé. Le corps du lieutenant, dont le sang ne coagulait pas à cause du sel ambiant — le général avait prévenu ses hommes que, dans le Désert de Sel, la moindre blessure ne guérissait pas, à moins de disposer d'un baume cicatrisant — bascula sur le côté. Venant du point le plus profond de la dépression, une articulation chitineuse affublée d'une pince démesurée s'éleva dans l'air tremblant. La pince, d'un brun rocailleux, se referma sur le cadavre et l'entraîna vivement dans les profondeurs. La disparition engendra un écœurant bruit de succion sèche et, l'instant d'après, le sable redevint lisse et inerte. Parfaitement blanc. Il n'y avait plus aucune trace de sang. Nulle part.

Ayant attendu un moment, afin que tous s'imprègnent de la scène, le général se tourna une nouvelle fois vers la troupe.

« C'était le plus faible d'entre vous. Je l'ai sacrifié pour assurer le succès de cette expédition et j'entends bien aboutir. Une dernière chose : parfois, un sacrifice ne suffit pas. »

Un silence oppressant succéda aux rumeurs de colère. Un silence que Déléthérion ne fit rien pour briser. Il dévisagea ses hommes l'un après l'autre pour mesurer leur loyauté à son égard. Et, à force de les observer, il comprit que la majorité d'entre eux mourrait pour lui ou le suivrait jusqu'aux plus profonds abysses. Année après année, il avait réussi à leur prouver qu'il avait une vision, une idée précise du juste chemin que devait suivre la monarchie déméterrienne.

Il se retint d'esquisser un sourire de satisfaction.

« Vous allez tous m'attendre ici, ordonna Déléthérion. Si les Eizihils donnent l'assaut, défendez chèrement votre existence. Frappez aux articulations et, en mourant, faites honneur à Déméter. Si je ne suis pas de retour dans deux jours, tournez la bride et rentrez aussi vite que possible. Ai-je été suffisamment clair ? »

Les hommes hochèrent la tête, acquiescèrent d'un murmure dilué dans le bruit du vent.

« Ai-je été suffisamment clair ?! hurla Déléthérion en cabrant sa chimère. Puis-je avoir confiance en vous ?! »

Une clameur sans équivoque s'éleva dans le Désert de Sel. Absû se tourna vers l'interprète du clergé. Visiblement terrifié par la mort de Pisistrate, Vissarion s'était légèrement écarté du reste de la troupe. Déléthérion lui fit signe d'approcher. L'autre obtempéra, hypnotisé. Sa chimère emboîta le pas à celle de Déléthérion. Et les deux hommes s'engagèrent de concert dans le défilé d'Alankhar, à la rencontre des derniers Eizihils.

À l'instant même où ils pénétrèrent dans le défilé, l'obscurité les enveloppa de sa cape fraîche, tandis qu'à l'extérieur, le matin et la chaleur s'épanouissaient. Malgré son attitude bravache devant ses hommes et devant Vissarion, Déléthérion se dit qu'il commettait peut-être une erreur : il venait quérir, en ce lieu désolé, l'appui d'un allié inhumain dont il ne savait presque rien.

Les premiers Eizihils, nomades et amphibiens, n'auraient jamais reconnu ceux que Déléthérion s'apprêtait à rencontrer, sédentaires et troglodytes, affublés d'un corps chitineux à sang froid, parfaitement acclimaté au Désert de Sel.

Durant des millénaires, les Eizihils s'étaient adaptés à tous les environnements qu'ils avaient conquis, choisissant de muter plutôt que de plier le monde à leur constitution. Chassés du littoral poissonneux, puis des montagnes aurifères où ils s'étaient d'abord réfugiés, ils avaient investi les grandes plaines de Déméter. Après avoir disputé, pendant de longues années, ce territoire fertile aux Thaumaturges, les Eizihils avaient finalement été repoussés et circonscrits au nord du royaume, dans un désert salé au sein duquel nul homme ne pouvait survivre.

Certains, dans la capitale, clamaient que les Eizihils avaient été défaits par la hardiesse des troupes d'assaut conjuguée à la magie élémentaire des prêtres. Mais Déléthérion savait que derrière cette confortable pédagogie historique se cachait une vérité moins glorieuse : il n'y avait eu aucune franche victoire. Ni gagnants ni perdants, les Eizihils avaient volontairement quitté l'Histoire, préférant se replier dans un environnement certes difficile, mais qui n'avait pas tardé à se révéler inexpugnable.

Au fur et à mesure que leurs yeux s'acclimataient à la pénombre, les détails de l'intérieur du défilé livraient leurs secrets aux deux hommes. Contrairement à ce que le général avait tout d'abord envisagé, il ne s'agissait pas d'une simple tranchée menant à une habitation troglodyte où quelques Eizihils se seraient entassés dans l'attente de la mort. Le défilé s'apparentait plus à un pronaos magnifiquement décoré, menant à un temple encore invisible. Émergeant à intervalles réguliers des parois verticales du défilé, des figures fantastiques, intercalées de colonnades, semblaient jauger les cavaliers à l'aune de l'éternité, tout en rendant hommage à la gloire des nombreuses civilisations eizihils qui s'étaient succédé au fil des cycles et des mutations.

Vissarion désigna l'ensemble de la statuaire qui les circonvenait.

« Croyez-vous qu'il s'agisse là de représentations de leurs dieux ?

— C'est à vous de me le dire. Je pensais que vous aviez étudié leur civilisation, que vous étiez expert en la matière.

— Je suis expert en langage eizihil, pas historien ni même ethnologue. Malgré les guerres successives qui nous ont opposés, nous n'avons pu réunir que fort peu d'informations sur leur mode de vie et nous ne savons rien de leur spiritualité.

— Langue, histoire et croyances sont intimement liées. Si vous êtes capable d'écrire et de lire leur langue, vous devriez être capable de m'expliquer à quoi correspondent ces statues.

— Seriez-vous en train de remettre en cause mes compétences ?

— Pour le moins. Je deviens pointilleux dès que ma vie est en danger. »

Déléthérion refréna une envie subite de trancher la gorge du clerc.

Ces ecclésiastiques ! Comme ils peuvent être prétentieux. Voilà qu'il cherche à excuser son incurie, alors qu'en ce lieu inconnu nous risquons la mort à chaque pas…

« Dites-moi, Vissarion, toute notre spiritualité repose sur les éléments de la Nature, n'est-ce pas ? Voyez-vous, je crois que les Eizihils possèdent des croyances très proches des nôtres. J'ai la nette impression qu'ils ont assimilé notre animisme dans leur culture plurielle, sans même que nous en ayons pris conscience.

— Qu'est-ce qui vous fait penser que…

— Regardez autour de vous. Que voyez-vous ? »

Sans attendre de réponse, Déléthérion se mit à réciter d'une voix forte :

« *Nous sommes les Thaumaturges, enfants des Éléments.*

La terre nourricière s'étend sous nos pieds,
L'eau régénératrice coule dans nos gosiers,
Le feu purificateur brûle pour nos projets,
Et tout là-haut…

— … *danse l'air infini, aux hommes à jamais interdit*, termina Vissarion.

— Vous connaissez donc *La Litanie des Éléments.* C'est heureux pour un clerc de votre niveau. Pendant un moment, j'ai cru que Théagénès m'avait envoyé un cancre.

— Je ne vois toujours pas où vous voulez en venir, répondit sèchement Vissarion. À mes yeux, la coïncidence n'est pas si évidente. Je ne vois autour de moi qu'un seul élément : la terre. Qui est aussi roche, poussière et sel. C'est un peu court pour en déduire que…

— Vous observez, mais vous ne voyez pas.

— Quoi donc ?

— Là, au sommet des colonnes… »

L'interprète reporta son attention sur les colonnes d'une grande sobriété. Les sculptures figuratives monopolisaient l'attention. Il fallait un réel effort de volonté pour s'en détacher.

Une fleur pétrifiée, aux pétales si fins qu'ils semblaient condamnés à se briser au moindre souffle, surplombait chaque colonne. Le vent s'y engouffrait avec un léger sifflement.

« Des pièges à vent ! s'exclama l'interprète.

— Exactement, Vissarion. Ils permettent l'accumulation de l'humidité. La clef de la survie dans cet enfer de sel brûlant... Et il y a plus... »

Déléthérion désigna du doigt le chemin que suivait l'humidité condensée dans la fleur de pierre. L'eau tombait, goutte à goutte, sur la colonne, glissait rapidement le long des rainures qui habillaient celle-ci et finissait par disparaître dans la pierre, probablement acheminée vers des réservoirs chtoniens. Un tel dispositif prouvait la formidable ingéniosité des Eizihils.

Pendant un instant, les deux Thaumaturges furent incapables de proférer le moindre son, tant leur surprise était grande.

« Nous aurions tort de les considérer comme des animaux.

— Tout cela est fascinant, Mon Général, néanmoins il manque un élément...

— Bien entendu. Avez-vous déjà oublié que les Eizihils ont peur du feu ?

— Non, effectivement.

— Le feu doit être leur élément tabou. Tout comme l'air est le nôtre.

— Vous aviez raison, nous ne sommes pas si différents...

— Je l'espère, Vissarion. Comme j'espère qu'ils accueilleront favorablement mon offre.

— Écouteront-ils ce que vous avez à dire ?

— Je crois qu'ils le feront. Leur intérêt dans l'affaire est grand. Plus grand que le nôtre à dire vrai, et c'est bien pour cela que je compte aboutir.

— Qu'avez-vous l'intention de leur proposer, Mon Général ?

— Vous le saurez dès que nous aurons atteint leur cité. »

Après un ou deux lithions de progression, les colonnes se firent plus rares et les sculptures se multiplièrent ; peu à peu, la pénombre reculait, la chaleur recommençait à noyer le monde, à s'infiltrer partout pour se blottir contre toutes les choses visibles, contre la peau, le cristal des chimères.

« Nous y sommes presque », murmura Déléthérion en mettant sa main en visière pour ne pas être ébloui par la lumière qui se déversait à présent dans le défilé.

Sans s'être concertés, les deux Thaumaturges modérèrent leurs montures comme pour mieux se préparer à la confrontation qui les attendait. Crispés sur leurs chimères, ils pénétrèrent dans un lieu qui n'était pas à leur échelle.

À l'intérieur d'une caverne démesurée, ouverte sur le monde tel un théâtre, se dressait un temple aux dimensions colossales. Il occupait quasiment tout l'espace. Sa complexité, troublante pour l'esprit, toute d'autels, d'escaliers, dc chapiteaux et de salles hypostyles entremêlées, semblait être le fruit de milliers d'architectures hétérogènes.

Le général jeta un coup d'œil à l'interprète et vit que ce dernier était aussi désorienté que lui. Troublé par le calme qui régnait sur ces lieux, Absû tenta d'en comprendre le mystère caché, le paradoxe flagrant. Finalement, c'est en observant les piliers cannelés de la salle hypostyle la plus proche qu'il comprit la véritable nature de l'édifice : il s'agissait d'une cité à part entière, bâtie à l'apparence d'un temple majestueux. Creusées à même le roc, les habitations se nichaient dans les colonnes, les contreforts des marches et les chapiteaux. Quant aux amphithéâtres, érigés à l'oblique de la pierre poreuse, ils devaient faire office de lieux de réunion.

Tandis que la cité des Eizihils se révélait, Déléthérion prit conscience d'une rumeur grondante à droite et à gauche de l'entrée, légèrement en contrebas. Il baissa la tête pour mieux situer la source de ce bruit. En maints endroits de la cité-temple, des cascades jaillissaient de la paroi rocheuse. L'eau recueillie par les pièges à vent du défilé aboutissait ici, en une trentaine de chutes d'eau alimentant une vasque falciforme.

« Toute cette eau en plein désert, balbutia Vissarion. C'est incroyable… Il doit y avoir des milliers de collecteurs d'humidité. »

Pendant que l'interprète s'extasiait sur l'ingéniosité des Eizihils, le général reporta son attention sur les parties de la cité qui ne bénéficiaient pas de la lumière du jour. Ces dernières semblaient éclairées par des centaines de cristaux phosphorescents, enchâssés à l'angle de chaque construction.

« Mon Général, regardez là-bas ! Ils arrivent ! »

Vissarion pointait un doigt tremblant vers les hauteurs de la cité.

Vexé d'avoir été pris de vitesse par le clerc, Déléthérion plissa les yeux pour mieux observer l'endroit indiqué. Des silhouettes chitineuses descendaient le long des parois comme des insectes pris d'activité frénétique.

Bientôt, une vingtaine d'Eizihils à l'agilité vertigineuse encercla le promontoire rocheux où se tenaient les Thaumaturges. L'interprète cria, perdant tout contrôle. Déléthérion se raidit légèrement.

Le moment de vérité approche. Accepteront-ils mon offre ?

« Descendons de monture », annonça le général. Mots qui eurent pour effet de faire cesser les hurlements de l'interprète. « Cela leur permettra de comprendre que nous n'avons pas de mauvaises intentions à leur endroit. »

Pendant quelques instants, les deux groupes s'observèrent en silence et Déléthérion en profita pour détailler la physionomie des Eizihils. Ces derniers ressemblaient à des insectes vaguement anthropoïdes. Plus grands qu'un homme, bien que voûtés — à mi-chemin entre la station debout et la marche quadrupède —, ils avaient le corps caparaçonné d'une matière rigide et chitineuse, découpée en plaques de taille et d'épaisseur variables. Cette cuticule formait une sorte d'armure naturelle qui, de manière assez troublante, rappelait à Déléthérion celle qu'il portait et, plus largement, les armures de combat ou d'apparat que les généraux thaumaturges et les membres de la garde royale revêtaient. Il y avait là un nouveau point de rapprochement tout à fait inattendu entre deux civilisations par ailleurs antagonistes.

À moins qu'il ne s'agisse encore de mimétisme ? se demanda le général.

L'armure cuticulaire des Eizihils n'était pas uniforme. Sa couleur semblait varier du noir onyx au gris argile. Déléthérion eut également le temps de remarquer que les membres des Eizihils, aussi bien ceux « supérieurs » que ceux « inférieurs » — dont le nombre changeait selon les individus —, étaient tous dotés de nombreuses articulations, ce qui devait leur permettre mille contorsions. Au regard de la rapidité avec laquelle ils avaient surgi pour circonscrire la menace que représentaient les deux Thaumaturges, les habitants de la cité troglodyte devaient être capables de ramper, de courir et de sauter avec une agilité à jamais interdite aux hommes.

Déléthérion nota également que la tête des Eizihils, en forme de noyau ovale et disproportionnée par rapport au reste du corps — elle paraissait bien trop petite —, était aussi lisse et effilée qu'une lame, bien qu'elle semblât absorber la lumière au lieu de la refléter comme l'aurait fait du métal. Cette face aveugle était veillée par deux longues antennes courbées vers l'avant et terminées par des yeux à facettes animés d'un mouvement perpétuel.

L'un des Eizihils, à la chitine plus pâle que celle de ses congénères et marquée par d'innombrables cicatrices, quitta le cercle formé par ses pairs et s'avança vers les deux Thaumaturges qui eurent alors l'impression d'entendre le frottement du sable sur de la roche. Vissarion eut un mouvement de recul, mais Déléthérion le retint fermement par le bras.

S'agit-il de leur chef ou d'un simple porte-parole ? Il semble plus âgé que les autres...

Sans quitter des yeux le vieil Eizihil, Déléthérion posa sa lourde main gantée sur l'épaule de son compagnon, et, se penchant légèrement en avant, lui murmura à l'oreille :

« Je crois que c'est à vous de jouer, Vissarion.

— Oui. Mais... Je ne sais pas par où commencer. Je...

— Il va vous falloir montrer tout votre talent, car dans le cas contraire, nous y laisserons la vie, l'un comme l'autre. »

Avant que Vissarion ait esquissé le moindre geste, le vieil Eizihil se pencha vers le sol et, de la pointe de sa pince, dessina sur le sable une ligne ondulée surlignée de stries et suivie de trois cercles qui s'interpénétraient.

Vissarion s'agenouilla et examina attentivement les figures géométriques.

Après quelques instants, il se tourna vers Déléthérion, sans se relever.

« Le vieil Eizihil avec qui nous avons l'honneur de traiter s'appelle... *Sable Vif* », annonça-t-il, sûr de lui. « C'est leur... *guide.* »

Déléthérion s'abstint de tout commentaire.

L'interprète fouilla dans son havresac et s'empara de l'une des tablettes d'argile qu'il avait emportées juste avant le départ de l'expédition. À l'aide d'un stylet d'argent, il entreprit d'y inscrire, avec grande application, plusieurs signes — ésotériques pour

Déléthérion — composés d'une alternance de lignes droites, de cercles et de courbes striées. Lorsqu'il eut terminé, il montra la séquence au vieil Eizihil, en baissant la tête en signe de respect. Puis il dit à Déléthérion, utilisant un ton didactique :

« Je lui ai indiqué nos noms, nos grades et nos fonctions dans notre société. Évidemment, j'ai été obligé de simplifier. »

Sable Vif hocha la tête en cliquetant et se pencha à nouveau vers le sol. Il y traça de délicates arabesques avec une dextérité qui témoignait d'une longue pratique.

Après un moment d'hésitation, Vissarion traduisit la séquence à Déléthérion :

« Fascinant. Non seulement Sable Vif a parfaitement compris que vous êtes le chef de cette expédition, et, je ne sais par quel moyen, il a également compris que vous êtes venu lui proposer un marché. Il sait déjà que par mon intermédiaire, c'est avec vous qu'il traite en réalité. »

Déléthérion regarda le chef des Eizihils avec un étonnement teinté d'admiration.

Décidément, nous aurions vraiment tort de les considérer comme des animaux.

« Que dois-je écrire, Mon Général ?

— Sable Vif, je demande votre appui pour renverser la monarchie pourrissante de Déméter. En échange, je vous promets deux choses : premièrement, j'offrirai une île aux Eizihils, un territoire sauvage et vierge d'une superficie dix fois supérieure à votre territoire actuel ; cette île inhabitée se trouve au sud de la Mer des Cycles, à sept jours de bateau ; deuxièmement, je garantis que les Thaumaturges n'interviendront plus jamais dans votre vie si vous demeurez sur cette île et n'affichez plus aucune velléité de conquête.

— Mais, Mon Général...

— Ne discutez pas, Vissarion. Vous ne pouvez pas comprendre et je peux vous assurer que Théagénès n'est point étranger à tout ceci. Traduisez ! »

Vaincu par la détermination du général, l'interprète s'exécuta.

Lorsqu'il eut montré la tablette surchargée de signes au chef eizihil, ce dernier parut hésiter avant de répondre.

Les yeux à facettes de Sable Vif semblèrent sonder le visage de Déléthérion à la recherche d'une quelconque duplicité. Son corps caparaçonné parut hésiter entre l'attaque immédiate d'un vieil ennemi et l'accolade à un futur allié. Finalement, la créature se pencha et, comme pour montrer que sa réponse était le fruit d'une longue réflexion, elle traça lentement quelques courbes mâtinées de stries. Vissarion s'empressa de les traduire.

« Il dit qu'il comprend le courage de votre tentative. *Ressourcer est la clef de la pérennité de toute civilisation*, voilà exactement ce qu'il a écrit. Il dit aussi qu'il ne comprend pas pourquoi vous avez choisi sa race comme alliée pour votre... » Vissarion buta sur le dernier mot. « ... coup d'État ».

Déléthérion demeura imperturbable.

« Répondez-lui que les Eizihils sont les seuls en qui je puisse avoir totalement confiance, car rien ne les lie à la lignée affaiblie que je me propose de renversei, si ce n'est une ancienne inimitié. De plus, je veux impliquer le strict minimum de soldats et d'officiers. Ces hommes ont des familles auxquelles je dois protection. Je suis prêt à sacrifier mon nom, à être considéré comme un tyran, pour ressourcer la monarchie, je ne suis pas prêt à sacrifier mes hommes. »

Vissarion entreprit de graver la réponse dans l'argile. Alors qu'il était sur le point de terminer, Déléthérion lui demanda d'ajouter :

« Je les crois capables de voir leur intérêt et de jauger la difficulté de l'entreprise. Je leur offre le paradis contre la vie d'un vieil homme faible et celle de sa garde personnelle. »

Vissarion ne put s'empêcher de murmurer « les Titans »... Puis il termina sa traduction et tendit la tablette au chef eizihil.

La réponse de Sable Vif tint en trois signes.

« Qu'est-ce qui lui garantit que vous tiendrez parole ? » traduisit l'interprète au général, en se tournant légèrement vers lui après avoir lu dans le sable.

La réponse de Déléthérion fut aussi brève que directe.

« La mort ne fait pas partie de mes ambitions. »

Je suis prêt à sacrifier mon nom, pas ma vie.

Vissarion transmit la réponse d'Absû.

Sable Vif émit plusieurs petits bruits ressemblant à des craquements et traça quelques signes supplémentaires dans la poussière.

« Combien voulez-vous de guerriers ?

— Dix me paraît être un nombre suffisant », répondit le général en s'adressant directement à

Sable Vif, car il savait que Vissarion allait traduire avec empressement ses mots.

Sable Vif effaça tous les signes qui se trouvaient devant lui et traça lentement un long paragraphe que s'empressa de traduire l'interprète :

« Dix est un nombre important. Nous ne sommes plus que cinquante, dont une minorité de femelles. Ce sont d'excellentes combattantes, mais leur fertilité décroît avec le temps.

— Sur l'île, si riche, qui vous sera donnée pour récompense, vous pourrez vous reproduire en toute liberté », fit graver Déléthérion à l'interprète.

Il y eut un temps de latence entre Eizihils et Thaumaturges.

Puis la réponse vint, coupant le sable blanc d'un simple trait :

Vous aurez vos dix guerriers.

« Alors je changerai le destin de Déméter », murmura Déléthérion.

Vissarion ne traduisit pas cette dernière phrase, mais étonnamment, le chef eizihil agit comme s'il l'avait comprise. Ignorant l'interprète, il s'avança vers le général et lui tendit la chitine de ses membres antérieurs. Après une infime hésitation, Absû Déléthérion plaça sa main droite, paume ouverte, entre les pinces de Sable Vif. Il ressentit une légère douleur lorsque ce dernier assura sa prise. L'insectoïde et le Thaumaturge restèrent ainsi un moment, puis se séparèrent. Ce simple geste scella le pacte entre les Eizihils et Déléthérion, mieux que ne l'auraient fait cent traités.

CHAPITRE 2

« La botte de Malamurion, Votre Majesté ? » s'étonna Égée Seisachtéion tout en feignant d'esquiver de justesse le bout moucheté du fleuret d'Yskander qui l'avait visé au front. « De si bon matin, n'est-ce point déraisonnable ? »

Le vieux monarque ne répondit pas et attaqua à nouveau, repoussant Égée vers les membres de la garde royale qui, alignés le long du mur ouest, observaient en silence l'entraînement de leur souverain. Cette séance matinale avait toujours lieu au même endroit, dans la grande salle d'armes du troisième étage — une belle pièce de vingt-cinq pas de long sur douze de large dont le parquet et les lambris sentaient plus l'encaustique que la sueur. Égée fit passer son fleuret de la main droite à la main gauche et contra sans difficulté. D'une révérence outrée, il salua les guerriers d'élite caparaçonnés de pourpre que l'on surnommait les Titans et qui, pour le moment, se tenaient aussi impassibles que des statues, puis il s'élança sur le parquet lustré en le faisant craquer.

« Mon Roi, vous avez l'esprit ailleurs, annonça le

poète avec l'espièglerie qui le caractérisait. Pour vous réprimander, je vais vous faire reculer jusqu'aux fenêtres. Et là, vous direz bonjour de ma part au soleil du matin.

— En garde, Égée ! » tonna Yskander en frappant d'estoc.

Tout en se lissant la moustache d'une main gantée de jaune, le poète para l'attaque et fit théâtralement bouffer les manches de sa chemise rouge. À la botte suivante, il bloqua la lame de son roi et le força à reculer. Profitant de son avantage, il prit le temps de se moucher bruyamment dans un carré d'étoffe assortie à ses gants qu'il remit ensuite en place, contre son cœur.

« Les fenêtres se rapprochent, Mon Roi !

— Vous vous moquez ! » s'exclama Yskander en répliquant par une botte vicieuse qui manqua de peu le poète.

Égée se repositionna après avoir dévié la lame du souverain : de trois quarts, tout le haut de son corps protégé par la verticale de son fleuret.

« Après avoir vaincu mon cœur, voilà que vous vous en prenez à mes jarrets ! Le geste était beau, mais encore fallait-il le porter jusqu'au bout. Détrompez-moi, mais aujourd'hui je vous sens plus enclin à la joute verbale qu'à l'escrime. »

La botte suivante, portée par Égée, soutira à Yskander un ahanement. Le roi, acculé aux fenêtres, séparé de sa garde personnelle par plus de dix pas, fronça les sourcils, qu'il avait broussailleux. Il se remit en garde, la pointe du fleuret vers le haut. Le poète le singea, et se moucha, encore plus bruyamment que la fois précédente.

« Il suffit, Égée ! Vous êtes mon ami, pas mon bouffon !

— Allons, Mon Roi, qu'est-ce qui vous chagrine ? D'habitude, mes facéties ébouriffent votre barbe et ce matin, malgré le soleil qui vous brûle la nuque, vous avez le poil triste. »

Le roi se détendit imperceptiblement et esquissa un léger sourire.

« Une fois de plus, Égée, vous lisez en moi comme dans un livre ouvert.

— Rien d'étonnant à cela. Ne suis-je pas votre humble confident ?

— Humble, je n'en suis pas si sûr. Faisons quelques passes de plus et je vous parlerai du feu qui me consume.

— Le feu ? »

S'étant visiblement aperçu qu'Égée avait le soleil dans les yeux, Yskander attaqua. Le bout moucheté de son fleuret caressa le flanc du poète et, en remontant le long de sa chemise, fit voler son mouchoir flavescent. Contrarié, Égée contre-attaqua sans attendre. Il ferrailla jusqu'à désarmer son roi, dont la lame glissa sur le parquet en direction des Titans toujours impassibles.

« Je crois que nous allons en rester là, Mon Roi. »

Les deux hommes se saluèrent, puis se séparèrent, l'un pour ramasser son mouchoir, l'autre son fleuret. Alors qu'Égée remettait dans sa poche son carré d'étoffe déchiré, plusieurs fenêtres de la salle d'armes volèrent en éclats. Le verre en éclats et les boiseries pulvérisées glissèrent sur le parquet, suivis par l'irruption d'ombres massives qui voilèrent momentanément le soleil.

Sans même tenter d'évaluer la nature exacte de la menace, le poète appela la garde à la rescousse — un réflexe inutile — et courut vers Yskander pour le protéger personnellement. Les Titans n'avaient pas attendu son ordre pour se précipiter vers les fenêtres et couvrir la retraite du roi. Égée rejoignit celui-ci et l'agrippa par le bras afin de l'entraîner vers la double porte en bois massif qui séparait la salle d'armes du reste du palais. Sans ralentir sa course, il jeta un coup d'œil derrière lui et aperçut les Titans aux prises avec une dizaine de créatures de grande taille, des insectoïdes noirs ou verdâtres, extrêmement mobiles, qui semblaient avoir été arrachés aux pages les plus sombres d'un livre de contes terrifiants. Armés de hallebardes, utilisant tout le potentiel de leurs armures de combat, les membres de la garde royale contenaient les assaillants, les frappant, les repoussant inlassablement contre le mur oriental ou à l'aplomb des fenêtres éventrées.

« Ce sont des Eizihils ! s'exclama Yskander. Mais comment… ? »

Désireux de faire sortir le roi au plus vite, Égée le tira à nouveau par le bras. Ils avaient presque atteint la porte quand celle-ci s'ouvrit à la volée, manipulée avec une force si grande que l'un des battants séculaires céda et tomba dans un fracas assourdissant. Sous l'impact, plusieurs lattes du parquet éclatèrent et un nuage de poussière de bois envahit cette partie de la pièce. Tous les belligérants, Eizihils y compris, se figèrent et fixèrent la silhouette en armure de combat qui émergeait lentement des particules virevoltantes et semblait occuper tout l'encadrement de la porte défoncée.

Égée et le roi commencèrent à reculer de biais pour s'éloigner du nouvel arrivant et de la bataille qui, le long du mur oriental, déjà reprenait. L'intrus portait une armure écarlate qui semblait augmenter sa carrure du simple au double. Il s'agissait d'un haut-gradé magmatique, un guerrier du feu, à la fois puissant et élégant. Son heaume, à la visière relevée, s'ornait de deux grandes ailes d'or déployées — celles d'un griffon.

« Général Déléthérion ! » s'exclama Yskander dont les jambes manquèrent se dérober sous lui.

Égée avait perçu dans la voix du roi une tension qu'il n'avait jamais décelée auparavant, même dans les pires situations de crise. Un mélange de peur, de fureur et d'amère déception.

« J'aurais dû m'en douter », ajouta le souverain, d'une voix plus basse, résignée.

Bien moins mondain qu'on aurait pu le supposer de prime abord, Égée n'avait aperçu le général Déléthérion qu'en de rares occasions : festivités du solstice, banquets royaux, défilés militaires. Il ne l'avait pas reconnu, mais venait de se promettre qu'il n'oublierait plus jamais ce visage carré, ces yeux bleus par trop enfoncés dans une chair aride, ignorant les excès.

Le tirant toujours par le bras, Égée obligea son roi à reprendre ses esprits, à s'éloigner de l'officier magmatique, puis il jeta un coup d'œil vers un des Titans qu'un Eizihil venait de jeter à terre, après l'avoir amputé d'une de ses jambes.

Sauver le roi. Attendre les renforts. Ne penser à rien d'autre. Rester aiguisé. Les yeux mobiles. Les oreilles attentives. Prêt à frapper... et à mourir. Sauver le roi. Attendre les renf...

« Si vous aviez été un bon roi, *un véritable roi*, cracha Déléthérion, dès vos premiers soupçons vous auriez commandité mon assassinat. Mais vous êtes un monarque de boudoir. C'est à moi désormais que revient la tâche de protéger Déméter de ses ennemis, autant intérieurs qu'extérieurs. Et pour bien commencer, il me faut exécuter un acte civique de la plus haute solennité.

— Je devine aisément de quoi il s'agit, dit Yskander.

— En effet... Le roi est mort », annonça Déléthérion en défouraillant son épée qui s'enflamma aussitôt.

Voyant que le général avançait rapidement vers Yskander, Égée s'interposa, fleuret à la main. Sur sa droite, les Titans commençaient à céder du terrain face à des Eizihils à l'agilité effrayante. Trop rapides, même pour des soldats d'élite. Poussant un hurlement terrible, un des gardes perdit son armure pourpre qui vola en éclats. L'instant suivant, il fut démembré et dispersé aux quatre coins de la salle. Déjà, quelques armures, juste habitées par des corps sans vie, jonchaient le parquet ensanglanté. Çà et là des blessés agonisaient. Un seul Eizihil gisait, sa chitine fracassée et percée en plusieurs endroits.

Il apparut au poète que, malgré leur petit nombre, les Eizihils n'allaient plus tarder à prendre le dessus sur les Titans. Surtout si des renforts n'arrivaient pas immédiatement.

D'un pas outré, presque un pas de danse, Égée avança vers Déléthérion, laissant Yskander se plaquer dans le coin de la salle d'armes, le plus loin possible des Eizihils. Esquissant un sourire arrogant et provocateur, Égée gratifia le général d'une révérence.

« Voyons, Général, si vous êtes capable de casser autre chose que des portes…

— Je crains que vous n'ayez qu'un vieux roi et un poète sodomite à me proposer, mais je m'en contenterai.

— Sodomite, sodomite », plaisanta Égée, tout en cassant le bout moucheté de son fleuret d'un coup de talon. « Vous n'avez que ce mot à la bouche. Ça vous alourdit l'haleine, et je comprends mieux pourquoi votre femme s'est suicidée.

— C'était votre dernière boutade, rimailleur ! », lança Déléthérion, vibrant de colère. « Grande journée que celle-ci ! Elle va connaître la mort d'un roi au sang faible et celle de son mignon fardé.

— Belle promesse. Passons aux actes, voulez-vous ? »

Déléthérion leva sa grande épée et se jeta en hurlant sur le poète.

Comprenant que son fleuret se briserait net s'il s'aventurait à parer, Égée esquiva.

Malgré la force exceptionnelle du général, l'adresse au fleuret et la rapidité du poète maintenaient l'équilibre dans leur duel. Tout en tournant autour de son adversaire dont il ne pouvait parer les attaques, Égée surveillait son roi, prostré dans le coin de la salle, et veillait sans cesse à le tenir hors de portée de l'arme enflammée de Déléthérion. Pour l'instant, les Eizihils étaient trop occupés à massacrer les Titans. Quant aux renforts, ils n'arriveraient probablement jamais. Et c'est sans doute pour cela que Déléthérion avait pris le temps de parler.

Égée se fendit adroitement et taillada le haut-gradé juste sous l'oreille droite — une blessure superficielle. Le blessé cria de rage et de douleur avant d'asséner une botte violente et rapide. Cassant son corps en deux, tel un danseur à l'acmé de son salto, Égée parvint à éviter de justesse le coup mortel qui visait son aisselle découverte.

« Encore raté, Mon Général, minauda-t-il. Serait-ce votre collation matinale qui ne passe pas ? »

Déléthérion décupla ses attaques qui, par voie de conséquence, perdirent de leur précision. Comme la lame du général venait de terminer sa course plongeante dans le parquet, Égée s'autorisa un rapide coup d'œil en arrière. Yskander n'était plus là. Un Eizihil avait sans doute tenté de l'attaquer et le roi s'était déplacé. Dans le coin de la salle où aurait dû se trouver le roi, il aperçut un corps de Titan atrocement démembré. Entre deux esquives, Égée embrassa la pièce du regard. Le nombre des Titans avait dramatiquement baissé, alors que les Eizihils tenaient toujours la ligne d'assaut. La fin du combat était proche.

Je dois sauver Yskander. Mais où se trouve-t-il maintenant ?

Au moment précis où il aperçut le vieux roi, le poète hurla avant de se projeter en arrière pour rester en vie. Le général s'était fendu et l'avait touché à la jambe droite, lui occasionnant une estafilade sans importance doublée d'une brûlure, plus agaçante que douloureuse.

Égée effectua un saut périlleux arrière pour s'éloigner de l'arme de Déléthérion et claqua des talons en se réceptionnant. Avisant la toile béante et brunie de son collant, il s'écria d'une voix de fausset :

« Général ! Chercheriez-vous à me déshabiller ? Le lieu ne s'y prête guère…

— Je vais vous éventrer ! » cracha Déléthérion en se ruant sur le poète.

Égée esquiva cette nouvelle attaque et cingla le fessier du général.

« Encore raté. Vous vous fendez trop tôt. Seriez-vous un escrimeur précoce ? »

Déléthérion se retourna et frappa de toutes ses forces. Cette fois-ci, Égée n'eut pas le temps d'esquiver l'arc rougeoyant de la lame de son adversaire. Il para avec son fleuret qui se brisa sous l'impact. Puis, pour échapper à l'attaque suivante, il glissa sur le sol. Alors que Déléthérion s'apprêtait à lui donner le coup de grâce, Égée saisit son fleuret brisé par ce qu'il lui restait de lame et le projeta sur son ennemi dans un ultime effort.

Touché à l'épaule droite, Déléthérion rugit de douleur et recula d'un pas.

Après avoir planté son épée enflammée dans le parquet, il retira de sa main gauche le fleuret qui s'était fiché entre les plaques de son armure. Le sang gicla; la lame étroite avait touché un gros vaisseau sanguin.

Tandis que Déléthérion tentait de juguler l'hémorragie qui lui couvrait l'épaule de sang, Égée se leva aussi vite que ses jambes le lui permirent et localisa Yskander. Ce dernier se tenait près d'une fenêtre brisée, adossé au mur. Si la salle d'armes ne s'était pas trouvée au troisième étage, Égée lui aurait crié de sauter. Fleuret à la main, le roi s'apprêtait à livrer combat contre un Eizihil qui approchait. Les deux amis échangèrent un regard. Jamais Égée n'avait vu son roi aussi fragile, aussi résigné. Ses yeux étaient pleins de larmes. Il se précipita à sa rencontre. La main que leva Yskander dans un geste impérieux l'arrêta.

« L'Armure ! », cria le roi, en déchirant sa chemise, révélant le médaillon de quartz qu'il portait autour du cou. « Je compte sur vous pour sauver l'Herakléion ! »

Un Titan ensanglanté se jeta sur l'Eizihil alors que celui-ci se dressait sur ses pattes postérieures pour frapper le roi. La bête se retourna, dévia la hallebarde et arracha la tête du soldat. Profitant de ce court instant de répit, Yskander se dépêcha d'enrouler la chaîne portant le médaillon autour de la garde de son fleuret et lança le tout à son confident, en hurlant : « Pour Déméter ! »

Au moment où la main d'Égée se referma sur le fleuret, la chaîne et le médaillon, l'Eizihil se laissa tomber de tout son poids et déchiqueta le vieux roi par le travers, laissant le corps s'affaler sur le coussin de ses viscères.

« Nooon ! » hurla le poète, désespéré, avant de bondir en direction de l'Eizihil qui se repaissait déjà du corps d'Yskander, l'agitant de gauche et de droite tel un chien aux prises avec un quartier de viande fraîche.

Avant que la créature n'ait relevé la tête, Égée lui trancha les antennes d'un seul coup, circulaire et horizontal. Sous l'effet de la douleur, la bête s'agita en tous sens et son sang noir éclaboussa le poète.

Après avoir cassé la pointe mouchetée de son fleuret, Égée enfonça l'arme jusqu'à la garde dans le front chitineux de la créature régicide. L'Eizihil tomba à la renverse. Ignorant les crissements d'agonie de l'insecte géant, le poète embrassa la salle d'armes d'un seul regard. Titubant, drapé de sang de l'épaule à la jambe, Déléthérion se repliait vers l'entrée en comprimant sa blessure. Les derniers Titans, au nombre de trois, luttaient avec la rage du désespoir, tout en se sachant condamnés. Leurs hallebardes fendaient l'air, imprécises, sans doute devenues trop lourdes. Quant aux Eizihils, la plupart se repaissaient des cadavres et des blessés dont les rares hurlements ou geignements glacèrent le sang du poète.

Il hésita ; au fond de lui bouillonnait l'envie d'affronter les Eizihils, d'y perdre la vie à coup sûr, de le faire avec panache, aux côtés d'un roi qu'il avait aimé plus que toute autre personne dans sa vie.

Mais la raison reprit le dessus et il décida d'obéir aux dernières volontés du vieil homme, de soustraire l'Hérakléion à la mégalomanie et à la folie meurtrière du général Déléthérion et de ses alliés. Car de toute évidence, le Magmatique n'avait pu agir seul.

Laissant les Titans mourir en vain — de toute façon il ne pouvait plus rien pour eux —, remettant à plus tard la mise à mort du régicide qui, sans l'Armure, ne serait jamais qu'un vulgaire usurpateur, et qui, pour le moment, était hors de portée, indirectement protégé par une dizaine de créatures quasiment invincibles, Égée s'enfuit en se jetant par la fenêtre la plus proche.

Perdu pour perdu !

Au moment de toucher la première branche de l'arbre qui se trouvait en contrebas, il sut qu'il allait survivre et paria sur le nombre de fractures qui ne tarderaient plus à sanctionner sa chute.

Trois ?

CHAPITRE 3

« Mais rattrapez-le ! » hurla Absû Déléthérion aux Eizihils alors que le poète venait de sauter par une fenêtre en emportant le médaillon de quartz.

Aucune créature insectoïde ne réagit à son ordre. Les Eizihils mettaient en pièces les derniers Titans valides ou dévoraient ceux qui se trouvaient à terre, souvent morts, parfois à l'agonie.

Ils s'occupent de leurs cibles : le roi et sa garde personnelle.

Fou de rage, le général se mordit si fort la lèvre inférieure que son sang perla.

Délaissant son repas, un Eizihil s'approcha du Magmatique. La chitine de la créature arborait une couleur inhabituelle — un vert profond, presque noir. Déléthérion recula légèrement, prêt à s'enfuir. L'Eizihil se colla au général et lui arracha sans difficulté l'épaulière de l'armure. Tout en agitant ses antennes, la créature inclina sa tête ovale au-dessus de la blessure gorgée de sang et entreprit de la lécher. Chaque fois que sa langue bifide et rosâtre s'insinuait au plus profond de la plaie, Déléthérion ressentait une vive douleur. Il tenta de se soustraire à ce contact, mais les larges pinces de l'Eizihil le ceinturèrent aussitôt, ne lui permettant aucune forme de retraite. Tandis que le général hurlait, l'insectoïde poursuivait son travail lingual avec une implacable régularité. Bientôt la douleur reflua, remplacée par une sensation de douce chaleur. Et, quand la créature le relâcha, Déléthérion ne souffrait plus. Incrédule, il fixa la tête inexpressive de l'Eizihil, avant de s'intéresser à sa blessure. La plaie avait été cautérisée, lui évitant souffrance et infection.

Le général cherchait un moyen de remercier l'Eizihil pour ses soins, quand une voix s'éleva derrière lui, pleine de fatuité et de dégoût.

« Oh, mais quelle horreur ! Par les trois éléments ! »

Déléthérion se retourna pour faire face à Vissarion Delphis. L'interprète venait d'entrer dans la salle d'armes et pâlissait à vue d'œil. Derrière lui se trouvait Argo de Thrace, impassible, alors qu'il venait pourtant de participer au meurtre de son roi. Tombant à genoux, Vissarion eut un haut-le-cœur et vomit son petit déjeuner.

« Le palais est sous contrôle, Mon Général ! annonça l'officier en second. Les deuxième, troisième et quatrième phalanges sont passées sous notre commandement. La première phalange a été entièrement détruite sur les rives de l'Achéron. Nous avons réussi.

— Nous *aurons* réussi, Argo, une fois que l'Hérakléion sera entre nos mains. Le confident du roi a réussi à s'enfuir avec le médaillon qui permet d'accéder au Sanctuaire. C'est là que se trouve l'Armure. Ce maudit Égée Seisachtéion. Retrouvez-le ! Étripez-le ! Rasez le palais si nécessaire, mais ramenez-moi ce médaillon ! Tout de suite ! »

Argo de Thrace fit claquer ses talons et quitta la pièce.

« Vissarion ! hurla le général.

— Oui ? répondit l'interprète après s'être essuyé la bouche.

— Faites en sorte que ces insectes répugnants aident mes hommes à fouiller le palais. »

L'interprète prépara avec application une tablette d'argile. Il s'approcha des Eizihils en zigzaguant entre les cadavres démembrés des Titans et le corps d'un des deux insectes géants tombés lors de l'assaut. Il montra l'ordre de Déléthérion à chacune des créatures. À l'exception de celui qui venait de soigner le général, les insectes géants se rassemblèrent, eurent une discussion animée, puis se dispersèrent. Certains glissèrent le long des murs jusqu'à la porte. D'autres sautèrent par les fenêtres de la salle d'armes et disparurent dans les jardins.

« Vont-ils obéir, Vissarion ?

— Je suppose…

— Et celui-là ? » demanda Déléthérion en désignant l'Eizihil à la carapace sombre. « Pourquoi reste-t-il là à m'observer ? Et surtout, pourquoi m'a-t-il soigné ?

— C'est une femelle. On le remarque à la couleur de sa chitine. Quant à savoir pourquoi elle vous a prodigué ces soins, je ne peux que conjecturer. Vous voulez que je le lui demande ?

— Faites donc ! »

L'interprète s'exécuta une nouvelle fois.

Pour répondre, la femelle eizihil raya le parquet de sa pince démesurée : trois lignes parallèles, deux cercles contigus, et diverses stries et ondulations.

Vissarion traduisit, visiblement surpris par la longueur de la réponse.

« Cette femelle a décidé de vous accompagner, de vous protéger et de vous soigner jusqu'à votre mort ou la sienne...

— Pourquoi ? s'étonna Déléthérion.

— L'Eizihil que les Titans ont tué était son... *compagnon*. Elle vous considère comme l'unique responsable de sa mort. Selon les coutumes de son peuple, vos deux destins sont désormais liés.

— S'agit-il d'une forme de vengeance ?

— Absolument pas. Elle ne vous blessera jamais, n'essayera jamais d'attenter à vos jours. Elle vous accompagnera où que vous alliez à chaque moment du jour et de la nuit. »

Déléthérion détailla la femelle eizihil, avant d'annoncer :

« Je n'ai pas besoin d'un chien de garde. Dites-le-lui, Vissarion !

— Vous ne comprenez pas, Général. Vous n'avez pas le choix.

— Mais elle n'a rien à espérer de moi, si ce n'est la mort.

— C'est précisément ce qu'elle attend. Elle sait qu'en restant auprès de vous, la mort viendra bientôt. »

Ombre fugitive longeant la pierre nue des corridors du palais, Égée Seisachtéion cherchait à rejoindre la bibliothèque royale, tout en échappant aux patrouilles dont il entendait parfois les pas précipités, les ordres entremêlés. La rage et le désir de revanche bouillonnaient en lui, mais pour le moment seule comptait la sauvegarde de la monarchie.

Serrant plus fort le médaillon de quartz dans son gant jaune rehaussé de zibeline, le poète obliqua vers la gauche, dévala un gigantesque escalier de marbre aux marches si usées qu'il semblait avoir été bâti là des milliers d'années auparavant. Il poursuivit sa route dans les méandres du palais royal, à une allure soutenue, mais en évitant de courir pour ne pas attirer l'attention. Les corridors étaient quasiment déserts. Tout juste entendait-il les cris des soldats lancés à sa poursuite, les pleurs et les vociférations des serviteurs et conseillers que l'on rassemblait dans les jardins.

Déléthérion a bien choisi son moment, l'infâme. L'aube se prête fort bien aux coups d'État.

Sans jamais relâcher sa vigilance, le poète atteignit les parages de la bibliothèque. Son entrée principale était gardée par deux soldats. Certain que les deux hommes n'avaient pas remarqué sa présence, Égée se glissa derrière une tapisserie murale représentant une scène de chasse. Reprenant son souffle, il avisa la blessure qu'il s'était faite au bras droit en se jetant par la fenêtre. Il utilisa son mouchoir déchiré comme garrot et attendit que la douleur reflue.

Sûr de lui, il saisit fermement le fleuret du roi et se rua vers les gardes. Il frappa le premier à la gorge, tout en décochant un coup de pied au second, visant les parties pour lui couper le souffle. Alors qu'il bâillonnait l'égorgé de la main gauche afin d'étouffer ses gargouillis, la lame de son fleuret traversa la poitrine de l'autre garde en se courbant légèrement vers le haut.

Après avoir ouvert la double porte de la bibliothèque à l'aide de sa clef personnelle, Égée tira les deux cadavres dans la pièce sombre puis utilisa une tapisserie guerrière de très mauvais goût pour éponger le sang versé. Il se débarrassa de son arme trop légère et s'empara de l'épée d'un des gardes. Comme les portes s'ouvraient vers l'extérieur et qu'il ne pouvait pas les bloquer, il se contenta de les refermer à clef et de casser celle-ci dans la serrure avec le pommeau de sa nouvelle arme. La tension et la fatigue accumulées le submergèrent tandis qu'il reprenait son souffle, adossé aux portes closes. Ses larmes affluèrent, balafrant ses joues de deux rivières amères.

Ô mon doux roi, pardonnez-moi, je n'ai pas su vous protéger…

Égée s'essuya le visage d'un revers de gant, faisant tinter le médaillon maculé de sang eizihil. Il se revit en train de trancher les antennes de la créature et la colère l'envahit de nouveau, mais, plutôt que de laisser cette colère le vaincre, le poète leva les yeux vers les rayonnages vertigineux qui l'entouraient. Il les connaissait sans doute aussi bien que sa demeure ; il les avait parcourus, année après année.

Une fois passé devant les étagères consacrées à la poésie, où se trouvaient ses propres œuvres, il se dirigea vers l'allée nord, dévolue à l'histoire de Déméter. L'architecture cruciforme de la bibliothèque obligea le poète à traverser la vaste salle de lecture située au carrefour des allées thématiques — Sud pour la Géographie, Est pour les Arts & Métiers, Ouest pour la Littérature et la Poésie, Nord pour l'Histoire politique et militaire. Les tables de consultation de la salle de lecture, avec leurs pans inclinés caractéristiques, étaient organisées autour de quatre hautes colonnes de granit soutenant une coupole vitrée dont les arabesques sophistiquées se perdaient dans la lumière claire du petit matin. À l'aplomb de ce dôme se trouvaient quelques confortables fauteuils de cuir de buffle. De la poussière scintillait sous la caresse du soleil en s'enroulant autour des colonnes pour atteindre un ciel à jamais interdit aux Déméterriens, mais ouvert à leur imagination.

Égée s'engagea dans l'allée qui, telle la flèche d'une boussole, pointait le nord. À sa droite et à sa gauche, les rayonnages ployaient sous des ouvrages de taille et d'épaisseur diverses. Les ignorant, il marcha droit devant jusqu'à se retrouver face à un mur de pierre nue.

Les instructions qu'Yskander lui avait données lorsqu'ils avaient évoqué — sans y croire véritablement — l'hypothèse d'un assassinat politique, n'allaient pas plus loin. Le vieux roi avait simplement dit à Égée :

« Marchez jusqu'au mur nord et, si besoin, patientez en lisant un ouvrage de qualité. »

Piqué au vif, le poète avait tenté d'en savoir plus,

mais Yskander, sourire aux lèvres, avait refusé d'expliciter sa petite phrase mystérieuse.

Égée fit face au mur. Il détailla la moindre des fissures, comptabilisa les aspérités, palpa les pierres et ses joints comme s'il s'agissait de la peau d'un amant. Il ne découvrit aucun indice. Il passa le médaillon sur toute la surface du mur sans déclencher de mécanisme d'ouverture.

Troublé plus qu'irrité par son incapacité à résoudre l'énigme du roi, il baissa la tête en proie à une angoisse soudaine. Des soldats le recherchaient dans tout le palais et n'allaient plus tarder à enfoncer les portes de la bibliothèque.

Il se remémora les mots d'Yskander.

Si besoin, patientez en lisant un ouvrage de qualité…

Le poète reporta son attention sur les rayonnages surchargés à sa gauche et à sa droite. La plupart des volumes traitaient d'histoire militaire et de stratégie. Ils détaillaient les grandes batailles menées par les Thaumaturges contre leurs ennemis successifs, notamment celles les ayant opposés aux Rhaïmdaïles sous le règne de Méloïr. L'un des titres, toutefois, attira l'attention d'Égée.

Essai sur la transcendance du pouvoir : de la Phuséios Théias *à l'Hérakléion.* Le nom de l'auteur — un obscur Gnosû Pleidonis — ne lui disait rien. Ce devait être l'un des philosophes subventionnés par les prédécesseurs d'Yskander pour louer le lustre et la pérennité de la monarchie déméterrienne. En revanche, l'expression « *Phuséios Théias* » lui avait immédiatement sauté aux yeux. Pour en avoir maintes fois discuté avec son roi, Égée savait que la notion de « Souffle Divin » — traduction littérale de l'antique formule — était l'un des concepts clefs de la cosmogonie et de l'histoire politique. Après vingt-huit jours et vingt-huit nuits de labeur, le Dieu-Forgeron avait offert l'Hérakléion aux hommes des archipels — les ancêtres des Thaumaturges — pour les remercier d'avoir ramené dans leurs filets le corps de son enfant noyée, Déméter. Et aujourd'hui encore, l'Armure demeurait au cœur de la légitimité royale : un symbole que les monarques portaient à chaque couronnement et à chaque solstice pour que les enfants de Déméter les acceptent et leur permettent de s'inscrire dans la Transcendance.

Égée voulut prendre l'ouvrage pour le consulter, mais ce dernier résista.

Étonné, il insista. Le livre refusait de bouger, comme solidaire de la paroi rocheuse.

Peut-être qu'en déplaçant celui d'à côté... Il saisit le volume en question, un gros manuel d'histoire militaire, *Les plus grandes batailles des rois thaumaturges de Déméter*, et tira dessus. Le livre — *seul un génie pouvait lui avoir donné un tel titre* — bougea sans mal. Égée n'eut pas le temps de s'en féliciter car un trait de lumière vertical coupa le mur du fond. Subjugué, le poète vit la pierre s'ouvrir comme des volets et révéler une volée de marches qui s'enfonçait dans la nuit.

L'entrée du Labyrinthe, enfin...

Le poète s'avança pour passer la porte secrète, mais se ravisa au tout dernier moment. Revenant sur ses pas, il glissa sa main dans l'espace vacant laissé par le volume d'histoire militaire et essaya, une nouvelle fois, de récupérer le livre traitant de la *Phuséios Théias*. À son grand étonnement, il n'eut aucune difficulté à s'emparer de l'ouvrage. Il le prit entre ses mains et le feuilleta, obéissant à une impulsion. Passées les premières pages, il trouva un plan précis du labyrinthe inséré entre deux pages de texte. L'endroit où reposait l'Hérakléion était désigné par une croix écarlate sous laquelle était inscrite la mention : « Sanctuaire ». Tout autour, des pièces étroites portaient le nom d'« Antichambres de la Continuité » et faisaient le lien entre le « Sanctuaire » et le Labyrinthe proprement dit. Égée sourit, pensant à l'ingéniosité et à la malice de son roi qui avait toujours laissé croire que seul le médaillon permettait d'accéder au Labyrinthe, alors qu'il n'en était rien. Quelqu'un qui n'aurait pas su où chercher aurait erré pendant des années à travers tout le palais, en brandissant l'éclat de quartz en vain. En définitive, le médaillon ne devait servir qu'à une chose : activer l'Hérakléion.

Conscient qu'il n'avait pas de temps à perdre, Égée passa la porte en tenant le livre ouvert entre ses mains tendues. Dès qu'il eut franchi le seuil de granit, l'ouverture se referma dans un bruit sourd et il se retrouva plongé dans l'obscurité. Il se maudit de n'avoir pas pensé à vérifier que l'escalier d'accès au Labyrinthe était éclairé. Il se retourna, cédant à une atavique peur du noir et chercha, d'une main, à rouvrir la porte secrète. Mais de ce côté du mur la paroi était aussi lisse que du métal. Égée renonça et s'assit sur la première des marches pour réfléchir. Il ne pouvait plus reculer. Une fois ses yeux accoutumés aux ténèbres qui l'entouraient, il distingua une lueur fantomatique en contrebas. Aussitôt, il entreprit de s'en rapprocher. L'escalier, extrêmement pentu, s'enroulait sur lui-même en une courbe serrée.

Égée avança à tâtons, s'appuyant contre la paroi de granit pour ne pas chuter. *Un seul plongeon par jour me suffit*. La descente lui parut interminable. La lueur qui lui servait de point de repère ne s'amplifiait que très lentement et une impression de froide éternité imprégnait l'escalier.

Le poète avait la sensation de s'enfoncer dans un funérarium oblique. Au bout d'une centaine de marches, il réalisa que la température avait nettement baissé. Il devait se trouver au-dessous du niveau de la mer. L'intensité du halo lumineux augmenta d'un coup, lui révélant qu'il était arrivé. L'escalier de pierre venait se jeter contre une simple porte de bois, dénuée de toute fioriture. On eût dit l'entrée d'une cave. La lumière ambiante correspondait à celle d'une fin d'après-midi et semblait provenir de l'intérieur de la pierre de taille. Il n'y avait aucune autre issue. Sans lâcher le livre, le poète s'avança et fit jouer la poignée de la porte. Cette dernière s'ouvrit sans difficulté et lui révéla l'entrée et la véritable nature du labyrinthe : aussi loin que portait le regard, granit et incunables se disputaient l'espace souterrain. Petit à petit, Égée réalisa la portée de sa découverte. Il ne s'agissait pas d'un simple labyrinthe. Il y avait une deuxième bibliothèque sous la première.

Une bibliothèque secondaire sert de réceptacle au Deuxième Corps.

L'Hérakléion l'attendait là-bas, caché derrière les détours d'innombrables corridors, derrière les pages jaunies de milliers de livres aux titres oubliés, de milliers de parchemins à demi effacés. Égée regretta de ne pas avoir le temps de se plonger dans ce savoir, cette richesse philosophique et politique qui semblait remonter aux origines mêmes de la monarchie. Incapable de se contrôler plus longtemps, il posa son ouvrage sur une étagère et s'empara d'un des plus vieux parchemins à sa portée. Il le déroula avec d'infinies précautions pour ne pas en briser les fibres et découvrit plusieurs alignements de glyphes qui évoquaient le règne de Pharamon, présentant celui-ci non pas comme une légende mais comme une réalité historique. Ému jusqu'aux larmes, il se força à remettre le document à sa place.

Il récupéra son plan. Suivant du doigt le tracé du chemin qui menait à l'Armure, il repéra et mémorisa les différents pièges disséminés sur sa route : un pendule tranchant, une fosse garnie de pieux, une pièce-sablier, et des livres empoisonnés traitant des raffinements sexuels les plus prisés. Cette dernière indication, moins lapidaire que les précédentes, lui arracha un sourire.

Enfin, après plus d'un demi-lithion de marche prudente, Égée se retrouva dans l'une des quatre antichambres de la Continuité. Il s'agissait d'une pièce nue, ouvrant sur une arche de granit au-delà de laquelle se trouvait le Sanctuaire. Le souffle irrégulier, les jambes faibles, le poète avança en direction de ce portail. Il distingua alors, au cœur de la pénombre, un trône de grande taille puis, se dessinant peu à peu, une silhouette assise dessus, imposante.

L'Hérakléion.

L'Armure de quartz qui voit passer les rois depuis la nuit des temps.

Ayant pris une profonde inspiration, raffermissant sa prise sur le médaillon, Égée s'avança et pénétra dans le Sanctuaire de la Transcendance, comme il l'aurait fait dans un rêve : sans avoir la sensation de se déplacer, mais avec l'impression que la réalité elle-même se courbait pour le rapprocher de l'Armure. Dès qu'il fut en ce lieu interdit aux hommes qui ne règnent pas, le poète comprit qu'il avait atteint le point le plus secret de toute la Cité de Déméter.

Je ne mérite pas d'être ici...

Les murs s'ornaient de lourdes tapisseries rongées par le temps, aux couleurs passées, figurant des scènes mythologiques. Le plafond s'arc-boutait sous le poids des siècles et d'impressionnants lustres d'airain dont les cristaux s'étaient allumés en sa présence. Sous ses chausses indignes, le sol était de terre et de roc, dépouillé et inégal. Aucun dallage ne l'habillait, aucune ornementation ne l'agrémentait. Égée comprit qu'il se tenait sur la terre que les premiers Thaumaturges avaient creusée pour poser les fondations de Déméter. D'un simple pas, il venait de franchir le gouffre du temps pour remonter aux origines de sa civilisation. Cet endroit n'avait pas changé depuis des millénaires, traversant l'Histoire et son cortège de crises.

Et ce fut seulement après cette prise de conscience qu'Égée s'intéressa à l'Armure.

Placé au sommet d'un tertre central de pierre brute dénué de toute fioriture à l'exception d'une volée de marches grossières, l'Herakléion lui apparut. Le deuxième corps des rois était assis dans un trône taillé dans le même minéral que lui. Égée ne pouvait déterminer où finissait le Trône et où commençait l'Armure.

Subjugué par la beauté de l'instant, il planta son épée dans la terre nue et posa un genou à terre, avant de déclamer :

« L'Armure a la dureté du roc, la puissance dévastatrice de la lave, la rapidité du torrent.

« L'Armure est infrangible et invincible.

« Son quartz est opacité et transparence.

« Tantôt solide tantôt liquide, l'Armure est arme et mémoire à la fois.

« La monarchie ne peut exister sans l'Armure, car celle-ci est l'âme et le corps véritables des rois.

« Elle est la Continuité offerte aux mortels, le souffle de l'Universel caressant la poussière du Monde. »

Les formateurs enseignaient cette litanie aux jeunes Thaumaturges ; les clercs la chantaient à chaque office ; les rois la rappelaient à chaque solstice. Tous les rois, sauf Yskander qui s'était peu à peu éloigné de la tradition.

Égée se releva et se rapprocha de l'Héracléion. Il fut alors frappé par la continuité parfaite du corps de quartz : même aux articulations, la matière translucide ne semblait souffrir d'aucune cassure. Dépourvu de toute aspérité, l'Hérakléion n'était que courbes scintillantes se déroulant à l'infini. Comme s'il avait été dessiné d'un seul trait, façonné d'un seul tenant.

Dans la lave du premier volcan...

L'ovale lisse qui faisait office de tête à l'Armure ne comportait, à l'exception de sa forme, aucun des traits caractéristiques d'une figure humaine. Pas même l'esquisse d'un regard, d'un front ou d'un rictus. Sa face aveugle n'arborait aucune ornementation, contrairement aux armures de combat des Thaumaturges.

S'approchant, Égée vit son propre visage glisser sur celui de l'Hérakléion — *une goutte de quartz, tombant vers le haut depuis l'éternité.*

L'Hérakléion nous a été offert par un Dieu, pensa Égée. Cette dernière réflexion le galvanisa. Il se souvint brusquement de la raison pour laquelle il se trouvait en ce lieu et se saisit du médaillon. Celui-ci, à la lumière des lustres cristallins, jeta un éclair améthyste sur l'Hérakléion. Il y eut un frémissement au sein de l'Armure. Surpris par cette manifestation fugace, Égée tenta de repérer sur l'Hérakléion un réceptacle pour le médaillon. Une fois encore, Yskander n'avait rien dit à ce sujet. Après avoir vainement examiné l'Armure dans sa totalité, le poète plaqua le médaillon contre la face ovale dans laquelle ses traits humains se reflétaient.

Aussitôt, une série d'ondes concentriques et bleutées irradia tout l'Hérakléion.

Sentant une forte traction s'exercer sur le médaillon, Égée lâcha prise et fit deux pas en arrière. Le médaillon disparut dans les profondeurs du quartz et une vague balaya la tête de l'Héracléion qui sembla devenir malléable, presque liquide. Un semblant de visage émergea à sa surface. Des traits archétypaux apparurent : front haut et fier, regard droit et insondable, nez aquilin aux ailes discrètes, lèvres serrées formant une moue énigmatique, menton autoritaire fendu verticalement. Ce visage composite avait quelque chose de léonin, une morgue aristocratique mêlée de noble assurance qui évoquait la glorieuse figure des anciens rois.

Au bout d'un moment, le médaillon régalien réapparut sur le front de l'Héracléion. Baissant la tête, l'être de quartz fixa Égée avec intensité. Ce dernier se sentit étudié par un entrelacement de consciences, de personnalités en mouvement. Alors qu'il était paralysé par les émotions contradictoires qui l'envahissaient, quelque chose de glacé le saisit fermement. Baissant instinctivement le regard sur son bras blessé, Égée vit que son poignet avait disparu dans le poing de l'Héracléion. Effrayé, le poète tenta de reculer. Mais, dans une fulgurance bleutée, l'Héracléion se leva et l'attira à lui.

Égée chercha par tous les moyens à s'arracher à l'étreinte de l'Armure de quartz. Cette dernière lui saisit l'autre poignet.

Conscient que l'Armure ne lui voulait pas de mal — elle aurait pu le tuer depuis bien longtemps et elle le maintenait face à elle sans le blesser —, Égée se calma.

L'Armure semblait simplement reproduire les réflexes de commandement que tous les rois se devaient de cultiver. Elle ne voulait que son obéissance. L'ayant compris et ayant mesuré toute l'étendue de sa vulnérabilité, Égée cessa de résister.

>> **Qui es-tu ?**

La voix de l'Armure ressemblait à son corps : froide, magnifique.

« Je m'appelle Égée Seisachtéion, répondit le poète sans hésiter. Je suis, ou plutôt j'étais, le confident d'Yskander. Le roi est mort, victime d'une félonie et la monarchie est en danger. Avant de mourir, Yskander m'a donné son médaillon afin que je puisse... »

>> **Je comprends.**

L'Hérakléion parut tourner son regard vers l'intérieur. L'étau minéral qui retenait le poète prisonnier se desserra légèrement, mais Égée comprit que toute libération était pour l'instant exclue.

>> **Une décision a été prise.**

Égée demeura interdit. Le laconisme de la réponse de l'Armure et l'impression qu'elle ne comprenait pas la gravité de la situation — comment l'aurait-elle pu, d'ailleurs ? — le troublèrent.

>> Ne bouge pas. Tu vas être assimilé.

« Je… Quoi ? » balbutia Égée.

Le temps d'un souffle, il se retrouva en contact avec l'Armure et, à travers le filtre de ses riches vêtements, une sensation de froid intense l'envahit.

>> Ne lutte pas. Respire lentement.

Malgré une peur qui confinait à la terreur, Égée employa toute sa volonté à rester passif, telle une poupée de chiffon. Peu à peu, sa mollesse pénétrait à l'intérieur de l'Hérakléion. Ses jambes furent les premières à s'enchâsser dans le quartz. Ses bras se fondirent dans ceux de glace et la sensation de froid s'accentua.

« C'est trop froid ! » hurla-t-il, frissonnant.

>> Ne lutte pas. L'assimilation suit son cours.

Lorsque sa poitrine à l'intérieur de laquelle son cœur battait à tout rompre, pénétra la pierre liquide, le poète eut un sursaut involontaire. L'étreinte de l'Armure se durcit, le meurtrissant. Égée poussa un cri de douleur, aussitôt étouffé par le glacier vivant qui venait d'avaler son visage. Il prit conscience qu'il se trouvait entièrement dans l'Armure. Il avait l'impression de flotter dans le néant, désincarné, comme figé entre la vie et la mort. Il ne sentait ni ses jambes ni ses bras. Au moment où il crut qu'il avait perdu la raison, qu'il était perdu loin du flot des événements récents, la voix de l'Hérakléion lui parvint à nouveau, plus proche, plus claire :

>> **Assimilation achevée.**

À travers un éclair de lumière souligné par une vague de chaleur, Égée retrouva l'intégralité de ses perceptions, mais décuplées. Il voyait comme il n'avait jamais vu : dans toutes les directions, à la fois en plans rapprochés et en vues panoramiques. Aucun mouvement, aucun détail ne pouvait plus lui échapper. Avec une exceptionnelle précision, il entendait le moindre son capté par l'Armure. Ainsi percevait-il l'agitation qui tombait des étages supérieurs du palais royal. Dans un éclair de lucidité, il comprit que tant qu'il s'abriterait dans l'Hérakléion, aucun ennemi ne pourrait plus le surprendre. Cependant, il aurait préféré qu'Yskander fût là pour le guider.

Ô mon roi, que suis-je censé faire maintenant ?

>> **Dernière compilation. Sujet : Yskander. Confirmation ?**

L'Hérakléion venait de s'immiscer dans ses pensées, sans brutalité, mais avec une déroutante facilité. Égée dut réfléchir un moment pour comprendre le sens de cette intervention.

« Que dois-je confirmer ? » demanda-t-il.

>> Sujet compilé : Yskander. Dois-je procéder à son émergence ?

« Oui, répondit Égée. J'ai besoin de lui parler. »

>> Chargement...

... Attente...

... Émergence.

« Bonjour, Égée. Cela faisait... longtemps. »

La voix d'Yskander, légèrement métallique, avait résonné tout autour du poète. Complètement décontenancé, ce dernier resta sans voix un moment.

« Mon Roi... Est-ce bien vous ?

— Oui, d'une certaine façon, je suis tout ce qu'a été Yskander de son vivant. Jusqu'à sa dernière compilation, il y a... un peu plus de trois ans.

— Tout... vraiment ?

— Les souvenirs, les aptitudes, l'expérience...

— Les émotions aussi ?

— Certaines peuvent demeurer, résidus d'amour et de haine.

— Je comprends... Quelle est la dernière chose dont vous vous souveniez ?

— De l'épidémie de grippe qui avait affecté toute la zone portuaire de Déméter. Mes conseillers m'avaient convaincu de mettre la ville basse en quarantaine.

— Je m'en souviens...

— La paralysie des échanges commerciaux avait altéré toute l'économie de la ville. Des mouvements de grogne populaire avaient éclaté, harcelant les grilles du palais. Les Titans avaient dû disperser la foule. J'ai failli déclarer la loi martiale, mais les Clercs ont trouvé le remède adéquat et tout est rentré dans l'ordre en moins de trois semaines. Nous avons frôlé la catastrophe, les militaires ont été à deux doigts de prendre le pouvoir, des vies ont été perdues... Mais, pourquoi êtes-vous ici, mon ami ?

— Vous... hésita Égée.

— Parlez sans crainte.

— Vous êtes mort, Mon Roi.

— Ainsi mon premier corps n'est plus. Comment est-ce arrivé ?

— Le général Déléthérion a fomenté un coup d'État.

— Déléthérion. Le feu qui couvait dans l'ombre... J'aurais dû m'en douter... Je l'ai toujours trouvé trop radical, utile, mais par trop inflexible. Un conservateur comme il ne devrait plus y en avoir. Il rêve de transformer notre monarchie étale en empire conquérant depuis bien trop longtemps. Il a toujours pensé que j'étais un mauvais roi, faible et laxiste. En un sens, il avait raison. J'aurais dû écouter les conseillers qui me suggéraient de l'éliminer.

— Vous ne m'en avez jamais parlé, Mon Roi.

— Vous étiez mon confident, Égée, pas l'officier responsable de ma sécurité.

— Mais en le sachant, j'aurais pu l'empêcher d'agir...

— Ce n'était pas votre rôle, mon ami. Dites-moi

plutôt comment Déléthérion a réussi à tromper la vigilance de mes Titans.

— Il a bénéficié de l'appui d'un allié puissant et… inattendu. Celui des Eizihils.

— Une race de guerriers impitoyables dans laquelle il s'est reconnu. Mon père m'en parlait souvent, regrettant que nous les ayons parqués dans le Désert de Sel plutôt que de les éradiquer une bonne fois pour toutes. Je me demande ce que Déléthérion a bien pu leur promettre en échange de leur soutien… Tel que je le connais, il a déjà prévu de se débarrasser de ces alliés trop encombrants. Racontez-moi ce qui s'est passé, dans les moindres détails. »

Le poète expliqua à la compilation d'Yskander comment les Eizihils et Déléthérion avaient fait irruption dans la salle d'armes du palais pendant qu'il s'entraînait au fleuret avec le « premier corps » ; comment, malgré la promptitude de leur réaction, les Titans avaient été massacrés ; et comment, après avoir assisté au sacrifice de son souverain, il avait réussi à s'enfuir avec le médaillon de quartz.

« Au-delà de l'aide que lui ont apporté les Eizihils, Déléthérion n'a pas agi seul, annonça Yskander. Il aurait été incapable de négocier avec les Eizihils sans l'aide du clergé. Je suis sûr que plusieurs prélats et une partie importante de l'aristocratie sont derrière lui. Leur soutien n'est peut-être que tacite, mais jusqu'ici il a été suffisant pour lui permettre de m'assassiner.

— Ainsi, il s'agirait d'un vaste complot ?

— Bien sûr. Déléthérion est un excellent tacticien, un Magmatique d'exception et un monarchiste convaincu. Mais ça ne suffit pas pour réussir un coup d'État. Il a eu besoin d'argent, d'alliés positionnés aux postes clés et d'informations techniques très précises. Il s'est forcément associé avec d'autres contempteurs de ma politique, comme la Ligue, par exemple.

— La Ligue ? Existerait-elle encore ?

— La Ligue n'a jamais cessé ses activités. Publiquement, j'ai toujours nié l'existence de cette organisation occulte et terroriste. Sous le sceau du secret, j'ai fait procéder à l'arrestation de nombreux de ses activistes. Mais ce n'est pas pour autant qu'elle a disparu. La Ligue est constituée d'aristocrates arrivistes, de partisans de l'oligarchie, de prélats pervertis rêvant d'une théocratie. Toute une foule de privilégiés que mes réformes ont ulcérés. L'annulation de la dette paysanne, la redistribution des terres arables, la fin du monopole commercial de la noblesse et, surtout, la création d'une assemblée du peuple ont fait trembler les classes privilégiées sur leurs fondations. J'ai remis en cause la structure tripartite traditionnelle de la société thaumaturge et ils me haïssent pour ça.

— Vous vous référez aux trois classes sociales qui correspondent aux trois éléments, feu, eau, terre ? L'aristocratie, le clergé et le peuple. Les Magmatiques, les Aquatiques et les Telluriques. Défendre, soigner, prospérer. Il y a bien longtemps que cette structure n'est plus que théorique.

— Ce n'est pas tout à fait vrai, Égée. Cette structure reste profondément ancrée dans les esprits.

Ainsi, lorsque j'ai cherché à la dépasser, tous les mécontentements se sont cristallisés dans la Ligue. Et, parce que je ne me suis jamais marié et que je n'ai aucun héritier légitime, la colère des ligueurs s'est focalisée contre ma personne, sans descendance, donc facile à abattre. Néanmoins, pour pouvoir m'éliminer, ils doivent aussi détruire l'Herakléion. Car c'est seulement une fois l'Armure disparue que la voie sera libre pour un autre régime, oligarchique ou théocratique.

— C'est donc pour ne pas exposer l'Herakléion que vous avez refusé de procéder à toute nouvelle compilation ?

— Oui et non. J'avais une autre motivation, plus profonde. Au fil des réformes que j'ai entreprises, je n'ai eu de cesse de désacraliser le pouvoir, désireux de remplacer la Transcendance par la transparence. Après des siècles de stabilité, il m'a semblé qu'il était temps de faire comprendre au peuple que Déméter était un État et que l'Armure n'était qu'un symbole, pas un cadeau des Dieux. J'avais prévu de rendre la compilation décennale, puis de la supprimer à long terme. Par ailleurs, l'Armure, par sa dimension miraculeuse, incarne la mainmise des Trois Églises Élémentaires sur la légitimation royale. Je voulais mettre fin à cet obscurantisme qui maintient le peuple dans l'ignorance. Je voulais régénérer la société, la rendre égalitaire, unitaire. Dix, vingt années de plus, et j'aurais réussi à remplacer la transcendance de l'Armure par l'immanence de l'État. Ma mort prouve que j'ai voulu aller trop vite, ou du moins que je n'ai pas agi avec suffisamment de fermeté. Et, pendant que je réformais, la Ligue se trouvait un champion en la personne de Déléthérion.

— Certes. Mais il y a une chose que je ne comprends pas : pourquoi un général aussi conservateur, un thuriféraire de la monarchie traditionnelle, a-t-il commis un régicide qui forcément la fragilise ?

— Parce que en agissant de la sorte, il croit sauvegarder la monarchie. Le sang évoque certes la violence, mais aussi le renouveau, le début d'un nouveau cycle, plus riche et plus flamboyant que le précédent.

— Que va-t-il se passer maintenant ?

— Rien de bon pour Déméter. Mais à dire vrai, le temps joue pour nous. L'alliance entre la Ligue et Déléthérion est viciée à la base, construite sur un socle de sable. Le général veut la restauration de la monarchie telle qu'elle était durant l'âge d'or, glorieuse et puissante, dirigée d'une main de fer dans un gant de quartz, magnifiée par l'Armure. La Ligue, quant à elle, n'a qu'une priorité : l'avènement d'une oligarchie mixte qui mettrait la noblesse et le clergé au cœur du pouvoir. Déléthérion et la Ligue se sont aujourd'hui unis pour me terrasser, mais leur pacte est voué à se déliter à brève échéance. Ils vont s'entre-déchirer et nous devons nous préparer au pire.

— Inévitablement, la Ligue finira par prendre le dessus.

— Rien n'est moins sûr, Égée. Connaissant Absû Déléthérion, il a probablement plusieurs atouts dans son jeu. Il est retors, l'utilisation des Eizihils en est la preuve. Elle fait de lui, peu ou prou, mon seul meurtrier. C'est un acte violent mené à bien, doublé d'un message politique, c'est une preuve d'intelligence.

— Qu'attendez-vous de moi ?

— Vous devez fuir, mon ami, mettre l'Hérakléion en sûreté. C'est la priorité absolue. Si les Ligueurs mettent la main sur l'Armure, ils la détruiront et vous accuseront de l'avoir fait. Si c'est le général, il se l'appropriera et l'utilisera pour légitimer un pouvoir politique acquis par la force. Car celui qui contrôle l'Armure, contrôle le destin de Déméter. S'il parvient à ses fins, Déléthérion balayera la Ligue et subjuguera le peuple. En attendant, sans l'Armure, ni lui ni les Ligueurs ne pourront institutionnaliser leur pouvoir et ils resteront de simples usurpateurs.

— Mais comment mettre l'Armure à l'abri ? Je ne sais pas la contrôler. Je ne sais même pas comment sortir de ce Labyrinthe…

— L'Hérakléion y pourvoira tout en assurant votre protection. Écoutez-moi bien, Égée. C'est une arme et un symbole, le réceptacle de la mémoire des cent quarante-quatre souverains qui ont régné sur la cité des Thaumaturges depuis sa fondation. Vous devez l'emmener par-delà l'océan, jusqu'à l'île des Canopéens. Déméter y possède des comptoirs commerciaux. Vous y cacherez l'Hérakléion au cœur de la Sylve Profonde. Là, vous bénéficierez de l'aide des autochtones et échapperez à toute investigation.

— Mais pourquoi ne pas fuir plutôt à l'intérieur

des terres, vers le nord, ou vers l'est, où les Magmatiques ne sont guère appréciés ?

— Parce qu'au sein de la Canopée, il y a un être qui incarne la promesse d'un avenir radieux pour Déméter. Vous devez trouver cette personne, Égée, et la convaincre d'accepter son destin. Rien n'est plus important. Je vous parle de la chair de ma chair, du sang de mon sang...

— Mais... Vous n'avez jamais eu aucun héritier, Yskander.

— Effectivement. Mais voyez-vous, mon ami, j'ai une héritière. Une fille naturelle prénommée Eiroénée. Depuis sa naissance, elle vit cachée dans la Canopée. Son exil était nécessaire pour sa propre sauvegarde et pour la stabilité même de Déméter. Il y a plus de quinze ans, alors qu'elle était âgée de deux ans, j'ai confié Eiroénée au sage du clan des Invisibles, Mamayoun. En échange, j'ai promis que la présence des Thaumaturges sur l'île se limiterait aux seuls comptoirs commerciaux.

— Cette fille, voilà une révélation troublante à bien des égards...

— Pas aussi troublante que ne l'était sa mère. »

Toujours prisonnier de l'armure, Égée grimaça, puis se maudit d'avoir réagi ainsi.

« Je vous promets de retrouver Eiroénée, Yskander.

— Il vous faudra la convaincre d'accepter une hérédité dont elle ne doit même pas se douter. Vous devrez aussi la persuader de quitter la Sylve Profonde, d'abandonner tout ce qui a fait son univers jusque-là, pour sauver un pays et un peuple qui ne lui sont rien. Avec l'Armure, Eiroénée reprendra Déméter et elle inaugurera une nouvelle ère de paix et d'harmonie en devenant reine.

— En dépit de la loi fondamentale posant le principe de primogéniture mâle ?

— Oui. L'origine des lois fondamentales de Déméter se noie dans la nuit des temps. Elles ont servi à poser les contours de la notion d'État qui est le fondement même des institutions politiques thaumaturges. Mais leur dimension ancestrale, voire divine, ne doit pas occulter leur nature coutumière et donc évolutive. L'exclusion des femmes de la succession royale se légitimait jadis par leur incapacité à combattre, à revêtir une armure. Mais c'est le clergé qui a inoculé cette croyance dans l'esprit du peuple. Elle n'a rien de rationnel, ne repose sur aucune impossibilité physique. Et je crois qu'il est temps qu'une cité bâtie en hommage à la fille d'un dieu soit gouvernée par la fille d'un roi. Une dernière chose, Égée. J'attends encore une promesse de votre part.

— Je suis votre serviteur, Mon Roi.

— En aucun cas, vous ne devrez utiliser l'Héracléion pour me venger. Ce serait désacraliser l'Armure et confier à Eiroénée un objet inutile, une tâche insurmontable. Déléthérion et la Ligue ne sont qu'un épisode trouble de l'histoire de Déméter, ne l'oubliez pas. Si, comme eux, vous cédez à la tentation de la force, vous ruinerez tout ce pour quoi je me suis battu. Je place toute ma confiance en vous, poète.

— Et si je dois me défendre ?

— Faites, mais sans oublier que l'Armure n'est pas indestructible. Elle peut être abîmée donc détruite. Cette arme formidable, la plus puissante du royaume, ne doit pas tomber dans les mains d'Absû Déléthérion et ne doit pas être détruite par la Ligue. »

CHAPITRE 4

Assis dans une des anfractuosités de la falaise de granit contre laquelle s'adossait Déméter, Égée examinait la capitale thaumaturge. Utilisant les vastes potentialités de l'Hérakléion, il scrutait la cité tiédie par la lumière du crépuscule.

Il est des joyaux que ne méritent aucunement ceux qui s'en emparent ! pensa-t-il, littéralement émerveillé par la perfection géométrique de la capitale qui s'organisait selon une logique ternaire héritée des siècles.

Au plus près de l'endroit où Égée se tenait, se dressait le Palais Royal. Adossé au granit vertigineux, mais protégé par sa propre enceinte, il dominait la Ville Haute. D'immenses jardins le bordaient par l'ouest, tandis que le Mastaba des Trois Éléments, édifice œcuménique que régissait le Pontife Théagénès Phalaris, le flanquait à l'est. Les demeures des hauts fonctionnaires, opulentes et fantasques complétaient ce premier ensemble architectural. Celle d'Égée se trouvait là, à une demi-lance de l'entrée sud du Palais.

Épousant la pente naturelle du terrain, la Ville

Moyenne, ensuite, était dévolue aux quartiers élémentaires et à leurs temples tutélaires. Celui du Feu, celui de la Terre et celui de l'Eau. Chacun était organisé selon un plan répondant aux spécificités de la cosmologie thaumaturge. De droite à gauche, se présentaient tour à tour le quartier des Magmatiques, avec ses hauts bâtiments couleur de lave refroidie, le quartier des Telluriques aux maisons basses et aux ruelles étroites, et le quartier des Aquatiques, tissé de canaux et de larges avenues constellées de fontaines.

Enfin, éventrant littéralement la Ville Basse, le port déployait les ramifications affairées de ses quais civils et commerciaux. Le phare central, rostre de granit, maintenait les marchands et leur clientèle surexcitée à l'écart des chantiers et des quais militaires. Un fortin hérissé de bouches à feu, tel un heaume rutilant, coiffait l'est du port. Ses position en hauteur et configuration en polygone lui permettaient de frapper tout à la fois la côte et la cité intérieure, décourageant envahisseurs comme insurgés.

Extra-muros, vers le sud-est, en contrebas de la grande Nécropole, d'où les âmes des Thaumaturges défunts agrippaient le soleil levant pour s'en aller féconder le ciel et, pour les plus nobles d'entre elles, éclairer à jamais la nuit, s'étaient agglutinés les nouveaux quartiers, plus populaires, souvent insalubres. Ces habitats d'infortune, dressés sur leurs pilots tordus, dévoraient les marais du delta de l'Achéron — le fleuve tumultueux qui descendait des montagnes en traversant la capitale du nord vers le sud, et que la science des Aquatiques contraignait à se scinder en mille canaux à travers la cité. Une économie parallèle, gigantesque marché les pieds-dans-l'eau, s'était mise en place autour d'un petit port de pêche surnommé Sans-retour. Un véritable coupe-gorge qui servait de lieu de contrebande et abritait les pires crapules de tout le royaume, sous la tolérance faussement débonnaire de l'armée. Égée se dit qu'il s'agissait à coup sûr du meilleur endroit pour trouver une embarcation, non seulement discrète mais capable de le mener jusqu'à l'île des Canopéens. Mais il ne pouvait pas s'y rendre maintenant, pas avec l'Hérakléion, qu'il devait auparavant cacher en lieu sûr.

En regardant à nouveau la cité, il concentra son attention sur les quartiers intérieurs, guettant des signes d'émeutes, de manifestation, de guerre civile peut-être. Une situation que le fortin du port aurait pu résoudre au prix de quelques coups de semonce. Sauf qu'il était précisément entre les mains des usurpateurs. De poing vengeur, il était devenu l'appendice enflammé de l'insurrection. Chaque architecture, comme chaque arme, peut se retourner contre son inventeur.

Égée focalisa son regard sur un groupe de soldats placé sous l'autorité d'un Magmatique — aisément reconnaissable à son armure chatoyante. La petite troupe verrouillait sans heurt les accès au quartier de la Terre. Déméter avait été minutieusement quadrillée afin d'éviter tout mouvement de foule imprévu. Fin stratège, Déléthérion avait réussi, en quelques lithions, à instaurer la loi martiale qu'Yskander redoutait tant. À première vue, le général avait réussi son coup d'État et le Peuple n'avait manifesté aucune opposition, probablement abusé par une habile campagne de désinformation.

En moins d'un jour, il a tué le Roi et s'est présenté aux yeux de tous comme l'homme providentiel, probablement sans oublier de me donner le rôle du régicide méprisable et mesquin.

Que d'honneur, Mon Général !

Aujourd'hui, j'ai touché l'officier à l'épaule, demain je frapperai le régicide au cœur.

Égée frémit de colère à l'intérieur de l'Armure. Il aurait voulu se jeter sans attendre contre le général félon pour le terrasser avec toute la puissance de l'Hérakléion, le disperser aux quatre vents comme s'envolent les pétales de l'anémone. Mais il se remémora les paroles du double d'Yskander : il ne devait pas utiliser l'Armure pour se venger.

Détournant le regard du dédale urbain qui s'enténébrait malgré les lumières des patrouilles veillant au respect du couvre-feu, le poète reporta son attention sur le piémont des falaises, là où, au milieu d'autres riches habitations, se trouvait la sienne : une bâtisse séculaire jouxtée de dépendances et d'écuries qu'il avait entièrement restaurée et dans laquelle il vivait, avec gardiens et serviteurs, depuis plus de dix ans.

Même s'il avait conscience du risque encouru, le poète avait décidé de repasser chez lui avant de quitter Déméter. Il voulait prévenir ses serviteurs dont le dévouement s'était mué, au fil du temps, en amitié véritable, et il voulait récupérer son dernier recueil de poèmes, dont la publication, initialement prévue pour la saison prochaine, n'aurait jamais lieu. Il ne pouvait accepter l'idée de voir partir en fumée tout son travail, dont une grande part, qui plus est, était dédiée à Yskander ou inspirée par ses réformes. Le vieux roi aurait sans nul doute réprouvé sa décision. Mais les poèmes font l'homme et non l'inverse.

Égée scruta de nouveau la Nécropole en utilisant les capacités sensorielles exceptionnelles de l'Héracléion. Comme l'activité militaire y était au plus bas — à peine quelques patrouilles —, il décida qu'il avait assez perdu de temps à surveiller les abords de sa villa et le reste de la Ville Haute. Sautant de roc en roc, avec la légèreté et la discrétion d'un fantôme dans le clair de lune, il franchit sans aucune difficulté les deux murailles, extérieure et princière, et se dirigea vers la colline boisée au sommet de laquelle se dressait sa demeure. Lorsqu'il se trouva à proximité, agenouillé dans un massif de résineux, la voix de l'Héracléion retentit.

>> Présence détectée. Huit entités insectoïdes de grande taille.

Les Eizihils, pensa Égée tandis que la peur lui vrillait le ventre. Déléthérion avait dû les envoyer pour qu'ils l'éliminent. Si les Eizihils se trouvaient chez lui, ses serviteurs étaient probablement déjà morts. Le poète sentit monter sa colère. Il se demanda simplement si l'Armure serait capable de le protéger contre huit Eizihils à la fois.

>> Évaluation tactique... **...Attente...**
...Victoire : facile.

Surpris, Égée demanda confirmation de cette analyse.

>> Victoire : facile. Dommages possibles : négligeables à nuls.

Le poète avait du mal à le croire. Il avait vu les insectes géants massacrer des Titans bien plus nombreux qu'eux et déchirer chairs, os et armures sans grande difficulté.

>> Échelle de puissance : neutralisation ou combat à mort ?

La réponse du poète jaillit directement de son ressenti, tel un carreau décoché.

À mort, pensa-t-il. *Massacre-les tous. Jusqu'au dernier.*

Aussitôt, il sembla à Égée que le quartz pensant et agissant se densifia autour de lui. Ses sens décuplés furent brutalement ramenés à leur niveau normal, celui d'avant l'assimilation. L'Armure rassemblait ses forces. Le temps qu'Égée réalise qu'il ne serait qu'un spectateur passif de l'assaut, le double corps s'était élancé.

L'Hérakléion traversa le jardin en un éclair et défonça la lourde porte cloutée qui donnait sur le hall d'entrée de la bâtisse. Deux Eizihils se trouvaient de l'autre côté. Avec horreur, Égée constata que l'un des monstres tenait entre ses pinces fermées la tête et le haut du corps de Simion, son maître de maison. Les deux créatures n'eurent pas le temps d'esquiver l'attaque. Modifiant sa configuration, l'Hérakléion transforma ses bras en lances minérales qui transpercèrent les têtes des insectes entre les antennes, les tuant sur le coup.

L'instant d'après, six autres créatures jaillirent des diverses pièces de la maison par les portes et les portes-fenêtres qui volèrent en éclats. Les antennes dressées et frémissantes, elles se groupèrent dans le hall pour concentrer leur assaut L'Armure se hérissa de piquants et de lames avant de bondir dans la mêlée. Au cœur de la bataille, elle déchira ses ennemis, les éparpilla comme de simples confettis.

>> Fin du combat : ennemis anéantis. Dommages reçus : flanc droit ébréché sans réelle perte minérale. Durée de réparation nécessaire : treize jours, sept heures.

Égée hurla, mais déjà l'affrontement avait cessé, l'Armure maculée de sang eizihil était redevenue lisse, sauf à l'endroit où elle avait été très légèrement touchée. Effrayé par la portée des derniers événements, le poète se dressait au centre d'un véritable carnage. Des membres sectionnés, des têtes chitineuses et détrempées de sang noir gisaient un peu partout autour de lui.

Il se hâta, contourna le corps déchiqueté d'un de ses serviteurs qu'il se refusa à identifier et monta l'escalier quatre à quatre, jusqu'à son bureau. Là, il s'empara de ses poèmes inédits et de la liasse que lui avait remise son copiste. Il fourra le tout dans sa sacoche préférée puis récupéra toutes ses économies, du moins celles — cachées — que n'avaient pas trouvées les troupes de Déléthérion.

Après avoir passé un quart de lithion assis dans la ramure d'un des arbres immenses qui, l'été, obombraient sa demeure, la tête entre les mains, immobile, comprenant qu'il ne lui restait plus rien — ni amant, ni maison, ni fortune, ni fonction officielle —, Égée se morigéna et se décida à chercher un endroit où cacher l'Armure.

Porté par ses jambes de quartz, il s'enfonça dans la nuit, en direction de la Nécropole et du calme qu'elle promettait.

« C'est notre nouvelle maison, Papa ? »

Sans se donner la peine de répondre à son fils Philippos, Argo de Thrace le prit dans ses bras et le confia à son épouse Galathéa.

« Tu n'as pas honte ? demanda-t-elle tout en caressant les cheveux noirs de l'enfant. Le corps du roi n'est pas encore froid et déjà vous vous installez dans son palais, comme si vous étiez les maîtres des lieux.

— C'est pour nous mettre à l'abri des conjurés à l'origine de l'assassinat…

— Tu ne me feras pas croire ça ! Non seulement

tu me prends pour une idiote, mais en plus tu me dégoûtes... »

Argo récupéra Philippos et le posa délicatement par terre avant de gifler sa femme d'un revers de la main, lui déchirant la lèvre. Aussitôt, le petit garçon se mit à pleurer et tenta de se blottir dans les robes safran de Galathéa. Argo l'en empêcha, lui saisissant la tête d'une main puissante... avant de se rendre compte qu'il portait ses gants de combat.

« Regarde, fils, elle saigne. C'est ce que les femmes savent faire de mieux. »

Après avoir libéré l'enfant, Argo termina son verre de vin coupé d'eau.

Il récupérait son heaume, au moment précis où quelqu'un frappa à la porte.

« Général de Thrace ?

— J'arrive... »

Argo jeta un coup d'œil à sa famille en larmes. Adossée à une tenture, sans doute hors de prix, Galathéa le fixait de ses yeux noirs, meurtriers. Jamais elle n'avait été aussi belle.

Vous avez entendu ? Général de Thrace... Maintenant, je suis général, je suis l'ombre de celui qui dirige. Le grand homme a été récompensé ; l'arbre de sa dévotion, de son abnégation et de son engagement a donné des fruits juteux, des fruits qui vous mettront définitivement à l'abri de la faim et de la pauvreté. Un jour vous me remercierez. Surtout toi, Philippos.

Conscient que son fils se noyait dans le flot de ses larmes et de ses reniflements, Argo buta sur un mot d'excuse, entendit sa femme lui murmurer « Tu as tellement changé » et sortit. Un soldat l'attendait dans le corridor désert.

« L'interprète s'impatiente, Mon Général, il a demandé à plusieurs reprises une entrevue avec le Régent.

— Le Régent est allé rendre visite au Pontife. Vissarion a-t-il des nouvelles de la villa du poète ?

— S'il en a… elles ne sont pas bonnes. »

Argo cracha par terre et suivit le soldat jusqu'aux écuries où Vissarion Delphis faisait les cent pas en se mordillant la lèvre inférieure.

« Vous deviez surveiller la villa depuis les hauteurs !

— C'est ce que j'ai fait !

— Et ? »

Vissarion s'enferma dans le spectacle de ses brodequins en peau retournée plutôt que de répondre à la question. En grognant, Argo monta sur sa chimère et ordonna à l'interprète ainsi qu'à plusieurs soldats de le suivre.

Ils traversèrent la cité au galop, passèrent les remparts à hauteur de la porte occidentale et s'enfoncèrent dans les beaux quartiers juchés sur les contreforts des monts Minéos. Les collines du ponant étaient silencieuses ; les riches familles respectaient le couvre-feu. L'air frais ne tarda pas à être coupant et Argo fit ralentir l'allure.

Arrivés devant la villa d'Égée, le général et ses hommes dégainèrent leurs épées qui s'enflammèrent aussitôt, leur servant à la fois d'arme et de torche.

D'un pas conquérant, Argo entra le premier dans

le hall de la villa. Épée à la main, il zigzagua entre les morceaux de cadavres, tantôt insectoïdes tantôt humains. Après avoir compté les têtes des Eizihils, il fit appeler l'interprète.

« Le Régent Déléthérion sera furieux quand il apprendra que les huit Eizihils sont morts et que vous avez été massacré avec eux…

— Comment ?

— Surtout ne me remerciez pas », annonça Argo en lui assénant un coup de poing au visage.

Le général se pencha sur l'interprète assommé et lui brisa la nuque. Restant accroupi au-dessus de sa victime, il tourna la tête vers ses hommes pour leur demander de récupérer des cristaux sur leurs chimères.

« Tailladez-le profondément… Il faut que l'on ait l'impression qu'il a été tué comme les autres… par l'Armure. Puis contactez les membres de son ordre afin qu'ils récupèrent sa précieuse dépouille. »

Flanqué de sa garde personnelle, Absû Déléthérion marchait d'un pas alerte en direction du Mastaba des Trois Éléments qui, tout en dominant les quartiers de l'Eau, de la Terre et du Feu, ainsi que leurs temples tutélaires de la Ville Moyenne, jouxtait le Palais Royal et rivalisait de magnificence avec lui.

Le nouveau maître de Déméter n'éprouvait pas d'appréhension. Juste une intense satisfaction et un vague sentiment d'urgence. Il contrôlait militairement et civilement la situation, y étant parvenu grâce à l'aide du plus puissant des Ligueurs, Théagénès Phalaris, le Pontife des Trois Éléments, qui avait mis à son service Vissarion Delphis et avait été le coordonnateur de la propagande ayant fait de lui l'homme providentiel.

En tant que Régent, Déléthérion assurait l'interrègne en l'absence de tout héritier d'Yskander. Par ailleurs, il faisait semblant d'enquêter sur la mort du vieux roi et préservait la cité de l'anarchie. Cependant, afin de monter sur le trône en tant que monarque légitime, il avait besoin de l'Armure de la Transcendance. Dans le cas contraire, Théagénès finirait par l'écarter du pouvoir en le faisant passer pour un simple usurpateur, ou en le faisant assassiner — une hypothèse qui n'avait rien de délirant.

Sous les feux obliques du couchant, les trente degrés du Mastaba rendaient hommage aux éléments, selon la trinité usuelle : marbre rose pour le feu, marbre gris pour la terre et marbre bleu pour l'eau. Parvenu à l'entrée principale de la pyramide à degrés, Déléthérion fut contraint de laisser son escorte sur le parvis. En tant qu'officier supérieur, il avait toutefois le privilège de conserver ses armes. Sans aucune fébrilité, il pénétra à l'intérieur de l'édifice, débouchant dans un hall monumental hanté de fontaines et de jardins suspendus — une salle à l'échelle des dieux, éclairée par d'immenses braseros dans lesquels des clercs jetaient de l'encens. Sans saluer qui que ce soit, il se dirigea droit vers l'élévateur hydraulique qui l'entraînerait jusqu'au vingt-troisième degré où l'attendait Théagénès Phalaris. Deux officiants le firent entrer dans une petite cabine taillée dans le granit. Les parois de celle-ci étaient serties de pierres précieuses et semi-précieuses — rubis, lapis-lazuli et malachite — évoquant les trois éléments.

Au terme de son ascension, Déléthérion emprunta un long couloir de pierre nue, traversa un pronaos décoré par une mosaïque figurant les continents émergeant du feu primordial. Enfin, il entra dans la chapelle magmatique. Là, Théagénès l'attendait. Déléthérion avait accepté de se déplacer jusqu'au Mastaba pour rencontrer le Pontife, ce dernier ayant refusé de se plier à l'étiquette. Conscient qu'il devait composer avec Théagénès, le Régent avait cédé, mais non sans imposer son élément tutélaire comme cadre de leur entretien.

Théagénès l'accueillit, drapé dans une toge noire. Il arborait les insignes cuivrés de sa charge de Pontife. Petit et gras, le regard froid et calculateur, il exsudait des senteurs opiacées qui invitèrent Déléthérion à se pincer les narines. Il se caressa la poitrine, refermant un instant le poing sur son cœur, puis, comme rassuré, sourit.

« N'est-ce là pas notre cher Régent ? Quel honneur ! » ironisa Théagénès.

Pour toute réponse, Déléthérion esquissa une révérence.

« J'ai une question pour vous », reprit le Pontife, d'un ton trompeusement badin. « J'observe vos troupes qui patrouillent et font régner le couvre-feu, et je me demande combien de temps le peuple le supportera. J'espère que vos chiens de guerre n'auront pas la main trop lourde avec les contrevenants et, surtout, qu'ils ne tarderont plus à dénicher l'assassin de notre regretté monarque. Ce crime ne peut rester impuni et si cette situation d'instabilité venait à se prolonger, vous ne tarderiez pas, je le crains, à être en butte à l'irritation des masses…

— Si c'était le cas, rétorqua Déléthérion, croyez bien que je n'hésiterai pas à leur rappeler à quel point le clergé était réfractaire aux réformes d'Yskander. N'oubliez pas qu'en tant que Régent, il m'appartient de ventiler les deniers du culte. Je crois que les richesses des temples seraient à même de calmer le peuple, bien plus que des prières. L'argent éteint la colère… vous ne le savez que trop bien.

— Vous osez me menacer ? Cela ne vous mènera nulle part, *Général*.

— C'est précisément ce que je m'efforce de vous rappeler, *Ligueur*.

— Vous pouvez certes ventiler les deniers du culte. Moi, je peux transformer Déméter en cloaque. Gardez toujours à l'esprit que sans le clergé et ses connaissances techniques et médicales, considérées comme magiques par le peuple, la capitale serait inhabitable. Nous traitons les eaux usées, nous éclairons les rues, chauffons les maisons, dirigeons les hôpitaux. Nous faisons fonctionner les chimères, les armures et même votre jolie épée enflammée. »

Un silence glacial s'insinua entre les deux hommes.

« Vous nous avez mis dans une impasse », cracha le Pontife, laissant exploser son mécontentement. « Il n'était pas prévu que vous vous proclamiez Régent. Vous avez outrepassé vos prérogatives.

— Je n'avais pas d'autre choix. Déméter ne pouvait rester sans gouvernant, à moins de sombrer dans le chaos. La régence était la meilleure des solutions.

— Ce n'est qu'un pis-aller, Déléthérion. Vous n'avez aucune légitimité.

— À moins que mes hommes ne retrouvent l'Hérakléion…

— Sans le concours du clergé, vous ne saurez pas quoi en faire. Ce n'est pas l'Hérakléion qui a de la valeur, c'est ce qu'il contient. Et je doute que ce qu'il contient, puisque Yskander en fait partie, ait envie de se livrer à vous. Sans notre aide, cette armure ne vous est d'aucune utilité.

— Vous me prenez de haut, Théagénès, mais vous oubliez que sans moi, les prélats seraient toujours à la merci des réformes d'Yskander.

— Je n'oublie rien. Comme promis, vous obtiendrez en retour de hautes responsabilités dans le futur régime politique de Déméter.

— Vous refusez de comprendre. Je veux plus. Beaucoup plus. Quand un fauve a faim, il faut le nourrir, encore et encore…

— Ou l'abattre. »

Le Régent et le Pontife s'observèrent. Sans retenue, la voix de Déléthérion s'éleva dans l'air vespéral, tout à la fois méprisante et vibrante de conviction :

« Je suis celui qui régénérera Déméter. Grâce à moi, la monarchie retrouvera sa force et son lustre d'antan. Les Thaumaturges redeviendront un peuple conquérant, fier, guidé par un roi à la volonté de fer.

À nouveau, les trois éléments marqueront le peuple jusque dans sa chair. Feu pour la noblesse qui combat, Eau pour le clergé qui enseigne, Terre pour le peuple qui travaille. Nous rouvrirons la voie du Nord, nous explorerons le Sud lointain et renégocierons les traités qui nous lient aux Canopéens. Nous serons puissants car nous allons donner une nouvelle définition au mot puissance et enrichir l'Histoire. Vous n'avez qu'une seule chose à faire, Théagénès : reconnaissez publiquement que je suis l'Élu. Faites-le clamer dans tous les temples. Le clergé en ressortira grandi. Et je vous promets qu'une fois sur le trône, je veillerai à ce que les prélats participent aux destinées de Déméter. Ensemble, vous et moi, nous ramènerons la monarchie à son âge d'or.

— L'Élu, rien que ça ! Voilà bien un délire de militaire, un délire de fauve affamé... La monarchie est moribonde depuis longtemps, Déléthérion. Elle est sclérosée, rongée par les forfaitures de son administration autant que par l'incompétence des derniers rois, rejetons d'une lignée anémique. En ce qui me concerne, la monarchie n'est plus qu'un cadavre dont les boursouflures éclatent les unes après les autres, épandant leurs gaz méphitiques sur tout le royaume. De plus, vous savez aussi bien que moi que vous n'êtes pas l'Élu. Vous n'êtes que l'instrument du destin, une étape nécessaire vers l'avènement de quelque chose de plus grand... Une marche d'escalier, sur laquelle la Ligue a posé le pied.

— Quelque chose de plus grand ? Éclairez-moi, je vous en prie.

— Votre ironie m'indiffère, Général. L'Histoire

vous aura oublié avant même que ne retombe l'écho de vos sarcasmes. La monarchie est irrémédiablement infectée et ne peut plus être soignée. En revanche, un nouveau régime peut être bâti sur ses ruines. Une oligarchie éclairée conduite par des pontifes prônant l'harmonie entre la société thaumaturge et les Esprits Élémentaires qui animent la Nature. Les grands prêtres des trois cultes de Déméter seront bientôt les serviteurs de son avènement.

— Pour le plus grand bonheur du clergé, j'imagine.

— Il sera un meilleur guide que l'armée.

— Entre mes mains, l'armée est au service du peuple, Théagénès.

— Entre vos mains, c'est le peuple qui est au service de l'armée. Déjà, vos généraux et capitaines s'installent dans le palais et ont la mainmise sur l'administration. Vous n'êtes qu'un tyran, et l'un des moins fins qu'ait connus ce monde.

— Vous ne comprenez pas. Je défends la monarchie, j'œuvre à sa restauration.

— C'est vous qui ne comprenez pas. Elle est morte… ce matin, tuée de votre propre main. Vous n'êtes pas un restaurateur, juste un grossier embaumeur. »

Hors de lui, Déléthérion porta la main sur la garde de son épée.

« Je vais vous tuer…

— Bonne idée, Régent. Demain, le peuple vous lapidera, puis s'en remettra au clergé et, dans la mort, j'aurai réussi là où vous aurez échoué.

— Priez, Théagénès, priez pour que je ne mette pas la main sur l'Armure avant vous.»

Le Pontife ne put s'empêcher de rire, en se tapotant la poitrine :

« Prier ne changera rien. Même quand vous l'aurez, je la contrôlerai toujours.»

CHAPITRE 5

C'est en poussant une vieille brouette habituellement réservée au ramassage des feuilles mortes qu'Égée quitta la Nécropole déméterrienne, tel un indigent. Sous des étoffes puantes dérobées aux morts, il avait caché sa sacoche pleine de poèmes, l'argent qu'il avait pris chez lui — près de trois mille talents —, le squelette à la place duquel il avait mis l'Herakléion et l'épée courte d'un des gardes qu'il avait tués à l'entrée de la bibliothèque royale. Vêtu d'un chiton troué par la vermine, et d'une perruque de femme au crin blanchi par les années, il prit grand soin d'éviter les soldats postés aux abords du cimetière.

Après avoir poussé sa brouette jusqu'à la rive droite de l'Achéron, il se débarrassa du squelette dont il n'avait pas besoin. Puis il se dirigea vers le sud, en suivant le chemin de halage qui longeait le fleuve. D'un pas alerte, il avançait en marmonnant d'anciennes malédictions, conscient de ressembler à la Mort en goguette. Après une marche de deux lithions, il pénétra dans les quartiers sur pilotis que l'on surnommait Sans-retour. Là, dans une ruelle dévorée par la nuit, il changea de nouveau de déguisement, laissant l'épée lui battre la cuisse, confiant à sa sacoche argent et poèmes. Vêtu d'un beau pantalon bouffant, d'une chemise à dentelles, immaculée, et d'une veste de cuir cloutée, il ressemblait à un pirate tout juste tombé de son rafiot.

Dans les bouges sales et mal famés du delta, il espérait trouver un contrebandier assez fou et assez cupide pour l'emmener discrètement jusqu'à la Canopée, lui et sa précieuse cargaison.

Après quelques instants perdus en déambulations et en hésitations, il pénétra dans un établissement sordide, une taverne à putes dont l'entrée étroite était littéralement encadrée par des monceaux de détritus exsudant une odeur d'urine et de vomi. Il ferma la porte derrière lui et fut assailli par les effluves piquants d'une salle bondée, au plancher couvert d'une épaisse couche de sciure moisie, parfois rassemblée en grumeaux. Il s'approcha du comptoir où il commanda une bière qu'on lui servit dans une chope d'étain.

À quelques tablées de là, quatre marins vérolés, saouls et épais comme des ancres, cherchaient chicane à un jeune homme longiligne et propre sur lui qui, loin de paraître terrifié, les défiait d'un sourire moqueur. Son teint olivâtre, ses yeux bridés, sa longue silhouette fine, laissaient à penser qu'il s'agissait d'un sang-mêlé — moitié Thaumaturge, moitié Canopéen.

À cette heure tardive, la plupart des clients de la taverne somnolaient le visage planté dans leur soupe ou dans le produit de leurs régurgitations. Quelques-uns buvaient en flattant le cul des filles assises sur leurs genoux, d'autres léchaient bruyamment le vin qu'ils renversaient sur les seins de putains rigolardes, attendant sans doute qu'une chambre se libère afin qu'ils puissent s'y vider les bourses.

« Ton père est un ruffian court de la tige et ta mère une pute végétale ! » beugla l'un des marins qui entouraient le sang-mêlé.

Le jeune homme ne lui accorda même pas le bénéfice d'un regard. Il vida sa chope d'un trait, s'essuya les lèvres et se leva lentement. Il était vêtu sobrement et portait une grande cape verte à ourlets noirs qu'il repoussa en arrière d'un geste ample. Une longue épée battait son flanc — une arme de qualité et de grande valeur, qui jurait dans un tel bouge. Les quatre marins produisirent de sous leur vareuse huilée des coutelas dont la lame avait été piquée et attaquée par le sel et les années.

« On n'aime pas trop les bâtards, par ici... Alors on va te saigner un brin, te couper deux ou trois doigts, peut-être te taillader un peu le bide, histoire de voir si tu pisses de la sève... »

Le jeune homme ne répondit pas, préférant défaire son ceinturon et laisser son arme tomber au sol. Sa cape suivit, sous les regards incrédules de ses adversaires. Il se mit en garde, poings fermés, lèvres serrées.

Les gros bras hésitèrent. Une rumeur monta dans l'assemblée, accompagnée d'une bouffée délétère de vinasse et de barbaque mal digérée. Quelqu'un rota longuement. Égée s'adossa au comptoir pour assister au spectacle. Sans doute attirée par le luxe relatif qu'il affichait, une jeune putain s'approcha de lui. Il la congédia en lui suggérant d'aller sucer un âne. Ce qui lui valut d'être copieusement insulté.

Au centre de la taverne, le jeune sang-mêlé faisait signe aux marins d'avancer.

« Quatre lames contre deux poings, vous n'allez pas me dire que vous avez peur ? Venez me foutre les tripes à l'air, histoire de voir si elles puent le sous-bois ! »

La rage déforma le visage des quatre matelots endurcis. Visiblement inconscient, le jeune sang-mêlé en rajouta : « Eh ! Vous prenez racine, ma parole ? Je suis sûr que vous avez tous la même mère, une de ces grosses putes sèches qui, dès qu'un bateau arrive, attend à quatre pattes sur une caisse vermoulue que les matelots viennent graisser et l'enfiler à la chaîne, jetant chacun une pièce dans le crachoir de bronze qu'elle coince entre ses genoux. »

L'un des marins, les yeux fous, se jeta sur le jeune homme en postillonnant des injures incompréhensibles. Dans un sifflement de mauvais augure, son coutelas fendit l'air. Le sang-mêlé esquiva l'attaque et, d'un croc-en-jambe, envoya bouler son adversaire contre une barrique de vin.

« Et d'un ! » lança-t-il, tout fier de lui.

Les trois autres marins se précipitèrent, lame en avant, l'un d'eux l'attaquant par le flanc.

Ça se complique ! pensa Égée, prenant fait et cause pour le sang-mêlé.

D'une frappe du droit, précise et puissante, le jeune homme explosa le nez déjà bien abîmé d'un de ses assaillants, avant même que celui-ci n'ait eu le temps d'armer son coup de surin. Dans un jaillissement de sang brun, la tête du marin partit à la renverse et vint frapper de plein fouet celle de son acolyte qui arrivait derrière. Les deux hommes s'écroulèrent dans la sciure, mais ne tardèrent pas à se redresser en vociférant.

Le marin qui avait attaqué par le côté emporta le jeune homme dans sa charge. Les deux mains du sang-mêlé bloquaient le poignet de son agresseur afin d'éloigner la lame rouillée qui cherchait à lui ouvrir le ventre. Ils finirent tous deux leur course sur une table qui se brisa sous l'impact. Roulant au sol, ils se séparèrent.

Décidant d'intervenir de façon raisonnable, Égée jeta à terre, d'une manchette précise, le gredin qui s'était emparé de l'épée du sang-mêlé, comptant visiblement quitter la taverne avec. Le poète récupéra la belle lame, poussa du pied un homme vautré sur sa table et s'assit sur le tabouret désormais disponible après avoir posé sa chope devant lui.

Le marin au nez éclaté attaqua à nouveau le sang-mêlé. Un coup de pied le rejeta en arrière et il termina sa course dans les jupes d'une putain grasse comme un gâteau de mariage, plombée jusqu'à la moelle. Riant aux éclats, celle-ci lui palpa les parties et s'écria : « Debout, étalon ! Retournes-y ! Et après, tu pourras me farcir le cul toute la nuit ! Je te ferai un bon prix. »

Frappé à la nuque par un tabouret, le sang-mêlé glissa aux pieds d'Égée. Celui-ci l'aida à se relever et lui murmura : « Allez, fils, tu t'en sors bien. Donne-leur une bonne leçon ! »

Avisant le vieux lustre dégoulinant de cire qui pendait du plafond, le jeune homme s'élança en prenant appui sur un banc. Agrippé à l'armature métallique qui grinça de façon inquiétante, il survola les têtes rasées des matelots surexcités, lâcha le lustre et atterrit avec souplesse sur une table encombrée par les restes d'un repas copieux. Là, il s'empara des récipients qui se trouvaient à portée de main et les lança sur les marins qui se retournaient vers lui. Le premier, touché au front par un broc de terre cuite, vacilla ; le deuxième reçut en plein visage une assiette projetée tel un disque et cracha quelques dents en injuriant les trois éléments ; le troisième, qui s'était protégé le visage avec les bras, s'écroula, frappé à l'entrejambe par un plat à ragoût.

Bien qu'essoufflé, le jeune homme sourit.

« Je m'appelle Johan Solon, je suis certes un sang-mêlé, mais vous n'êtes que des porcs ! Venez ! Venez ! »

Au moment où Égée se demandait s'il n'allait pas prêter main-forte au sang-mêlé, le premier des marins, celui qui avait eu une idylle inattendue avec une barrique de vin, reparut en compagnie de quatre comparses armés de sabres. La foule, avide de sang, salua cette arrivée et commença à prendre des paris. À la droite du poète, un des clients souleva une de ses fesses pour aider son séant à émettre probablement la plus longue flatulence de l'histoire de Déméter.

Ça change du Palais Royal, ne put s'empêcher de penser Égée.

Le dénommé Johan Solon avisa les nouveaux

venus, leurs sabres, et grimaça. Égée le héla et lui lança sa belle épée, puis produisit la sienne. Ravi de pouvoir s'amuser un peu, il fit deux pas en direction des sabreurs de basse-fosse.

« Ici la bière est immonde, les chopes sales et les filles sont d'une laideur qui n'a rien à envier à leur puanteur, annonça-t-il. Je m'ennuie à mourir. Puis-je jouer avec vous, les enfants ? »

Le groupe de marins interpellé se tourna vers Égée comme un seul homme, ce qui laissa à Johan le temps de reprendre son souffle, de défourailler son épée pour la faire siffler devant lui.

Les marins chargèrent le poète, sabres dressés. Égée exécuta un saut périlleux arrière et atterrit sur le comptoir de la taverne. Là, il distribua quelques coups de pieds et en profita pour projeter sur ses assaillants diverses bouteilles de vinasse ou de perce-boyaux. Vif comme l'éclair, le sang-mêlé prit à revers les marins et commença à ferrailler, les désarmant sans mal, avant de les blesser au bras ou à la main. Visiblement, il n'avait aucune intention de tuer qui que ce soit.

La bataille s'étendait maintenant à toute la taverne — les uns prenant fait et cause pour les marins avinés, les autres encourageant le jeune sang-mêlé et son allié inattendu. Le tavernier, un gros homme chauve à qui l'on n'aurait pas confié sa fille de dix-sept ans, essaya de calmer le jeu en hurlant : « Par les trois éléments, arrêtez donc ! » Un culot de bouteille, qu'un des marins avait envoyé valser d'un grand coup de sabre, vint lui entailler profondément l'arcade sourcilière. Saignant d'abondance, le tavernier plongea la main sous le comptoir et la ressortit avec un fléau de bonne taille puant la charogne.

« J'm'en vais tous vous attendrir ! » rugit-il en contournant son comptoir.

Tout en distribuant quelques coups d'épée bien sentis, Égée se pinça le nez, tel un acteur de théâtre.

Au centre d'un chaos plus amusant qu'inquiétant, dont les filles profitaient pour détrousser leurs clients les plus avachis, Égée, Johan et le tavernier ferraillaient à présent contre dix marins fous de rage, livrant bataille sur deux fronts.

Soudain, le sang-mêlé cria, blessé à l'épaule droite.

Égée sauta du comptoir, glissa dans la sciure et traversa de part en part le marin qui avait blessé Johan. Conscient que le combat avait fait sa première victime, et que d'autres allaient suivre, le poète décida d'en finir le plus vite possible. Il enfonça la pointe de son épée dans le front d'un autre assaillant et l'y brisa.

La botte de Malamurion, Mon Roi.

Désarmé par un coup de sabre d'une rare puissance, Égée s'empara d'un couteau jusque-là planté dans les restes d'un gigot et éventra un homme qui se ruait sur le sang-mêlé. Ce dernier, insouciant, examinait sa blessure à l'épaule. Du bout du pied, le poète projeta en l'air un sabre dont il s'empara au vol pour toucher au flanc l'un des marins qui menaçaient directement Johan.

Protégeant le jeune homme à qui il ordonna de rester derrière lui, Égée fit face à trois marins bien décidés à en finir. Conscient de sa grande supériorité au sabre, le poète jongla avec son arme, se lançant dans une éblouissante démonstration.

« Ne savez-vous pas reconnaître un maître d'escrime quand vous en voyez un ? »

Alors que le poète sabrait et se vantait, le tavernier grièvement blessé au ventre sortit une espingole à canon scié de dessous le comptoir et visa les marins survivants. Entre deux coups d'épée, Égée repéra cette nouvelle menace. Vif comme l'éclair, il abandonna ses assaillants et se jeta sur le sang-mêlé qui n'avait visiblement rien vu. Les deux alliés roulaient dans la couche de sciure immonde au moment où la poudre s'embrasa et explosa. Aussitôt, une fumée épaisse, accompagnée d'une odeur de chair grillée de mauvais augure, s'éleva dans la taverne. Les yeux pleins de larmes, dominé par une toux irritante, Égée releva la tête. Le premier des marins n'avait plus de bras droit ; à la place pendaient des filaments de chair ensanglantée. Le deuxième avait lâché son arme et contemplait, hébété, les rigoles de sang qui dévalaient sa poitrine. Le troisième enfin, à genoux sur le sol, hoquetant comme un enfant malade, cherchait fébrilement l'une de ses oreilles et essayait de remettre en place une bonne partie de son cuir chevelu, arrachée par la mitraille.

Le cœur au bord des lèvres, le poète se redressa. Il ramassa l'épée du sang-mêlé et, serrant le jeune homme contre lui, se dirigea vers la sortie de l'établissement. D'un coup précis, il arracha l'œil droit d'un marin qui venait de s'interposer. La foule, dont une partie était occupée à détrousser les morts, les laissa passer sans piper mot ni esquisser le moindre mouvement. Certaines filles les accompagnèrent, non sans cacher entre leurs seins flasques ou dans leur culotte le produit de leur rapine.

Arrivés dehors, Égée et son compagnon — ce dernier reprenait ses esprits peu à peu — se fondirent dans la nuit, en trottinant, prenant une rue infestée de rats. Une fois assurés que personne ne les avait suivis, les deux hommes se cachèrent dans une impasse obscure, sous le porche rouillé d'un entrepôt abandonné. Son souffle enfin recouvré, le jeune homme tendit la main vers le maître d'escrime.

« Je m'appelle Johan Solon et, inutile de vous le cacher, je suis contrebandier. »

Égée le regarda, hésitant entre rire et larmes.

« Pas le plus discret qui soit... Je m'appelle Égée Seisachtéion, je suis poète et, je vous le confie aisément, je cherche un contrebandier.

— Égée Seisachtéion ? Le confident du roi ? Toute la ville parle de vous, les soldats ont annoncé que vous aviez tué le vieil Yskander.

— Ai-je l'air d'un homme qui a tué son roi bienaimé ?

— Non. » Johan esquissa un sourire. « Ainsi, vous avez besoin de quitter Déméter... Et quelle sera votre destination ? L'Est, évidemment, puisque Déléthérion n'y a guère d'alliés ?

— Du tout. La Canopée. Je dois l'atteindre au plus tôt et dans la plus grande discrétion, ce qui n'a pas l'air d'être votre talent principal.

— Notre rencontre ne manque pas de sel. Voyez-vous, je possède le navire le plus discret et le plus rapide de tout le delta. Pour mille talents, je vous amènerai à bon port en cinq jours, pas un de plus. Mais sachez qu'il nous faudra éviter la capitale canopéenne : Cendramère. L'activité thaumaturge y est trop importante ; on y trouve autant d'espions de Déméter que de boutons sur le cul d'une pute.

— J'ai une caisse à emporter.

— De quelle taille ?

— Six coudées de long, trois de large.

— Aucun problème. »

Les deux hommes se regardèrent avec un large sourire de connivence.

« J'ai la vague impression, poète, que vous allez m'attirer des tas d'ennuis, un peu comme si vous veniez de me sortir d'une bouse pour me laisser tomber dans une fosse à purin.

— Peut-être, mais je défends une grande cause.

— Tous mes clients défendent de grandes causes. La leur, la plupart du temps.

— Pas moi. »

Johan Solon acquiesça, visiblement convaincu.

« Cinq cents talents avant le départ, cinq cents à notre arrivée dans la Canopée. Venez dans deux jours avec votre cargaison, aux alentours de minuit, à la "Taverne de l'Espoir". C'est tout près des quais, facile à trouver. »

Égée acquiesça et, aussitôt, Johan le laissa en murmurant :

« À bientôt, poète. Puissent les vers attendre un peu avant de vous ronger. »

Le lendemain matin, déguisé en négociant aisé, Égée se frayait un chemin à travers le marché aux bestiaux. Il cherchait un moyen discret pour récupérer l'Armure et la déplacer de l'endroit où il l'avait cachée jusqu'à la Taverne de l'Espoir. Il se refusait à revêtir l'Hérakléion pour faire le trajet et pensait donc acheter une carriole et une bête de trait.

Il observait des buffles à vendre quand des petits doigts se glissèrent dans sa sacoche. Aussitôt, il attrapa cette main baladeuse.

Prise la pogne dans le sac, une drôlesse hurla. Il s'agissait d'une rousse adolescente aux longs cheveux ondulés encadrant son visage comme deux jets de flammes ; une gamine constellée de taches de rousseur qui sentait le lait caillé et le charbon de bois écrasé.

« P'tite chapardeuse !

— Ici, je suis Danya la Rousse et tu n'es pas d'ici ! » lui hurla-t-elle dans les oreilles avant de lui écraser les orteils d'un coup de talon.

Le souffle coupé par la douleur, Égée lâcha la sale gamine qui disparut immédiatement dans la foule.

Petite salope. Tu ne perds rien pour attendre.

Les larmes aux yeux, Égée sautilla sur son pied valide jusqu'à ce que la douleur reflue un peu. Tout en boitant misérablement, il s'assit sous la tonnelle d'une taverne où il commanda une bière après avoir retiré sa botte pour palper les os de ses orteils.

La gamine a raison, je ne suis pas d'ici et ça se voit ; mes ongles et mes cheveux sont trop propres, mes mains pas assez calleuses, ma voix insuffisamment rugueuse. Il faut que je trouve une solution pour récupérer l'Armure et la transporter jusqu'au port sans attirer l'attention. Quelle que soit la qualité de mon déguisement, même le plus naïf des soldats ne croira pas que je suis un marchand.

Après avoir remis sa botte, Égée retourna se promener au milieu des chalands, entre les étals. À force d'écouter hommes et femmes marchander, il en déduisit le prix d'un buffle en bonne santé. Il allait conclure et acheter une bête qui lui semblait des plus valables, presque en trop bonne santé, quand il aperçut à quelques pas de là une chevelure rousse et ondulée. S'excusant auprès du vendeur, il s'approcha par derrière de la drôlesse, lui attrapa le bras droit qu'il lui plia dans le dos avant de lui écraser le pied gauche d'un solide coup de talon.

Sous l'effet de la douleur, Danya la Rousse gonfla les joues comme si elle allait régurgiter ses trois derniers repas, puis des larmes jaillirent de ses yeux. Bloquant le bras de l'adolescente d'une main ferme, souriant aux marchands, aux chalands et aux badauds, Égée accompagna sa *nouvelle amie* jusqu'à une ruelle moins fréquentée où les gens avaient pris l'habitude de se soulager.

« Tu me fais mal », hurla Danya, une fois qu'ils furent à l'abri des regards indiscrets, pataugeant dans une boue où se mêlaient inextricablement paille et déjections de tous types. « Tu m'as éclaté le pied et tordu le bras. »

Égée desserra à peine sa prise et poussa la gamine derrière une pile de caisses, ne lui laissant aucune échappatoire, surtout avec son pied douloureux.

« Pourquoi cherchais-tu à me dévaliser ?

— À ton avis ? J'ai faim et mes enfants ont faim.

— Ne dis pas de bêtises, tu es bien trop jeune pour avoir des enfants.

— Tu n'es pas un marchand de Sans-retour… »

Égée la toisa.

« Tu as vraiment faim ?

— Oui, c'est pour ça que je vole les gros dégueulasses dans ton genre. Je préfère ça plutôt que de travailler du fessier dans une taverne.

— J'ai besoin de me cacher pendant deux jours. Si tu m'aides, je te donnerai dix talents.

— Si tu proposes dix, c'est que tu peux m'en donner cent.

— D'accord pour cent, si tu me trouves un endroit sûr. Où personne ne me posera la moindre question. »

Elle sembla réfléchir puis, après avoir plongé ses yeux farouches dans ceux d'Égée, elle acquiesça :

« Je vais te montrer mes enfants, c'est pas loin. Là, si tu fais pas de vagues, tu seras en sécurité.

— Combien as-tu d'enfants ?

— Trop… On a toujours trop d'enfants. »

Tout en boitillant, la gamine guida Égée à travers Sans-retour. Ils passèrent de nombreux ponts qui enjambaient les canaux, évitèrent parfois le contenu de pots de chambre vidés par les fenêtres et progressèrent vers le sud, dans le labyrinthe étouffant que dessinaient la ville et ses odeurs.

Alors qu'ils arrivaient sur une jetée pourrissante et solitaire, excentrée par rapport au quartier commerçant, Danya commença à descendre une volée de marches couvertes d'algues vertes. Plutôt que de la suivre, Égée s'arrêta pour regarder l'océan dans lequel se coulaient les eaux boueuses de l'Achéron. Celles-ci, tricotées inlassablement par des centaines d'oiseaux de mer bruyants comme un bal populaire, dessinaient une traînée rouille que les courants effilaient vers l'ouest.

Ici, toutes les créatures — hommes, femmes et bêtes — cherchent de la nourriture. Les oiseaux se nourrissent des déjections de la capitale et les enfants volent pour manger. Jusqu'à aujourd'hui, je n'avais jamais pensé que se nourrir pouvait être un vrai problème.

La jetée était veillée sur la droite et la gauche par de vieux bateaux vermoulus, des carcasses commerciales visiblement devenues des logements pour les plus défavorisés, aux mâts desquelles séchait du linge, draps et vêtements tendus au soleil et au vent.

Égée entendit siffler et regarda la gamine qui l'invitait à la rejoindre.

Au lieu de s'enfoncer dans l'eau marronnasse qui frappait en rythme le bas des marches, l'adolescente disparut à droite, entre les pilots, sous la jetée. Égée jeta un dernier coup d'œil à l'océan éperonné par les eaux boueuses du fleuve, puis il s'engouffra dans la pénombre marine qui régnait sous les pontons. Là, une dizaine d'enfants jouait ou dormait. La plupart, vêtus de haillons, étaient massés autour d'un feu de bois flotté, enroulés dans des couvertures élimées.

« Voilà P'ti Dom, annonça Danya en montrant un gamin dépenaillé, puis il y a Princesse, Grenouille, Va-t'en, Jongleur, Vomitout. Lui, là-bas, qui se cache sous son bout de tissu blanc, c'est Fantôme ; il a peur des grands, ses parents n'arrêtaient pas de le battre et de lui faire pire que ça. Le grand, là-bas, qui dit jamais rien, c'est Chasseur. Personne ne tue les rats et les chats mieux que lui. Ce sont tous mes enfants et ils ont tous faim. Tu vois, je ne t'ai pas menti. »

Égée regarda les enfants perdus et leur sourit à tour de rôle.

« Tu es en sécurité ici, ajouta Danya. Les soldats ne viennent jamais dans le coin, ils ont trop peur des contrebandiers qui habitent sur les bateaux. On a tué un chien il y a quelques jours, on a fumé sa viande, il doit en rester un peu dans un linge, du plat de côtes. »

Fatigué, Égée alla s'asseoir près du feu. Il n'y avait aucune couverture de libre. Il fouilla dans sa sacoche et donna de l'argent à Danya.

« Ramène-moi une bonne couverture et de quoi manger. Autre chose que du chien s'il te plaît. Du jambon, des saucisses, du pain, ce que tu trouveras... »

La gamine acquiesça et donna l'argent à celui qu'elle avait appelé Chasseur.

Voilà la Reine des pontons et je vais dormir dans son royaume.

Quand Égée se réveilla de sa sieste — il avait dormi sous les pilots en compagnie de P'ti Dom, Vomitout et Princesse —, une grosse couverture de laine le protégeait du froid. Dehors la nuit tombait doucement. Il se redressa et vérifia le contenu de sa sacoche ; rien ne manquait, pas même un talent d'argent.

La bouche sèche, il but à la cruche que Chasseur lui tendit puis manqua de recracher l'alcool puissant qui lui ravageait maintenant la gorge après lui avoir anesthésié le palais et la langue.

À l'aide d'une dague, Chasseur s'attaqua à un jambon neuf accroché à un pilot. Tout en sifflotant, il le découenna en grande partie puis coupa des tranches pour tout le monde.

Après avoir bu une longue gorgée d'alcool, Égée se mit à mâcher son morceau de jambon fumé. La charcuterie lui sembla n'avoir guère de goût, juste celui du sel et de la fumée. Autour de lui, pris dans le jeu d'ombres et de lumières du feu crépitant, les enfants buvaient et mangeaient, riaient et faisaient des bruits dégoûtants avec leur bouche. Parfois, l'un d'eux se levait pour aller uriner ou faire ses besoins dans l'eau clapotante de l'océan, quelques pas en contrebas, au vu et au su de tous.

Une fois le repas terminé, Chasseur coinça un mortier entre ses pieds et commença à y écraser une racine blanche et un morceau de pierre à fusil. Puis il versa la bouillie produite dans une bouteille d'alcool aux deux tiers pleine avant de secouer le tout énergiquement. Enfin, il confia le breuvage à Danya. Elle but la première, grimaça et passa la bouteille à Fantôme qui but et passa la bouteille à P'tit Dom… et ainsi de suite, jusqu'à ce que la bouteille, presque vide, arrive entre les mains d'Égée. Il la termina cul sec, fut pris d'un frisson, lutta contre une violente nausée et sombra immédiatement dans un fleuve de visions tumultueuses.

Enflammées.

Son corps se couvrit de sueur très rapidement.

Il vit tout d'abord l'Armure de la Transcendance, lisse, brillante. Puis le quartz et l'horizon qu'il formait volèrent en éclats, laissant apparaître le général Déléthérion. Le régicide riait aux éclats et traversait le corps du roi Yskander avec son épée enflammée, tournant et retournant la lame dans le ventre fumant de sa victime.

Flammes et fumées. Douleurs et pleurs.

Égée cria ; les Eizihils le déchiquetaient sur le parquet de la salle d'armes, jouaient avec ses membres arrachés.

« Si tu as peur... » entendit-il.

Une voix lointaine.

Danya ? Chasseur ? Non, il ne parle pas... Qui ? Comment savoir ?

« ...l'alcool et la racine te montrent la peur. Si tu es triste, ils te montrent la tristesse. Si tu es joyeux, ils te montrent la joie. Oublie la peur et tu verras la voie à suivre. Celui qui a peur ne voit rien, n'entend rien, juste la peur, juste les cris... »

Flammes et fumées. Douleurs et pleurs.

Non !

Yskander...

Égée revoyait Yskander, quinze ans plus tôt. Le roi avait trente-cinq ans à l'époque et le poète vingt-quatre seulement. Une période heureuse, colorée, savoureuse, où le succès de ses poèmes avait fait de lui un homme riche et apprécié, un célibataire sollicité par les plus riches familles de Déméter, invité à chaque fête, chaque banquet, pour les baptêmes et les mariages, rarement pour les enterrements. Une époque de goûters dans les jardins des uns et des autres, de soirées dans les établissements dévolus au plaisir, de duels illicites (mais ô combien excitants) s'achevant dès le premier sang. Il écrivait des discours, des panégyriques, des livrets d'opéra ou d'exposition artistique. Il écrivait en début d'après-midi, un lithion ou deux, et ensuite, la belle vie, celle des cimes et des sommets, tant d'insouciance, d'élégance, de mets raffinés, de fêtes magiques ou parfois ratées, ce qui n'empêche jamais de s'amuser quand on a du talent, celui du bon mot, de la méchanceté gratuite qui tombe à point. Beaucoup de rires, de masques, de jeunes nobles dans son lit, ou dans les boudoirs mal éclairés, où plane à jamais l'odeur des étreintes. Aucune douleur, aucun pleur. De douces années durant lesquelles Égée s'était totalement détourné des femmes et avait séduit le roi. Ils étaient devenus d'éphémères amants et d'éternels amis, car la chose amoureuse n'avait pas intéressé Yskander très longtemps, tant la politique le préoccupait. La vie du roi n'était en fin de compte qu'alliances des uns, menaces des autres, réformes ; rencontres avec le haut-clergé, les aristocrates et les armées ; intrigues se nouant et se dénouant, s'embrassant et se rejetant. Trop occupé à s'amuser, à séduire et à médire, Égée était passé à côté de l'existence de son meilleur ami, ne la traversant jamais, se contentant de la caresser.

Quel égoïsme ! Jamais je ne pourrais me le pardonner.

La voix d'Yskander retentit : « Le pouvoir corrompt tout, s'empare du meilleur pour en faire le pire ; séduit les faibles qui rêvent d'être puissants et affaiblit les puissants qui rêvent de l'être encore plus. Comment prendre le temps d'aimer quand le pouvoir vous attend au détour de chaque intrigue, de chaque lutte d'influence, toujours prêt à frapper, à transformer le bien en mal, à envenimer la moindre situation. Le pouvoir est traître, c'est un démon ; il reprend dix fois ce qu'il a d'abord négligemment poussé vers vous.

— Mais laissez ce pouvoir à d'autres. Vivez, déléguez, prenez le temps d'aimer.

— Je ne peux pas. Je ne veux pas baisser les bras. Ce pouvoir me révulse, me dévore de l'intérieur et c'est bien pour ça que je dois le garder, m'y accrocher ; c'est mon devoir le plus sacré. À grand pouvoir, grandes responsabilités. L'amour c'est pour les poètes. Néanmoins, Égée, sachez que vous serez mon ami à jamais. Et même plus que cela. »

À jamais…

Égée quitta les berges du sommeil bercé par un abominable mal de crâne ; il avait l'impression que des morceaux d'os flottaient et s'entrechoquaient sur l'océan de son cerveau. Tout en mangeant du jambon cru et en buvant une tisane que lui avait préparée Princesse, il chercha à échafauder un plan pour récupérer l'Armure et l'amener jusqu'à la Taverne de l'Espoir. Tout autour de lui, blottis sous leurs couvertures, la plupart des enfants dormaient encore.

Il les observa, les uns après les autres.

Il faut faire les choses avec panache ! Toujours ! Ne

pas céder à la facilité, oser. Jouer avec l'ennemi, l'humilier sans le sous-estimer, car c'est le meilleur moyen de le surprendre. Du panache ! Je pourrais revêtir l'Armure et tuer les soldats qui se mettraient en travers de ma route, mais ce serait désacraliser l'Hérakléion et surtout laisser une piste trop facile à suivre.

Dans cette Armure, je pourrais facilement tuer Déléthérion ; je connais bien le palais ; le général est blessé à l'épaule droite... Le roi m'a interdit de le venger, mais le roi est mort, il ne peut souffrir davantage là où il se trouve...

Yskander est mort, cependant il ne l'est pas tout à fait, désincarné, privé de la mémoire de ses trois dernières années de vie, il continue de vivre dans l'Armure, je ne peux donc pas le trahir. Pire, il peut sans doute m'empêcher d'agir, bloquer l'Hérakléion, m'en expulser ou me briser à l'intérieur. Alors, j'aurai tout perdu, la possibilité de me venger et l'Armure...

Comme toujours, Fantôme était enroulé dans son linge blanc qui le protégeait du monde extérieur, du monde des adultes qui l'avait tant blessé.

Ce n'est qu'un bout de tissu blanc élimé et il se croit à l'abri... Pourquoi ?

Parce que ce simple bout de tissu change complètement la façon dont les autres le regardent. Ce n'est pas un aveu de faiblesse ou une invite à la pitié. C'est un constat d'intouchabilité : « Ils m'ont tué, je suis le fantôme de celui que j'étais avant — l'enfant battu, violenté. Cet enfant-là est mort et vous ne pouvez plus l'atteindre. Vous ne pourrez plus jamais l'atteindre. »

Alors qu'Égée observait Fantôme, une idée le frappa avec la violence d'un coup de poing.

Une fois tous les enfants réveillés, rassemblés autour du feu qu'il avait rallumé, le poète s'adressa à eux :

« On va jouer à un jeu. Vous allez tous adorer et ensuite, vous aurez de quoi vous payer de la nourriture pendant longtemps.

— Quel jeu ? » demanda Danya, suspicieuse.

« Il va vous falloir attendre ce soir pour le savoir ! »

Égée donna de l'argent à Danya et lui demanda d'aller avec Chasseur acheter une carriole et une bête de trait, de la nourriture en grande quantité, des étoffes de toutes les couleurs, des masques, de quoi coudre, du savon, des jouets, des marionnettes et des poupées.

« Tu vas acheter tout ça, pas le voler, d'accord ? Tu ne voles rien ; je ne veux pas attirer l'attention. Ça gâcherait la fête que je vous prépare.

— Si j'achète plein de choses, je vais bien plus attirer l'attention que si je les vole. »

Le poète réfléchit.

« D'accord... Alors tu achètes à des endroits différents, à des commerçants qui ne se trouvent pas près les uns des autres. Et tu ne voles rien, si tu te fais attraper, tout tombe à l'eau. »

Danya acquiesça, répéta la « liste de courses » une seconde fois avant de demander à Jongleur, Fantôme et Chasseur de l'accompagner.

Quand Égée se réveilla de sa seconde sieste de la journée, Danya et ses acolytes n'étaient toujours pas revenus.

« Elle va revenir bientôt, lui annonça Princesse. Elle revient toujours. »

Égée acquiesça, caressa les cheveux blonds de la gamine et se perdit dans la contemplation de l'océan gris et paresseux, semblable à un monde assoupi. Se refusant à céder à la mélancolie et à ses poisons, il se leva pour marcher un peu le long des flots nauséabonds et des bateaux de contrebande.

À son retour de balade, Danya, Jongleur, Fantôme et Chasseur l'attendaient avec tout ce qu'il leur avait demandé : un attelage, de la viande fraîche et des fruits, des étoffes et des instruments de musique. Chasseur portait un tonneau de bière sur son épaule. Cela ne faisait pas partie de la liste, mais Égée ne fit aucun commentaire. Il préférait que ces gamins boivent un peu de bière plutôt que leur horrible mélange de racine à rêves, d'alcool à brûler et de pierre à fusil.

Tout le monde termina le jambon cru de bonne humeur, se partagea la viande grillée et but de la bière — Égée veilla à ce qu'il n'y ait pas d'excès de ce côté-là.

Puis arriva l'heure du grand nettoyage. Chaque gamin et gamine fut savonné de la tête aux pieds par Égée et Danya, récuré, épouillé et torché malgré les pleurs et les cris de protestations, puis séché et habillé avec des vêtements neufs ou, parfois, des étoffes de toutes les couleurs grossièrement cousues pour l'occasion.

À un moment où elle ne s'y attendait probablement pas, Égée et Chasseur se jetèrent sur Danya pour lui faire subir le même sort, mais comme l'adolescente hurlait, griffait et mordait avec une rage qui n'avait rien de feinte, le poète comprit que quelque chose n'allait pas. Il demanda à Chasseur de les laisser et aida Danya à se laver derrière un linge qu'il tendit entre elle et le reste de la troupe.

« Je ne suis plus une enfant et je ne veux pas que les autres le sachent, avoua Danya tout en séchant son corps pubère.

— Tu es comme leur mère. Ils se moquent bien de savoir que tu as des seins et du duvet.

— Des fois, je saigne...

— C'est normal.

— Non !

— Si. »

Égée aida l'adolescente à s'habiller et lui expliqua qu'elle pouvait être mère d'une autre manière, maintenant. Ce qui ne sembla guère la concerner.

Puis ils finirent leurs préparatifs tous ensemble, dans une joie insouciante.

Au soleil couchant, la petite troupe rejoignit le chariot et le buffle qui les attendaient sur le quai, surveillés par Chasseur.

Accompagnant le chariot brinquebalant, ils traversèrent Sans-retour en direction du nord. Déguisé en clown, Égée menait l'attelage. Sur le plateau de la carriole, Jongleur jonglait avec des fruits ; Chasseur crachait du feu ; Fantôme, tout vêtu de blanc, hululait et haranguait la foule ; Princesse et Danya récitaient des poèmes de leur cru, salaces pour la plupart ; P'ti Dom jouait de la flûte, accompagnant Grenouille et Va-t'en qui martelaient des percussions en cuir de buffle, tous trois créant un vacarme dans lequel surnageait une mélodie festive et hésitante.

Vêtu de mille couleurs, Vomitout passait au milieu des badauds. Il leur tendait son chapeau pour récupérer quelques petites pièces de bronze et parfois un talent d'argent.

En chemin — lentement mais sûrement, la petite troupe de saltimbanques progressait vers la Nécropole, suivant la grande route bordée d'échoppes et de tavernes —, Egée acheta un joli chiot.

« Il est trop maigre, y'a rien à manger, lui fit remarquer Danya.

— Je l'ai acheté pour qu'il vous tienne compagnie et pour qu'il vous protège ensuite, pas pour que vous le bouffiez.

— Tu parles d'un cadeau ! Ça fait une bouche de plus à nourrir.

— Oui, mais je vous laisserai assez d'argent pour ça, et puis bientôt votre spectacle sera au point et vous gagnerez de quoi manger, sans avoir à alléger les badauds.

— Notre spectacle ? Tu plaisantes, là…

— Pas vraiment. »

Arrivés non loin de l'entrée méridionale de la cité des morts, Égée demanda aux enfants d'arrêter de faire du bruit, de mettre le spectacle en berne.

« Attendez-moi là. Je vais revenir, drapé dans ce tissu blanc ; surtout, n'ayez pas peur. Ensuite, nous retournerons à Sans-retour… »

Grenouille gloussa : « Retourner à Sans-retour.

— Et je vous donnerai deux cents talents d'argent. »

Tous les enfants soufflèrent d'émerveillement et murmurèrent : « Deux cents talents d'argent...

— Surtout attendez-moi ! Je compte sur vous.

— Et nous sur tes deux cents talents d'argent », lui cria Danya, toujours un peu méfiante ou désirant du moins se montrer comme telle.

« C'est bien de faire le spectacle », annonça Grenouille en caressant le chiot.

Excédée, Danya se racla la gorge et cracha par terre.

« Manquait plus que ça... »

Égée n'eut aucun mal à se faufiler dans la Nécropole, il n'y avait que quelques patrouilles et on les entendait arriver de loin. Après avoir escaladé le mur d'enceinte en utilisant un arbre idéalement placé, il se laissa tomber dans l'immense cimetière, presque aussi grand que Sans-retour. Les allées étaient désertes, silencieuses. Parfois, un petit rongeur s'enfuyait à l'approche du poète. Une odeur de feuilles pourries et de terre remuée flottait sur l'endroit.

Arrivé dans le carré des Magmatiques, Égée chercha dans la nuit sombre le caveau de la famille Déléthérion. La grille d'entrée était fermée mais pas verrouillée, exactement comme il l'avait laissée. Évidemment, il pouvait s'agir d'une ruse pour faire croire que personne n'était passé là ces deux derniers jours. Conscient que des hommes l'attendaient peut-être dans le caveau, Égée y pénétra avec la plus grande discrétion, prêt à livrer bataille. L'endroit était désert et d'un silence confinant à l'abstraction. Convaincu qu'il était seul à des centaines de pas à la ronde, Égée alluma son briquet pour se repérer.

L'Armure l'attendait là où il l'avait laissée : dans le cercueil de l'épouse du général Déléthérion dont il avait jeté les ossements dans l'Achéron.

Après avoir été assimilé par l'Armure, il s'enroula dans le grand pan de tissu blanc qu'il avait emporté avec lui et fixa un masque de fantôme sur son visage. Silencieux comme la plume au vol indécis que perd parfois l'oreiller, il ressortit du caveau. L'Armure, tout aussi désireuse que lui d'éviter les patrouilles de Déléthérion, fit le reste…

Seul Fantôme hurla à son approche. Mais Danya le prit dans ses bras et le rassura :

« Ce n'est qu'Écrase-arpions. »

Écrase-arpions ? C'est comme ça qu'ils me surnomment…

Égée se glissa à l'arrière de la carriole, où il s'allongea et roula sur le côté pour quitter l'Hérakléion. Frissonnant, il demanda à Chasseur et à Danya de l'aider à mettre l'Armure dans la caisse prévue à cet effet.

« Qu'est-ce que c'est ? demanda l'adolescente.

— Une armure de combat.

— Je n'en ai jamais vu comme celle-là. Elle est presque transparente, celles des Magmatiques sont rouges, celles des Telluriques sont brunes et celles des Aquatiques bleues. Pourquoi la tienne est transparente et pourquoi la caches-tu ? »

Égée sourit et fit un clin d'œil à Danya :

« Je l'ai volée dans une tombe.

— Tu es le prince des voleurs ! Celui dont on parle dans les chansons ! »

Égée acquiesça pour ne pas décevoir l'adolescente et toute la petite troupe se remit en route vers Sans-retour.

Une fois arrivé dans la partie animée de la ville sur pilotis, où patrouillaient quelques Magmatiques conscients qu'ils ne pourraient jamais faire respecter le couvre-feu dans un tel repaire de brigands, commerçants, duellistes et putains, chacun reprit son rôle : Égée redevint un clown affable, Fantôme se remit à hululer, Princesse et Danya scandèrent mille histoires de filles à marins, de pots de chambre égarés et de cocus. La flûte et les percussions rythmèrent, non sans quelques couacs, la progression vers la Taverne de l'Espoir. Et Vomitout, rapide comme un farfadet, ramassait les pièces que les badauds voulaient bien lui donner, des piécettes de bronze et, parfois, un talent d'argent.

Avec l'aide de Danya et de Chasseur, Égée et Johan posèrent la caisse contenant l'Hérakléion sur le pont d'une embarcation fort peu engageante : une goélette qui semblait aussi fragile que vétuste. Égée remit à Danya la somme promise. Il la serra fort dans ses bras et lui conseilla de faire bien attention à elle et à *ses enfants*.

« Qu'allez-vous faire de tout cet argent ? demanda-t-il.

— Arrêter de voler les gens et essayer de monter

un spectacle comme celui de ce soir, mais en mieux. Du moins, c'est ce que les autres veulent. Si j'avais su qu'il suffisait de leur offrir un chiot pour qu'y se foutent au travail, y'a longtemps que j'l'aurais fait.

— Montez votre spectacle, mais vous leurrez pas, il y a du boulot… Surtout pour la musique. »

Danya ne put s'empêcher de sourire.

« On y arrivera, on travaillera nos histoires, on apprendra à faire de la bonne musique, on se payera des cours de chant et des cours de percussions. On se fera de beaux costumes et on quittera ce trou à rats. On peut en faire des choses, avec deux cents talents d'argent.

— Des bonnes et des mauvaises… »

Le poète embrassa la jeune fille sur le front et lui recommanda d'être prudente.

Se retrouvant seul avec Johan, Égée observa attentivement l'esquif du contrebandier et réprima un frisson.

« C'est sur cette chose que nous allons naviguer ? demanda-t-il.

— Oui. Mon bateau ne vous plaît pas ?

— C'est de loin le plus pourri de tous ceux qu'il m'ait été donné de voir.

— Je l'ai baptisé Odysseus en lui cassant une cruche de bière frelatée sur la poupe, annonça fièrement le contrebandier. Un sacré baptême, vu que quelques putains étaient là pour faire la fête.

— Intéressant, c'est le premier cas connu de transmission de vérole putains-bateau. Vous auriez mieux fait de boire cette bière dans une taverne. Il est hors de question que j'embarque sur ce rafiot, Johan. Vous m'avez fait perdre mon temps. Cette épave ne fera pas deux lieues avant de couler.

— Mais j'entends bien qu'elle coule. C'est justement là sa qualité première.

— Pardon ?

— Pour être plus précis, je vous promets, poète, que nous aurons coulé avant la sortie du port.

— Auriez-vous perdu la raison, jeune homme ?

— Cessez de râler et aidez-moi à déplacer cette caisse pour que je puisse la mettre dans la cale.

— Je préférerais l'arrimer sur le pont, si vous n'y voyez pas d'inconvénient.

— J'ai bien peur que cela soit impossible. Allez, aidez-moi, s'il vous plaît. Bientôt, nous serons en sûreté, loin des regards indiscrets. »

Égée jeta un nouveau coup d'œil à l'Odysseus qui ressemblait à un rafiot trop souvent rafistolé et se souvint alors de son déguisement d'indigent qui lui avait permis de quitter la Nécropole sans être inquiété. Pas tout à fait rassuré, il aida le contrebandier à positionner la caisse sur une trappe rectangulaire sise à l'aplomb de la cale. Johan bascula un levier et la cargaison descendit lentement jusqu'à disparaître dans les ténèbres. À son tour, Johan la suivit dans la cale quelques instants, puis reparut debout sur la trappe qui le remontait doucement sur le pont.

« Incroyable ! s'exclama le poète.

— Et vous n'avez encore rien vu. »

Après avoir largué les amarres, Égée et Johan pénétrèrent dans le poste de pilotage du petit bateau.

« Dans la caisse, c'est l'Hérakléion, n'est-ce pas ? » demanda le contrebandier.

Surpris, Égée posa la main sur la poignée de son épée. Mais Johan lui sourit en démarrant le moteur de la goélette qui toussota, puis se mit à ronronner.

« Vous n'avez pas tué le Roi ; je le sais parce que vous me l'avez dit. Mais je suis étonné de vous savoir en possession de l'Hérakléion.

— Vous n'êtes pas forcé de me croire, mais j'étais la seule personne à qui Yskander pouvait confier l'Armure de la Transcendance. Si le Régent avait mis la main dessus, je crois que nous aurions déjà un nouveau monarque... Vous auriez pu me dénoncer, Johan...

— Certes. Mais dans le meilleur des cas, cela ne m'aurait rien rapporté, et au pire, j'y aurais perdu la vie. En fait, j'aimais bien le roi Yskander. Nous n'avons connu aucune année de guerre sous son règne et c'est lui qui a fait ouvrir les comptoirs de commerce avec la Canopée. Il a même essayé de changer les choses en rendant une grande partie des terres à ceux qui la cultivent. C'était un homme bon et un roi juste, j'en suis convaincu.

— C'était un idéaliste qui n'avait pas peur de faire passer l'intérêt général avant le sien ou celui de l'aristocratie. C'est pour ça qu'il a été assassiné. De tous les individus, ce sont les riches qui détestent le plus être spoliés.

— Vous êtes aussi idéaliste que lui, poète... Puis-je savoir pourquoi vous emmenez l'Hérakléion dans la Canopée ?

— Non, mon cher contrebandier, vous en savez déjà beaucoup trop. »

Égée essuya une larme salée qui roulait sur sa joue ombrée de barbe.

J'y suis presque, Mon Roi…

Quelques millilithions plus tard, Johan verrouilla l'écoutille du poste de pilotage et, comme il l'avait promis, l'Odysseus coula.

DEUXIÈME PARTIE

LA VENGEANCE D'ÉGÉE SEISACHTÉION

CHAPITRE 6

Après avoir vérifié, grâce au double périscope de son submersible qu'aucun navire thaumaturge ne mouillait dans les parages de la Canopée, Johan Solon laissa l'Odysseus refaire surface. Peu de temps après, il annonça à Égée qu'ils pouvaient sortir à l'air libre.

Après cinq jours de navigation en plongée ininterrompue, le poète se sentit revivre en inspirant les longues goulées d'air marin qui s'engouffraient dans le poste de pilotage, maintenant que l'écoutille était ouverte. Il fut pris d'une sensation de vertige en se hissant sur le pont. Celui-ci, brûlé par le soleil du matin, était tapissé d'algues minuscules formant comme une peluche gorgée d'eau de mer dans laquelle sautillaient de minuscules crevettes translucides et se promenaient quelques petits crabes.

L'Odysseus avait refait surface dans une grande baie dénuée d'enrochements. Face au submersible, quelques esquifs de pêche oscillaient doucement sur les vagues, alors que d'autres reposaient sur la plage blanche, entourés de cahutes et de filets attendant d'être ravaudés. Le rivage, formant un croissant de sable long de deux ou trois lieues, bordait un monde inconnu, vierge et exubérant, une aquarelle de mille verts, allant du plus clair au plus profond, presque noir. Trait de crayon parfait, la plage séparait les eaux océanes frangées d'écume d'un véritable maelström d'essences végétales et de fleurs colorées. Ce camaïeu de jungle, veillé par des arbres millénaires culminant plus hauts que les temples de Déméter, semblait impénétrable.

Brisant les courbes de ce panorama sans en compromettre l'harmonie, deux quais parallèles s'élançaient d'une arche artificielle sous laquelle aurait pu passer un convoi de machines de guerre. Ressemblant à des racines torturées, de nombreux pilots soutenaient les pontons jumeaux. Ceux-ci semblaient construits d'un seul tenant avec un matériau sombre, qui, martelé par le soleil, jetait des reflets ambrés. Tout en barrant l'Odysseus dont le moteur ronronnait, Johan apprit à Égée qu'il s'agissait d'un teck génétiquement modifié.

« Les Canopéens sont des généticiens hors pair ! » hurla le contrebandier pour couvrir le bruit du moteur.

Tandis que l'Odysseus approchait des quais parallèles, Égée comprit, lorsqu'ils furent assez près, que ceux-ci délimitaient un couloir d'approche, une sorte de canal artificiel qui, à l'abri du tumulte océanique, était assez large pour permettre à de grosses embarcations commerciales de s'y engager pour mouiller à quai. Le submersible pénétra dans le canal ; celui-ci était bordé de plates-formes de déchargement placées à intervalles réguliers. En contemplant les pontons, le poète vit qu'il n'y avait aucune solution de continuité entre les quais et la sylve. Les premiers naissaient directement de la seconde. Le canal avait été conçu par l'homme, et pourtant il était incontestablement vivant, rempli de sève, dressé sur sa double chevelure de racines.

Émerveillé par le génie génétique des Canopéens, Égée se rendit à peine compte que l'Odysseus venait d'accoster à quelques brasses du rivage, au niveau de l'une des dernières plates-formes de déchargement. Il sentit la main de Johan Solon sur son épaule — une légère pression qui l'arracha à ses rêveries.

« Nous voilà arrivés. Nous reste plus qu'à procéder aux formalités de douane et à décharger votre cargaison. Suivez-moi ; vous aurez bien d'autres occasions d'admirer la Canopée, je vous le garantis. »

Égée bredouilla des excuses maladroites et emboîta le pas à Johan. Ce dernier, malgré les cinq jours passés en mer, sauta sur le quai. Le poète l'imita, manqua tomber dans les flots, et se retint *in extremis* à la gabardine élimée du contrebandier. Confus, il avança à pas mesurés sur le quai qui tanguait légèrement. Il avait le cœur au bord des lèvres et se sentait las, comme après une journée de dur labeur.

Un Canopéen olivâtre, à l'allure altière et au verbe sec, accueillit les deux hommes. Égée avait déjà vu des Canopéens représentés en gravure ou sur des peintures, mais il n'en avait encore jamais rencontré. Visiblement habitué à ce genre de formalités, Johan Solon se présenta et accapara l'attention de l'autochtone tatillon. Celui-ci, dissimulé en grande partie sous une toge ample aux couleurs du sous-bois, mesurait deux bonnes têtes de plus qu'Égée, pourtant bien plus grand que la moyenne des Thaumaturges. Le cou du fonctionnaire, ses avant-bras et ses mains étaient très fins et semblaient d'une fragilité extrême. Sa tête presque triangulaire et ses grands yeux en amande, verts sur fond vert, étaient surmontés d'une tignasse de cheveux épais qui ressemblaient plus à des racines qu'à des téguments. Fasciné par cette découverte *in vivo* d'une autre race, Égée oublia la situation et ne se rendit pas compte qu'il dévisageait le Canopéen avec une insistance déplacée.

« Votre ami a-t-il une quelconque remarque à faire ? » lança le fonctionnaire, avec force claquements de langue.

Le Canopéen avait parlé en déméterrien. Au moment où Égée s'en rendit compte, il reçut un coup de coude dans les côtes, évidemment asséné par Johan. Comprenant l'inconvenance de son attitude, le poète bredouilla des excuses et, avec une révérence affectée mais sincère, s'inclina devant l'officier du port.

« Je vous prie d'excuser mon compagnon, *Grand Sablonneux*, annonça Johan d'un ton accommodant. Il est poète ; pour lui, la Canopée et ses maîtres sont une source d'émerveillement de tous les instants. Il ne voulait en aucun cas vous offenser, je puis vous l'assurer. »

Le Canopéen s'inclina à son tour, souple comme une liane.

« Dans ce cas, n'en parlons plus, Marchand. Votre cargaison nécessite-t-elle l'aide de porteurs, et si oui, combien en voulez-vous ?

— Deux suffiront. Nous n'avons qu'une caisse au contenu précieux à défaut d'être fragile.

— Fort bien, Marchand. La taxe portuaire sera donc de dix-sept talents d'argent, quinze pour la caisse, un par passager. »

Tandis qu'Égée regrettait de devoir utiliser des porteurs, l'administrateur se tourna de trois quarts, sans que ses jambes et ses pieds ne se déplacent pour autant. Il claqua deux fois des doigts en marmonnant quelque chose d'incompréhensible. Immédiatement, deux créatures quadrupèdes s'avancèrent sur la plate-forme de débarquement. Elles semblaient pataudes et molles, susceptibles de perdre l'équilibre à chaque heurt du ponton avant de s'abîmer dans les eaux en contrebas. Pourtant, une fois les créatures arrivées à sa hauteur, Égée comprit qu'il s'était mépris sur leur résistance. Sur un signe bref de Johan, qui semblait parfaitement à l'aise, l'un des porteurs remodela son corps flasque et s'immisça à l'intérieur du petit submersible, tandis que l'autre élargissait et aplanissait son dos, sans doute pour y accueillir la caisse contenant l'Hérakléion.

Égée tenta de surveiller la manœuvre, inquiet à l'idée de voir la précieuse cargaison être emportée loin de lui ou pire, tomber à l'eau, mais Johan l'en dissuada d'un regard appuyé. Le premier porteur ressortit du submersible avec la caisse contenant l'Armure. Délicatement, il manipula son chargement afin que celui-ci ne subisse pas le moindre choc et vint le déposer sur le dos de son placide congénère. Une fois la manœuvre achevée, il se liquéfia et vint, tel un exosquelette, renforcer la structure de son pair. Ne formant maintenant plus qu'une seule entité indivisible, les porteurs attendirent patiemment que le sang-mêlé et le Thaumaturge se dirigent vers la terre ferme, pour les suivre.

En proie à l'étonnement, Égée fit mentalement le parallèle entre ces êtres vivants et les chimères qui équipaient l'armée de Déméter. Tous étaient des *métamorphes*, les uns par le truchement de la génétique, les autres grâce à une technologie ancestrale ayant pris toutes les apparences de la magie.

« À quel comptoir désirez-vous être affilié le temps de vos transactions ? »

La voix légèrement chevrotante du *Grand Sablonneux* ramena, une nouvelle fois, Égée à la réalité. Johan semblait hésiter, mais le poète parla à sa place :

« Nous sommes là pour traiter avec Mamayoun.

— Le sage des Invisibles. Cette tribu vit sur les flancs du volcan Ashitaka, loin, très loin de la plage. »

Égée acquiesça.

« Savez-vous comment vous rendre sur leur territoire à partir d'ici ? demanda le fonctionnaire.

— Oui, répondit Johan, j'ai déjà traité avec eux…

— J'en doute, mais ça n'a guère d'importance. Vous trouverez guides et porteurs à la sableville.

Plusieurs familles élargies connaissent le chemin ; toutes sont originaires de la strate herbacée. Les guides vous conduiront jusqu'aux élévateurs qui permettent d'accéder au domaine des Invisibles. Ce sont des arboricoles... »

Le fonctionnaire cracha de dédain et tourna les talons.

Lorsque le poète demanda à Johan pourquoi il n'avait pas réagi à la provocation du fonctionnaire, le contrebandier lui répondit que la plupart des Thaumaturges, et même une majorité de Canopéens, n'aimaient pas traiter avec la tribu des Invisibles. Ses membres étaient particulièrement rétifs à la négociation et à la modernisation : les Invisibles vendaient plus de denrées qu'ils n'en achetaient ; ils se complaisaient dans une vie frugale, en harmonie avec la forêt. Souvent, toute la tribu, à l'exception des vieillards et de quelques femmes gardant les enfants en bas âge, disparaissait plusieurs saisons, sans prévenir leurs partenaires commerciaux qui n'avaient alors d'autre choix que d'attendre leur retour, perdant leur temps et leur argent. Tributaires de telles contraintes, les négociants thaumaturges avaient renoncé à tout commerce avec les Invisibles, ce qui avait contribué à accroître, par ricochet, l'isolement de la tribu au sein même de la population canopéenne, globalement plus ouverte.

« Et cette remarque sur les arboricoles...

— Il y a les Canopéens de la strate herbacée et les Canopéens de la strate arboricole... Pour ce que j'en sais, ils sont comme l'eau froide et l'huile bouillante : ils ne se mélangent pas. »

Au comptoir où il acheta du matériel de survie, une tente et des denrées — eau potable et viande séchée —, Égée s'étonna de la présence de Johan à ses côtés.

« Vous ne me demandez pas les cinq cents talents d'argent que je vous dois, maintenant que vous m'avez amené à bon port ?

— En fait, j'aimerais vous faire économiser cet argent si vous me permettez de vous accompagner.

— M'accompagner ? Pourquoi ?

— Je ne sais pas vraiment, je crois que je pourrai vous être utile. À la réflexion, il y a une raison plus profonde, une chose à laquelle j'ai beaucoup pensé ces cinq derniers jours. J'appartiens à deux mondes, celui des Thaumaturges et celui des Canopéens... Et c'est comme si je n'appartenais à aucun de ces mondes, comme si je ne comprenais ni le peuple de ma mère ni le peuple de mon père. Je suis un être sans racines véritables, mais je suis aussi un lien. Je sens que les choses risquent de changer et je veux agir pour le bien de mes deux peuples quand cela arrivera. Je vous l'ai déjà dit, poète, j'aimais bien le vieux roi Yskander et je trouve formidable ce que vous faites en sa mémoire ; laissez-moi participer à cette œuvre, je vous en prie.

— Vous ne me dites pas tout, Johan.

— Certes... J'ai menti au fonctionnaire, je n'ai bien évidemment jamais traité avec les Invisibles, mais j'aimerais beaucoup avoir l'occasion de les rencontrer. C'est un peuple à part. *Réellement* à part. C'est surtout le peuple dont étaient originaires les parents de ma mère, si je prête foi à ce que mon père m'a dit à ce sujet. Mais bon, c'était le plus grand menteur qui ait jamais vécu. Je me souviens bien de ses derniers mots : « Ça va aller, fiston. Ça va aller... »

— J'accepte que vous m'accompagniez chez les Invisibles, Johan, mais à une seule condition...

— Laquelle ?

— À partir de maintenant, vous m'obéirez au doigt et à l'œil, vous vous tiendrez à l'écart des problèmes et, pour être tout à fait clair, vous vous efforcerez de ne pas suivre la même voie que votre père. »

Johan fit un signe de tête qui voulait dire « oui » et les deux hommes terminèrent leurs emplettes.

Le soleil était à son zénith lorsqu'ils se mirent en route. Ils avaient engagé un guide prénommé Jélal et des porteurs indigènes issus de sa famille élargie.

Durant le reste du jour, Jélal les conduisit à un rythme d'enfer à travers les forêts occidentales de la Canopée, se frayant un chemin à la machette et à la houe, parfois au sabre, perçant le mur continu des fougères détrempées, jetant à terre des cascades de lianes formant comme d'immenses toiles d'araignée ou d'étranges échelles. Cette forêt était trop vive et pas assez fréquentée pour que des chemins puissent y perdurer, leur expliqua le guide.

« Personne ne vient ici, seuls les fous dans votre genre et les fous qui veulent leur argent. Vous voilà prisonniers du domaine de la pluie, des parasites, de la boue, des plantes qui poussent en un jour, des arbres qui tombent foudroyés, des talus qui s'effondrent et des gouffres qui apparaissent comme par magie. D'un voyage à l'autre, nous ne reconnaissons jamais les endroits par lesquels nous passons, alors nous nous fions aux volcans dans le lointain et à nos boussoles. Nous survivons car nous savons la forêt vivante et lui expliquons à chaque pas que nous ne représentons que peu de nourriture pour elle, bien moins qu'un cerf ou ur grand singe. Et, au moment où il nous faut revenir dans nos foyers, nous filons plein ouest jusqu'à l'océan où, une fois arrivés, il nous suffit de remonter ou de descendre la plage. Un voyageur n'est sauvé de la forêt affamée que quand il entend à nouveau le bruit des vagues et le cri des enfants qui jouent sur le sable. »

Au coucher du soleil, tous dormirent dans le creux d'un arbre gigantesque où ils allumèrent un feu de camp pour chasser les prédateurs. Une fois la nuit vissée sur le monde visible, Jélal jeta des herbes odoriférantes dans le feu afin de chasser le plus loin possible les insectes suceurs de sang.

Le lendemain, le petit groupe commença l'ascension des premiers contreforts de la chaîne de volcans endormis qui barrait l'île du sud au nord, sur plus de deux cents lieues. C'est sur ces contreforts peuplés par de nombreuses races de singes, de pangolins et de perroquets que vivaient les Invisibles, à plus de deux jours de marche forcée.

Tout en progressant au milieu des fougères argentées en s'aidant d'un bâton ferré qui pouvait aussi lui servir d'arme, Égée étudiait les rais de lumière obliques qui sculptaient l'air du sous-bois chargé d'humidité et soulignaient ici et là la présence de toiles d'araignée ponctuées de minuscules cocons et de gouttes de rosée. Il y avait là, dans ce monde vrombissant d'insectes suceurs de sang, où se mêlaient le parfum des fleurs et la puanteur des corolles de digestion des plantes carnivores, matière à poèmes. Tels des esprits élémentaires, d'innombrables particules et animalcules dansaient dans la lumière qui trouait les frondaisons avant de s'accrocher aux suintements des végétaux. La Canopée était perpétuellement en mouvement, assourdissante. S'y affolaient mille races d'oiseaux, les arbres joués par le vent, martyrisés par les singes, et même l'humus, secoué par les bousiers, remué par les chenilles et les mille-pattes.

Pour Égée, ravi de fermer la marche, cette forêt gigantesque à côté de laquelle Déméter était une courette aseptisée, représentait le mariage parfait des trois éléments et non leur séparation dogmatique. La terre, le feu et l'eau étaient tellement intégrés à la sylve qu'Égée ne parvenait plus à les individualiser. Nulle part dans le sous-bois, il n'y avait d'eau pure, de terre sèche, de feu crépitant.

Juste avant la nuit tombée, contrarié par le peu de chemin qu'ils avaient parcouru dans la journée, le poète leva la tête pour boire. L'eau de son outre était tiède et avait un goût de cuir moisi, ce qui ne l'empêcha pas de la téter jusqu'à la dernière goutte. Au-dessus de lui, les mille strates feuillues qui s'échelonnaient vers l'empyrée s'écartèrent pour laisser passer une colonne de lumière. Tel un coup de marteau, l'éblouissement saisit le poète trop habitué à la pénombre des sous-bois. Il ferma aussitôt les paupières et dressa son bâton droit devant lui. Lorsqu'il rouvrit les yeux, le monde n'était plus qu'une pénombre inquiétante brûlée par mille phosphènes virevoltants. Bientôt, l'univers reprit une figure plus familière et le poète comprit qu'il n'avait jamais été en danger.

« Nous ne sommes plus très loin de la villarbre des Invisibles, lui annonça Jélal. Si nous marchons à un bon rythme, nous atteindrons leurs élévateurs demain avant la tombée du jour.

— Plus très loin... Demain... » souffla Égée, déçu.

Tout en bâillant à s'en décrocher la mâchoire, Johan s'arrêta pour uriner contre un arbre couvert d'épiphytes. Le poète était le seul membre de l'expédition à avoir un minimum de pudeur et cette réflexion triviale lui arracha un sourire.

« Pour le moment, tout se passe comme pré... »

La fin de sa phrase fut noyée par un crissement aigu qui tomba du ciel. Une ombre démesurée accompagna le son, suivie par une masse indistincte de muscles, de poils noirs et de membranes déployées. La chose s'était jetée sur Égée depuis le tronc de l'arbre géant le plus proche. Percuté par son assaillant, le poète roula au sol. Le souffle coupé mais a priori indemne, il dégaina son épée. Le singe volant rejeta en arrière sa tête crêtée et hurla. Aussitôt, Jélal fit tournoyer la corde tressée qui ne le quittait jamais. Le crochet qui se trouvait à son extrémité fendit l'air et, frôlant la tête d'Égée, vint s'accrocher à l'échine hérissée du simien. Déchiré par le crochet qui faisait gicler le sang à grands flots sur son pelage, le singe hurla et s'écarta du poète. De ses mains armées d'ongles usés et noircis de goudron végétal, l'animal chercha à se débarrasser du crochet qui l'entravait. Lorsque la colère du simien sembla avoir atteint son paroxysme, contre toute attente, Jélal le libéra en impulsant à la corde une brève ondulation. Égée se mit en garde, épée au poing, prêt à affronter le singe, mais, contrairement à tout ce que le poète avait pu envisager, son agresseur lança un dernier hurlement et s'éloigna en s'accrochant de branche en branche.

« C'était un gistrion mâle, expliqua le guide tout en récupérant sa corde tressée. Ce sont des créatures féroces, mais qui s'enfuient à la moindre douleur. Seules les femelles, surtout lorsqu'elles sont pleines, sont véritablement dangereuses. Si elles survivent à la première blessure, elles finissent par vous déchiqueter, au prix de leur vie, le cas échéant. Vous avez eu de la chance qu'il ne vous ait pas arraché la tête, Thaumaturge, ces singes adorent la cervelle tiède. »

Égée réprima avec peine un frisson.

« Merci, bredouilla-t-il. Puis-je voir votre arme ? »

Jélal confia à Égée la liane se finissant par un crochet métallique.

« Nous possédons tous un ou plusieurs crochets, lui apprit le guide. Nous nous en servons pour nous défendre, chasser, monter et descendre des arbres, mettre la viande à faisander. Certains guerriers arrivent à se battre avec deux crochets, l'Exécuteur des Invisibles, lui, en utilise quatre. Mon père avait l'habitude de dormir au bout de son crochet, pendu dans le vide, juste ceinturé ; il m'a toujours dit que c'était le meilleur moyen d'échapper aux chenilles perce-peaux. Évidemment, il était un peu fou. »

Égée jeta un dernier coup d'œil à l'arme et la rendit à son propriétaire.

Certains guerriers arrivent à se battre avec deux crochets, l'Exécuteur des Invisibles, lui, en utilise quatre.

Le lendemain, juste avant le crépuscule, ils atteignirent les frontières du territoire des Invisibles. Jélal annonça leur arrivée en ululant. Et, au loin, quelqu'un lui répondit.

S'éclairant à l'aide de torches imbibées de goudron végétal, ils atteignirent le pied de l'arbre géant dans lequel la tribu avait élu domicile depuis quelques lunes. Dans la nuit noire, les racines torturées semblaient aussi hautes que les murailles protectrices de Déméter. Elles formaient une sorte de canyon noueux qui allait en s'étrécissant jusqu'à la souche elle-même.

« Il faut pas loin de deux lithions pour faire le tour de la nouvelle villarbre des Invisibles », précisa Jélal.

Une fois la petite troupe parvenue au point de jonction des racines qui avaient formé le défilé, Jélal monta le long du tronc démesuré en utilisant une tresse végétale et les fissures de l'écorce. Bientôt, il réapparut sur une plate-forme dénuée de garde-fou, que son poids faisait descendre en douceur. Éclairés par le feu mouvant des torches, les câbles qui soutenaient l'élévateur apparurent.

Le poète, le contrebandier et la caisse rejoignirent Jélal sur la plate-forme. Aussitôt, le guide en descendit.

« Je ne peux pas aller plus loin sans invitation, il en est de même pour mes porteurs. Nous appartenons à la strate herbacée et les Invisibles appartiennent à la strate arboricole. Pour le bien de tous, chacun doit rester dans son monde. »

Égée acquiesça avant de payer le guide. Quelques instants après, Jélal et ses porteurs disparurent dans le canyon formé par les racines de la villarbre, laissant le contrebandier et le poète sur la plate-forme. Johan inversa le mécanisme de celle-ci, transformant le descendeur cranté en ascenseur. À la force de leurs poignets, ils se hissèrent au-dessus de la strate herbacée en tirant sur les cordes à nœuds des contrepoids. Loin au-dessus des deux voyageurs et de la mécanique qui cliquetait et empêchait la plate-forme de plonger vers le sol, un gong retentit à plusieurs reprises, si puissant qu'il fit vibrer les feuillages environnants et leurs tympans. Les mains en sang, ou peu s'en fallait, ils arrivèrent en face d'une sorte de quai contre lequel la plate-forme se verrouilla automatiquement.

Sous le regard amusé d'enfants venus les accueillir, ils débarquèrent.

Égée mit quelques instants à deviner les silhouettes des guerriers et guetteurs qui se tenaient dans les ombres alentour. Ils semblaient désarmés, mais portaient probablement un ou deux crochets identiques à celui de Jélal.

Un jeune homme illustré dispersa les enfants et vint les accueillir. Ses peintures corporelles reproduisaient à merveille les miroitements verts de la forêt profonde et le poète comprit pourquoi sa tribu était nommée les Invisibles. Au-delà de la métaphore, il y avait une réalité physique : une fois dans les frondaisons, les Invisibles devaient se fondre complètement dans le paysage.

Le jeune homme bougeait à la manière de feuilles soulevées par le vent. Il ne se tenait jamais immobile, comme habité par les rythmes ininterrompus de la sylve. Pour Égée, un Thaumaturge élevé dans une culture de l'inerte et du rigide, ce mouvement perpétuel avait quelque chose de troublant. Le poète pressentit à cet instant, alors qu'aucun mot n'avait été encore échangé, que la Canopée et ceux qui en avaient fait leur terre d'harmonie allaient le changer. Il resterait Égée le poète, l'ami et l'amant d'un roi assassiné, mais à sa culture thaumaturge s'ajouteraient de nouveaux rameaux et de nouvelles racines.

Le jeune homme illustré s'adressa à Johan en canopéen. Durant toute la discussion qui suivit, pratiquement exempte de changement de ton, Égée et le contrebandier discutèrent, en aparté, des problèmes linguistiques que pouvait poser une communication soutenue avec les habitants de la Sylve Profonde. Le jeune sang-mêlé maîtrisait la langue commune à toutes les tribus canopéennes. Elle était constellée de particularismes locaux mais, dans sa structure grammaticale même, elle n'était pas très éloignée de la langue parlée à Déméter. Il y avait, expliqua Johan à Égée, une filiation entre le canopéen et le déméterrien populaire, comme si ces deux langues possédaient les mêmes racines, le même socle. Les deux compagnons convinrent qu'Égée s'exprimerait de lui-même chaque fois que cela serait possible, et par l'intermédiaire de Johan quand les nécessités du dialogue l'imposeraient. Johan serait aussi l'interprète du chef des Invisibles, à condition que ce dernier accepte sa médiation.

« Mamayoun, celui qui voit dans la nuit, nous attend », annonça Johan.

Guidés par les enfants et aidés par le jeune homme illustré, les deux étrangers et leur précieuse caisse montèrent dans la villarbre. Ils passèrent devant ce qui semblait être les étals d'un marché — désert à cette heure tardive. Ils longèrent un autel couvert de milliers de statuettes diverses, protégé par une tonnelle, puis contournèrent des dizaines d'habitations sphériques, rassemblées en grappes. Ils s'arrêtèrent un temps sur la place principale du village. Bâtie en équilibre entre ciel et terre, à la manière d'une toile d'araignée, celle-ci figurait le moyeu d'une roue dont les rayons étaient autant de passerelles reliant l'agora végétale à chacune des ramures habitées par les familles élargies de la tribu. La place était en outre recouverte d'un immense dôme, visiblement imperméable mais constitué d'un matériau si fin que les étoiles se distinguaient au travers.

Malgré sa finesse, l'architecture de la place centrale paraissait d'une solidité à toute épreuve, semblant à la fois portée et consolidée par les vents permanents qui s'engouffraient dans la ramure et caressaient le dôme végétal. Cette omniprésence de l'air, tabou pour les Thaumaturges, mettait Égée mal à l'aise. Le domaine de l'air appartenait aux Démiurges qui avaient créé le Monde et donné vie au Dieu-Forgeron.

Dès que l'on s'éloignait un tant soit peu de cette place centrale, la villarbre ne donnait plus l'impression d'exister en tant qu'ensemble ; à l'exception des élévateurs et des passerelles végétales, innombrables et diaphanes, tout ce que les Canopéens avaient rajouté à l'arbre géant s'intégrait parfaitement à ses frondaisons.

Il fallait qu'Égée se concentre, affine sa vision pour apercevoir, de-ci de-là, l'ombre d'une porte, les parallèles d'une échelle de corde ou celles d'un pont suspendu, l'ordonnancement d'une toiture imperméable, l'arche clair-obscur d'une ouverture creusée à même l'écorce.

La petite troupe prit d'autres élévateurs, plus petits, et Égée fut bientôt obligé de laisser l'Hérakléion dans un entrepôt réservé aux armes et aux outils.

Le sage Mamayoun les reçut dans sa demeure personnelle, ce qui, comme l'apprit plus tard Johan à Égée, était un signe de reconnaissance et de respect. En les accueillant chez lui, il s'obligeait à les traiter comme des membres de sa famille élargie, avec toute l'écoute et la concentration que cela impliquait.

Dès qu'ils eurent passé la porte — une simple tenture de fleurs tressées —, Mamayoun leur fit signe de s'asseoir sans même relever la tête. À force d'observer le sage, Égée comprit que le vieil homme étique qui présidait aux destinées de la tribu des Invisibles était aveugle. Sa chevelure, ressemblant à une boule d'étoupe, était d'un gris clair ; et sa peau, d'un vert délavé par les années, rappelait le verso des feuilles de fougère.

Égée et Johan se retrouvèrent seuls avec le chef du village qui leur adressa la parole dans un démé-terrien parfait :

« Bienvenu à toi, étranger, et à toi, enfant des deux mondes. Cette maison sera la vôtre aussi longtemps que vous en respecterez les valeurs et l'harmonie. »

Égée et Johan se contentèrent de baisser la tête en signe de respect.

« Tous deux êtes pour moi bien plus que des invités. À partir du moment où vous avez humé le parfum de notre villarbre, et tant que vous vous conformerez aux us et coutumes des Invisibles, vous ferez partie de notre tribu et bénéficierez des mêmes avantages que tous ses membres. Évidemment, en retour, vous devrez vous plier à nos lois. »

Avançant une main tremblante et parcheminée vers une petite bouilloire fumante, qui tenait en équilibre instable sur trois pierres délimitant un foyer minuscule formé par quelques branches incandescentes, Mamayoun s'en saisit par une anse — finement sculptée dans un bois vert — et en porta le bec à ses lèvres. Il laissa couler une petite quantité d'un liquide sombre — du thé, selon toute probabilité — dans sa bouche, se gargarisa avec avant de recracher le tout dans le feu où le liquide chuinta en provoquant mille volutes de fumée parfumée. Tout en souriant, Mamayoun tendit la bouilloire devant lui. Après un instant d'hésitation, le poète saisit la petite théière et, sans plus tergiverser, se versa une rasade de liquide dans la bouche. C'était très sucré et beaucoup moins chaud qu'il ne l'avait redouté. Il faillit l'avaler, mais, comme Mamayoun, il s'en gargarisa et le recracha dans le feu. Johan, bien plus au fait des traditions, se prêta au rituel sans accroc, avant de tendre à nouveau la théière à Mamayoun qui la reposa sur l'âtre avant d'esquisser un sourire de satisfaction.

« Comment puis-je vous aider ? demanda le vieil aveugle.

— Nous cherchons quelqu'un, répondit le poète.

— Je crois savoir qui ; j'ai toujours su que quelqu'un viendrait... Mais je m'attendais à quelque chose de plus... protocolaire. Dites-moi, Égée, que contient la caisse qui vous accompagne et qui a accaparé grandement votre attention alors que vous veniez à ma rencontre ?

— L'unique chose capable d'empêcher un général usurpateur et les nantis qui l'appuient de contrôler définitivement le destin de Déméter et de tout le royaume thaumaturge. Cette caisse contient le symbole de la transcendance du pouvoir monarchique, sans lequel nul pouvoir n'est légitime.

— L'Hérakléion ?

— Vous savez ce que c'est ?

— Je sais ce que ça représente pour ton peuple...

mais j'ai toujours douté qu'une telle chose, issue d'un passé si lointain, puisse réellement exister.

— L'Hérakléion existe. Il est ici. Et les événements qui ont ensanglanté Déméter, il y a dix jours à peine, auront des répercussions même jusque dans la Canopée.

— Est-il arrivé quelque chose à mon ami Yskander ?

— Il a été assassiné, massacré par des créatures oubliées qu'un général félon, nommé Déléthérion, a cru bon d'aller chercher dans le Désert de Sel. Déléthérion est maintenant Régent et j'ai détruit neuf des Eizihils… les créatures du désert.

— Yskander n'est plus. C'était un homme droit. Il faisait honneur à votre peuple…

— Je ne le sais que trop. J'étais son ami et confident. Je l'ai vu gouverner. »

Égée marqua une pause, le temps que Mamayoun se gargarise à nouveau. Le poète aurait aimé mener la conversation avec plus de brio, mais n'y arrivait pas, échouant à trouver une façon de présenter les choses point par point, et de mener cette présentation à son aboutissement le plus logique… du moins à ses yeux.

« Au vu de la proximité de nos territoires — une semaine de traversée au plus — il est évident que ce qui affecte les Thaumaturges finira inévitablement par affecter les Canopéens, poursuivit Égée en se morigénant car il l'avait déjà dit. L'instauration d'un régime dictatorial pèsera lourd dans la balance économique de Déméter. Il se pourrait bien que le commerce avec la Canopée cesse brutalement, ou pire, se réorganise selon des mécanismes et des valeurs qui seraient incompatibles avec les vôtres… des valeurs que les nouveaux maîtres de la capitale thaumaturge pourraient bien tenter de vous imposer.

— Je ne puis le nier, poète. Mais je suis un Invisible, pas un commerçant. Je vis très loin de la plage et des comptoirs.

— Il ne s'agit pas là uniquement d'une question commerciale… Le statu quo établi depuis longtemps entre les Canopéens et les Thaumaturges, sur la base d'un pacte de non-agression et sur la reconnaissance tacite des spécificités culturelles, pourrait bien être déclaré caduc par l'usurpateur. Déléthérion est un conquérant, pas un commerçant.

— Ceci concerne tout mon peuple, poète. Pas uniquement les Invisibles. Et ceci n'a que peu de rapport avec le véritable motif de votre venue ici. Vous êtes là pour confier l'Armure à la fille d'Yskander, Eiroénée, n'est-ce pas ?

— Oui. Avec l'aide de l'héritière d'Yskander et avec l'Armure de la Transcendance, nous pourrons inverser le destin de Déméter et ainsi sauver les Thaumaturges et les Canopéens du chaos qui les menace.

— Lorsqu'elle est arrivée dans la tribu des Invisibles, il y a plus de quinze années, lorsqu'on l'a confiée à moi, lorsque le roi Yskander est venu me voir et me parler, j'ai compris qu'il voulait avant tout la soustraire à une vie de privations et d'insatisfactions. Car Eiroénée était née hors mariage et, qui plus est, elle était née femme. Ce qui l'amputait à jamais de toute prétention au trône. Voici exactement ce que m'a dit le roi, à l'époque : *si Eiroénée reste à Déméter, elle ne sera jamais considérée par les miens comme une héritière, condamnée toute sa vie à l'ombre et à l'opprobre*. Elle était et restera à jamais une enfant de la honte, personne ne la laissera régner.

— La situation est différente, Mamayoun. Le peuple la préférera sans aucun doute à un tyran sanguinaire comme Déléthérion.

— Votre peuple fera peut-être ce choix. Mais pas Eiroénée. Même si je le lui ordonnais, elle ne vous suivrait pas, poète. Son père l'a abandonnée ici, non pour la protéger, mais parce qu'il n'avait pas le courage d'assumer les conséquences de sa naissance. Voilà la seule vérité. Yskander était un bon roi, mais un père déplorable car honteux de ses faiblesses. Eiroénée ne l'a jamais connu, et ne sait pas grand-chose de lui, même si je ne lui ai jamais caché son existence, allant jusqu'à lui apprendre à parler un déméterrien correct à défaut d'être parfait. Depuis plus de quinze ans, Eiroénée est *ma* fille, malgré les différences physiques ; elle fait partie de la tribu des Invisibles et comme tout être vivant sur cette île, elle appartient à la Sylve. Elle ne viendra pas avec vous, du moins je ne le crois pas.

— Permettez-moi juste de la rencontrer…

— Bien sûr, mais elle est indisciplinée comme la foudre et elle n'écoute personne, pas même moi, son *père*.

— Où se trouve-t-elle, en ce moment ?

— Précisément là où je lui avais interdit d'aller.

— Où ?

— Dans les bas-fonds de la Canopée, dans la strate herbacée. Elle est partie en expédition punitive avec les guerriers de notre tribu. Ils sont partis massacrer les Dévoreurs.

— Les tribus de la strate herbacée sont vos ennemis ?

— Oui et non. Il y a ceux *d'en-haut* et ceux *d'en-bas*. Les arboricoles et les herbacés ont des conceptions très différentes de la Sylve. Ça n'en fait pas forcément des ennemis… mais les Dévoreurs ont tué plusieurs de nos mères lors d'un guet-apens, nous obligeant à réagir avec mesure et fermeté.

— Eiroénée veut venger ces femmes ?

— Eiroénée se considère comme une future mère. Elle a atteint l'âge nubile. En accomplissant le rituel de l'Envol, elle a gagné le droit de fonder une famille-sève avec l'homme de son choix. »

Égée essaya de comprendre : la jeune femme qu'il cherchait était une rebelle refusant d'obéir à son *père*, elle était partie participer à un massacre et, pour tout arranger, elle était sur le point de se choisir un homme afin de fonder une famille. Rien de tout cela n'allait faciliter la tâche qu'il s'était fixée.

« Vous avez parlé de l'Envol… S'agit-il d'un rite de transition ?

— Oui. La personne qui veut prouver qu'elle est adulte utilise une feuille géante pour s'élancer de l'agora du village et planer jusqu'aux plus basses branches, presque jusqu'à la strate herbacée. Elle se sert des courants ascendants pour voler aussi longtemps que possible, tout en évitant les bourrasques latérales qui poussent la feuille vers le tronc ou risquent de provoquer une vrille, fatale. La maturité de la personne se mesure au temps de vol. Il n'y a qu'une sanction pour l'échec : la mort. Eiroénée a tenu plus longtemps que nombre de jeunes mâles de la tribu. Je suis très fier de *ma* fille... bien qu'elle soit arrogante et indisciplinée.

— Eiroénée n'est pas votre fille, Mamayoun. Elle est thaumaturge par le sang.

— Depuis son Envol, elle est canopéenne par le cœur et le désir. C'est le désir qui fait une femme, pas le sang.

— Je saurai bien lui rappeler ses origines et ses obligations envers Déméter.

— J'en doute. Et avant ça, il va falloir qu'elle revienne. Ils sont partis depuis trois jours.

— Quand sont-ils censés revenir ?

— Demain. Peut-être plus tard. Ici, le temps ne se compte pas vraiment en journées.

— Pouvons-nous l'attendre ici ?

— Bien sûr. Vous faites partie de la tribu, le temps qu'il vous plaira. »

Au bout d'un moment, ayant constaté que Mamayoun s'était plongé dans une profonde méditation ou un sommeil imprévu, Égée et Johan se levèrent et, sans un mot supplémentaire, s'éclipsèrent.

« Je me demandais... », plaisanta le contrebandier en croquant un fruit chapardé chez le vieux sage, « ...cette petite peste d'Eiroénée est peut-être très mignonne. »

Aussitôt, Égée défouràilla son épée et l'utilisa pour caresser la gorge de Johan.

« N'y pensez même pas, jeune homme !

— Je plaisantais, Égée.

— Moi pas C'est la future reine. »

CHAPITRE 7

L'entrée du terrier des Dévoreurs se trouvait à l'aplomb de la souche massive d'un arbre géant frappé par la foudre, un tronc-sabot dont la morte ramure avait visiblement servi de bois de chauffage.

Eiroénée frissonna en découvrant la cavité étayée avec deux poutres et un linteau d'où pendaient des faisceaux de racines sur lesquelles avaient été tracés des traits rouges et blancs. Alentour, la nuit tombée enveloppait le sous-bois, écrasait les buissons animés par les insectes et les prédateurs-chanteurs, tels les rats-huants. La jeune femme ne distinguait de l'ost l'accompagnant que des silhouettes olivâtres, armées d'arcs, de casse-têtes et de piques. Surlignant son geste d'une grimace qui trahissait autant le dégoût que la peur, elle raffermit sa prise sur le coutelas à la lame d'ambre et au manche d'ébène que lui avait offert Mamayoun le lendemain du rite de l'Envol. Elle se sentait prête à se battre, à mourir si nécessaire, pour sa famille élargie et sa villarbre.

Les Invisibles subissaient les assauts des Dévoreurs depuis trop longtemps. Il fallait mettre un terme définitif aux raids sanglants que les cannibales s'autorisaient dans la strate arboricole. D'autres tribus de la ramure étaient victimes d'attaques semblables, mais la plupart n'osaient pas s'aventurer dans la strate herbacée et considéraient les Dévoreurs comme l'un des inéluctables dangers que recelait la Canopée, au même titre que les plantes carnivores, les fourmyènes ou encore les gistrions. Le sage Mamayoun avait expliqué à Eiroénée que l'attitude passive des tribus face aux menaces extérieures remontait aux premiers âges, lorsque les Canopéens n'avaient pas encore les moyens de se défendre et payaient un lourd tribut à un environnement hostile.

Eiroénée avait plusieurs fois évoqué avec Mamayoun la question de l'origine des Canopéens. Certains sages pensaient que leur peuple avait été enfanté par la Sylve elle-même, qu'il en était l'incarnation la plus évoluée D'autres, à l'instar de Mamayoun, affirmaient que les Canopéens venaient d'ailleurs et qu'ils s'étaient peu à peu adaptés à un environnement nouveau, modelant leur corps et leur esprit afin de répondre aux conditions sylvestres. Le vieux sage admettait même que les membres de son peuple puissent avoir été des Thaumaturges à l'origine. Après tout, malgré leurs différences physiques et sociologiques très marquées, leurs langages se ressemblaient. Pour Eiroénée, que ses compagnons de jeux avaient surnommé « Thaumate Verte » alors qu'elle était enfant, la question était d'importance. À cause de ce sobriquet, elle s'était toujours promis d'être la première dans les épreuves d'initiation et d'y égaler en tous points les meilleurs guerriers de son clan. C'est pourquoi, aujourd'hui, elle se trouvait en première ligne. Seule femme à combattre, elle bénéficiait de la reconnaissance des hommes de sa tribu qui semblaient avoir oublié le sobriquet qu'ils lui avaient donné quelques années plus tôt, et la surnommaient parfois « L'Enfant de la Lune », à cause de son goût pour la nuit.

S'il n'y avait que la nuit… Ils oublient la solitude, les ténèbres, le silence, le danger et l'inconnu.

Eiroénée fit signe aux guerriers qui l'accompagnaient : elle leva la main gauche avant de la serrer en poing. Ceux-ci, dans un silence parfait, formèrent un demi-cercle pour couvrir ses arrières.

Piques à la main, flèches encochées, progressant à la manière d'une horde de prédateurs, le groupe s'engagea dans la galerie qui s'enfonçait dans le terrier de leurs ennemis. Le boyau plongeait rapidement vers les profondeurs de la terre, et s'élargissait suffisamment pour que les guerriers puissent y avancer en formant trois colonnes. Sans se laisser impressionner par la déclivité goulue et boueuse, Eiroénée pressa l'allure pour passer en tête. Ni elle ni ses compagnons n'avaient vu de garde à l'entrée du village troglodyte des Dévoreurs, mais cela n'avait rien d'étonnant : seuls des fous oseraient y pénétrer… L'Enfant de la Lune esquissa un sourire sinistre : très bientôt, les cannibales ressentiraient à leur tour la peur qu'ils inspiraient à toute la Sylve ; ils ploieraient, fous de douleur, sous les coups, et ils gémiraient sûrement, crachant de la bave comme des bêtes enragées. La jeune fille était décidée à les frapper jusqu'à ce que mort s'ensuive, jusqu'à ce qu'il n'en reste plus un seul. Visiblement, la plupart des guerriers qui avançaient à ses côtés souhaitaient agir de la même façon. Ils avaient le visage déformé par la colère et l'envie d'en découdre. Ils avaient vu trop de vieillards dévorés vivants, trop d'enfants aux membres arrachés ou aux yeux énucléés, trop de femmes enceintes éventrées pour le goût chaud de leur fœtus.

Le premier Dévoreur que rencontrèrent les Invisibles était déjà mort. Son corps trapu et musculeux, au pelage gris caractéristique, gisait sur le sol, complètement démembré. Sa tête massive semblait avoir été écrasée, broyée par une force prodigieuse, comme un fruit dont on aurait voulu récupérer tout le jus. Eiroénée s'agenouilla près du cadavre. Elle crut reconnaître la technique de démembrement, mais, pendant un instant, elle refusa ce qu'impliquait une telle hypothèse. Autour d'elle, les guerriers commençaient à s'impatienter. L'Enfant de la Lune effleura l'épaule béante de la victime qui paraissait avoir été ouverte par une lame extrêmement bien affûtée.

« Un crochet, murmura l'un des guerriers.

— Visiblement, tous ses membres ont été arrachés en même temps », commenta un autre.

Furieuse, Eiroénée cracha pour faire taire les guerriers. Il n'y avait, dans toute la Sylve Profonde, qu'un seul être capable de se battre avec quatre crochets.

Le Preneur d'âmes. L'exécuteur des Invisibles.

Ixion.

Mais pourquoi s'en est-il pris aux Dévoreurs alors que Mamayoun ne lui en a pas donné l'ordre ?

Dans le cœur comme dans l'esprit de la jeune femme, la réponse vint d'elle-même.

Ixion nous a précédés pour me protéger.

Il a appris que nous avions prévu cette expédition.

Craignant que je n'y survive pas, il a accompli le travail à notre place.

Eiroénée se redressa et, gardant la tête basse, s'adressa à ses compagnons d'armes.

« *Quelqu'un* est passé avant nous. Nous ne trouverons que des cadavres…

— En es-tu bien certaine ? demanda un grand guerrier à sa droite. Il y a peut-être des survivants, on pourrait les achever…

— Tu peux aller vérifier, Dayoun. Personne ne t'en empêche. »

Le silence retomba sur le groupe des Invisibles, hésitants sur la conduite à adopter.

D'un geste impérieux, le plus grand de tous les guerriers, Poliféoun, qui portait un bandeau sur son œil crevé, envoya trois hommes vérifier les dires d'Eiroénée. En attendant leur retour, les autres membres de l'expédition formèrent un cercle autour du Dévoreur démembré.

Ils n'eurent pas à patienter longtemps.

Le rapport des éclaireurs fut univoque.

« Ils sont tous morts, affirmèrent-ils. Et… il manque certains morceaux de leurs corps.

— Oui, notre prédécesseur a bien œuvré », dit Eiroénée, déçue de ne pas avoir livré bataille.

« Deux jours de marche pour rien. Deux jours de marche pour revenir. »

Au retour de son expédition punitive infructueuse, deux hommes attendaient Eiroénée : un Thaumaturge étique et maniéré, habillé avec des couleurs qui ne se mariaient guère, et un jeune sang-mêlé, à peine moins insipide que le premier. Mamayoun lui apprit qu'il s'agissait d'un poète et d'un contrebandier et qu'ils avaient traversé l'océan pour la rencontrer.

Il ne manquait plus que ça, pensa la jeune femme en se lavant tandis que les deux hommes l'attendaient devant sa hutte, en compagnie de son père.

Après avoir passé des vêtements propres, elle alla voir Mamayoun. Sans lui donner la moindre explication, il lui annonça qu'elle devait écouter le poète même si elle n'en avait pas envie. Elle acquiesça, consciente d'avoir trop désobéi à son père ces derniers temps. Le Thaumaturge se présenta en faisant une petite révérence :

« Je m'appelle Égée Seisachtéion, poète, escrimeur et confident royal. »

Laissant Johan et Mamayoun derrière eux, Égée et Eiroénée marchèrent sous les rayons obliques du couchant, jusqu'au balcon des singes, où l'on pouvait voir de nombreux macaques bleus s'égayer dans les rapides et les cascades qui descendaient des volcans et contournaient la villarbre par l'ouest.

« Sais-tu qui sont tes parents, Eiroénée ?

— Je suis une enfant de la Sylve Profonde », lui répondit-elle dans un déméterrien irréprochable, même au niveau de l'accent. « Je vis dans la famille élargie de Mamayoun, mon père.

— Je parle de tes véritables parents. De l'endroit d'où tu viens...

— Ce n'est pas l'endroit d'où je viens qui détermine mon rapport au monde. Seul compte l'endroit auquel j'appartiens, et arrête de t'adresser à moi avec ce ton condescendant ! s'emporta la jeune fille. C'est très désagréable. Il y a bien longtemps que je ne suis plus une gamine qui étale sa merde sur les murs en croyant avoir fait de beaux dessins. »

Égée ferma les yeux un millilithion avant de respirer profondément, sans doute pour se calmer. Contente de l'avoir quasiment mis hors de lui, Eiroénée déplia son canif et commença à curer ses ongles irréguliers, sous lesquels il restait des traces de terre et de goudron végétal.

« Tu n'as pas toujours vécu là, Eiroénée. Tu es née à Déméter.

— Je sais. Mamayoun me l'a dit. C'était il y a longtemps.

— Que t'a-t-il dit d'autre ?

— Que j'étais la fille d'un grand roi et d'une dame qui n'avait que la noblesse du cœur, la seule qui existe vraiment. Il m'a dit que j'étais une fille illégitime, née hors mariage, ajoutant que ce roi, qui ne devait pas être si grand que ça, m'avait abandonnée pour me protéger et se protéger.

— Yskander, ton père, devait préserver à tout prix son royaume du chaos. »

Eiroénée se racla la gorge et cracha sur un immense oiseau qui planait en contrebas, le ratant de peu. Égée ne put s'empêcher de laisser poindre une petite grimace sur son visage récuré ; ce qui ne manqua pas d'amuser la jeune fille.

« Jamais un Canopéen n'abandonnerait sa fille, il préférerait mourir. Les enfants ouvrent les portes de l'éternité. Leur innocence équilibre le monde.

— Yskander a voulu te protéger…

— De quoi ?

— De la diffamation, des vicissitudes de la politique, peut-être d'un assassinat.

— Et maintenant, il vous envoie, toi et le contrebandier, pour me faire des excuses, c'est cela ?

— Il est mort, Eiroénée. »

Pendant quelques instants, elle resta silencieuse et fit mine de s'intéresser aux macaques qui, tantôt s'amusaient dans la rivière, tantôt se battaient en hurlant. Lassée du spectacle, elle se tourna vers Égée et rassembla derrière sa nuque son imposante chevelure noire. Elle étrangla ses cheveux comme s'il s'agissait du cou d'un enfant insupportable, puis relâcha le tout, plus calme à présent.

« C'est étrange, annonça-t-elle, j'ai toujours pensé que je le reverrai, que la possibilité me serait donnée de dire à mon *autre* père tout ce que j'avais sur le cœur, de l'entendre s'expliquer. J'étais convaincue qu'il reviendrait un jour pour s'excuser et qu'alors je pourrais lui cracher dessus…

— Quoi que tu penses, il ne méritait pas un tel mépris de ta part.

— Je l'ai perdu à jamais, murmura-t-elle. Une raison de plus de lui en vouloir, voilà ce que je pense…

— Je crois que, d'une certaine manière, tu pourras bientôt le revoir.

— Qu'entends-tu par d'une certaine manière? Fais-tu parler les esprits des morts comme nos sages?

— As-tu déjà entendu parler de l'Hérakléion?

— Non.

— Mamayoun ne t'en a jamais parlé?

— Non», répéta-t-elle, agacée. «De quoi s'agit-il?

— De ton héritage, Eiroénée. De la raison pour laquelle je suis venu jusqu'ici. Je l'ai emmené avec moi.»

Égée accompagna la jeune fille le long du balcon, sur quelques pas, puis il prit ses mains entre les siennes, avec douceur, avant de la regarder droit dans les yeux et de lui sourire. Elle n'essaya pas de se soustraire à ce geste d'une parfaite innocence — du moins qu'elle reçut comme tel.

«Fille d'Yskander, tu es l'unique héritière d'une monarchie plusieurs fois séculaire et aujourd'hui menacée. Si tu le désires, grâce à l'Hérakléion, le symbole de la transcendance du pouvoir, tu peux être Reine. Reine des Thaumaturges, la seule garante de la destinée de centaines de milliers de sujets qui peuplent un immense pays, juste de l'autre côté de la mer des Cycles…

— Moi? Reine des Thaumaturges?» Eiroénée éclata de rire. «Tu m'as bien vue, Thaumate Pourri? Y'a qu'un poète pour imaginer un truc pareil. Je crache, je jure, je me ronge les ongles, je me gratte le cul. J'aime manger avec les doigts et péter pour faire rire les enfants.

— Grâce à l'Armure des Rois, qui contient les souvenirs de ton père ainsi que ceux des cent quarante-trois souverains qui l'ont précédé, tu pourrais apprendre à être une reine… Il te suffit d'accepter ce don, rien de plus.

— Je ne comprends pas, ton truc, c'est quoi ? Un symbole, une machine ?

— Tout ça. C'est aussi une arme formidable. C'est la mémoire de notre monarchie. C'est un emblème. L'Hérakléion est un atout sans égal dans la lutte pour la reconquête du pouvoir légitime.

— Ton royaume ne m'intéresse pas.

— Ce n'est pas mon royaume, Eiroénée. C'est le tien. C'était celui de ton père. C'est surtout celui de ton peuple.

— Les Invisibles sont mon peuple.

— Je comprends… il te faudra du temps pour décider d'utiliser l'Armure.

— Tu ne comprends rien, saloperie de femme à barbe ! Tu viens ici dans la Canopée avec tes manières arrogantes et tes certitudes, fruits blets d'une civilisation presque morte, et pourquoi ? Pour m'obliger à porter un fardeau qui n'est pas le mien. Je suis Canopéenne. Pas Thaumaturge ! Je suis une femme qui doit se choisir un homme maintenant qu'elle a passé l'épreuve de l'Envol. Pas une reine. Je ne le serai jamais.

— Je ne voulais pas t'offenser, Eiroénée, et j…

— Depuis que tu es ici, tu n'as eu de cesse de m'offenser, moi et les miens. Je sais qui tu es. Tu es de ceux qui, venant de la grande ville, croient que nous, les habitants des arbres, sommes des sauvages, parce que nous ne portons pas de beaux habits et ne possédons pas de belles choses toutes dorées, entassées dans nos demeures. Je vais te dire, poète, regarde nos enfants et compare-les avec ceux de Déméter, regarde comme les nôtres rient, comme ils jouent dans un monde pourtant plein de dangers. Prends conscience du lien qui lie ici l'ancienne génération à la présente, et cette présente génération à la nouvelle. Regarde les femmes assises en cercle, préparant la nourriture en plaisantant, en se moquant des travers de leurs maris. Regarde les gamines qui, dès sept ans, s'occupent de la petite dernière, savent la nourrir, la torcher et la protéger. Tu viens d'un monde mourant, alors que le mien est en pleine montée de sève. Mon monde est un monde où la chair, la nourriture et la merde gardent leur place première, s'inscrivant dans le cycle des choses, alors que le tien est un monde froid, un monde de pierre dont les élites tendent toujours vers le plus propre, le plus lisse. Tu viens d'un monde triste où les gens ont aussi peur de vivre que de mourir ; moi, j'ai toujours vécu dans un monde où nous avons confiance en notre passé, notre présent et notre avenir, car tous trois sont intimement liés, dessinant un cercle. Je respecte la nourriture que j'ingurgite et ne passe pas ma vie à m'excuser d'avoir à chier pour continuer à vivre ; quand tu en seras arrivé à cette compréhension du monde, quand tu auras accepté cela, tu pourras alors me donner des leçons. Parce qu'une chose est sûre, poète, ta merde enrichit bien plus le Monde que tes mots. »

En lui-même, Égée lutta contre une envie soudaine de gifler la jeune femme.

« Je comprends ce que tu veux m'expliquer, Eiroénée, mais tu dois aussi me faire confiance. J'étais le confident de ton père, cela devrait t'inciter à...

— J'ai un père ; il s'appelle Mamayoun.

— Je respecte ça. Si tu ne veux pas m'écouter, écoute Mamayoun. Il te dira qu'avec la mort d'Yskander, la paix entre Thaumaturges et Canopéens est menacée. Il te dira que tu as une responsabilité envers les Thaumaturges, *ton* peuple.

— Mon peuple est celui que j'ai librement choisi et qui m'a acceptée. Enfant, j'étais la « Thaumate Verte », maintenant je suis « L'Enfant de la Lune » ou plus simplement Eiroénée. Tu n'as rien à faire ici, je n'ai rien à faire chez toi. Voilà ! Et laisse-moi, s'il te plaît. Tu n'es pas prêt de me faire changer d'avis. »

Égée Seisachtéion ne put empêcher ses épaules de s'affaisser légèrement. Vaincu, il baissa la tête afin de s'abîmer dans la contemplation de la Sylve Profonde. Puis, sans un mot de plus, il tourna les talons.

Toute la nuit, Eiroénée parla avec Mamayoun.

Ils parlèrent d'Yskander, de Déméter, de l'Armure. De sa mère qu'elle n'avait jamais connue et qui était morte alors qu'elle n'avait que quelques lunes. Puis ils parlèrent du danger que représentait la mort du vieux roi et l'arrivée au pouvoir de Déléthérion et des Ligueurs. Ils parlèrent du poète et du contrebandier. Et du Preneur d'âmes, qui avait éliminé les Dévoreurs sans en avoir reçu l'ordre.

« Que dois-je faire, père ? Faut-il que j'aide le poète ?

— Tu as été dure avec lui, injuste, arrogante, grossière... Il est plus qu'un corps destiné à servir d'engrais au monde ; d'ores et déjà, il a laissé sa trace dans l'Histoire des hommes. Tu te rends compte du courage qu'il lui a fallu pour venir jusqu'ici, avec l'Armure des rois thaumaturges ? Si tu penses que c'est la meilleure chose à faire, il te faut l'aider.

— Dois-je devenir reine d'un pays dont je ne sais rien ?

— Seulement si tu penses que c'est pour le bien des Thaumaturges et des Canopéens.

— Si tu étais à ma place, que ferais-tu ?

— Je me choisirai un homme et je lui ferai des enfants. Je serai reine pour ne pas décevoir le poète et aider son peuple. Je passerai la nuit avec le jeune contrebandier. Je vivrai avec les Invisibles. Je vivrai à Déméter, dans le palais, au milieu des beaux objets que les Thaumaturges affectionnent tant. Je pénétrerai dans l'Armure pour parler avec mon père Yskander. J'aiderai le poète à soustraire l'Hérakléion au tyran Déléthérion.

« Mais je ne suis pas à ta place. Je suis aveugle. Je ne vois ni le présent ni l'avenir. Je ne vois que la nuit et me souviens à peine du passé. Laisse la nuit te prendre, laisse toutes ces choses qui remplissent ton esprit, y refroidir. Et ne réponds au poète que si tu as une véritable réponse à lui donner. Parfois, il est bon de laisser pourrir les idées pour n'en garder que les noyaux. »

Eiroénée se gargarisa de thé au miel fermenté et recracha le liquide dans le feu.

« J'ai choisi un homme, père. Je l'avais choisi avant de partir en guerre contre les Dévoreurs, avant même le rite de l'Envol. J'avais trouvé ma voie, et voilà que toi, le poète et son ami contrebandier me proposez d'autres voies. Comment prendre la meilleure décision ?

— L'une de ces voies est la tienne. Demain tu pourras en mener deux de front, mais, tôt ou tard, il te faudra en choisir une seule. Ce sera ta voie, rien que la tienne et, au mieux, nous ne pourrons que t'aider à garder le cap. »

Alors que le soleil était au zénith, Eiroénée retrouva le poète chez Bajandi, le seul sculpteur de la villarbre à ne se consacrer qu'à l'art. Tous trois s'assirent autour du feu, mangèrent et burent en échangeant des propos sans grande importance. Ils parlèrent du temps, ensoleillé, des enfants, du travail du bois et de poésie, veillés par des dizaines de statuettes oblongues, dénuées de visage et de totems énigmatiques, tous œuvres de Bajandi.

Une fois le repas terminé, Égée demanda à Eiroénée qu'est-ce qui avait le plus de valeur à ses yeux : « La merde de Bajandi ou ses sculptures ?

— Ni l'un ni l'autre, répondit-elle, ce qui a le plus de valeur à mes yeux dans cette maison ne s'y trouve pas pour le moment, car à cette heure-ci les enfants de Bajandi sont dehors, occupés à jouer ou à faire des bêtises. Je suis désolée pour hier soir, je ne voulais pas te blesser.

— Tu ne m'as pas blessé, tu m'as juste rappelé que je n'étais pas chez moi et qu'en quelque sorte, je n'y retournerai jamais. »

Sourire aux lèvres, Eiroénée accompagna une nouvelle fois le poète jusqu'au Balcon des Singes. Là, plusieurs enfants turbulents saluèrent la jeune femme puis s'en allèrent en comprenant qu'ils étaient de trop.

« J'ai parlé avec Mamayoun toute la nuit. Je ne peux pas prendre de décision. Pas tout de suite. Deux rivières viennent de m'emporter, deux rivières furieuses qui ne vont plus tarder à se séparer. Bientôt. Bientôt, je prendrai une décision pour ne pas être déchirée.

— Bien sûr, répondit Égée. De toute façon, une reine que l'on aurait forcée à accepter sa position ne pourrait rien faire de bon pour ses sujets...

— Il en serait de même pour une reine par trop satisfaite de sa position. »

Le poète jeta un coup d'œil vers le nord, vers Déméter.

« Tu dois repartir, n'est-ce pas ? lui demanda Eiroénée.

— Oui.

— Pourquoi ne pas rester plus longtemps ?

— Parce que j'ai fait une promesse... Et que j'entends bien la tenir.

— Même si c'est au prix de ta vie et de ta liberté ?

— Oui.

— Pourquoi tant de fidélité à ce roi qui n'a pas su garder sa fille à ses côtés ?

— Si tu avais connu ton père de son vivant, tu ne poserais pas cette question. Il a sans doute fait de nombreuses erreurs, qui n'en fait pas ? Mais c'était un homme bon, le meilleur que j'aie jamais connu...

— Et pour l'Hérakléion ?

— Je ne peux pas prendre le risque de repartir avec. Je dois le cacher dans la Sylve Profonde, à un endroit où Déléthérion et la Ligue ne pourront pas le trouver, à un endroit où je pourrai le récupérer facilement quand j'aurai trouvé quelqu'un digne de revêtir l'Armure. Tu dois m'aider, Eiroénée, je t'en prie.

— Je refuse de garder l'Hérakléion, poète.

— Pourquoi ?

— Je ne suis pas idiote, cette chose est dangereuse, et je t'interdis de demander la permission à Mamayoun de le cacher ici.

— Tu veux dire chez les Invisibles ?

— Oui. Mon père accepterait pour te faire plaisir et ensuite, mes frères et mes sœurs de sève seraient en danger. »

Eiroénée hésita. Elle connaissait quelqu'un qui ne refuserait pas si elle lui demandait de mettre l'Hérakléion en sûreté. Quelqu'un trop proche d'elle, si proche qu'elle se demanda si son destin n'était pas, en quelque sorte, de veiller sur cette maudite Armure. Eiroénée grimaça. Elle était écartelée entre l'aide qu'elle pouvait apporter à Égée et sa volonté de rester le plus loin possible de cette armure.

Je dois prendre la décision qui protégera au mieux les gens que j'aime.

« Je connais celui qui peut garder l'Armure, souffla-t-elle. Nul guerrier canopéen, nulle tribu, nulle bête sauvage n'oserait la lui disputer.

— De qui s'agit-il ?

— Ici, on l'appelle le Preneur d'âmes.

— On m'a déjà parlé de lui. C'est une sorte de bourreau… Acceptera-t-il cette charge ?

— Oui, si je le lui demande personnellement. Je lui apporterai l'Armure, c'est tout ce que je peux faire pour toi. Et tu n'as pas idée de ce que ça implique.

— J'exige de t'accompagner.

— C'est hors de question ! Le Preneur d'âmes est extrêmement dangereux et aller jusqu'à l'Arbre aux Supplices n'est pas un voyage de noces.

— L'Arbre aux Supplices ? Charmant… Quand partons-nous ? » lança Égée sur un ton de défi.

Eiroénée cracha aux pieds du poète.

« Demain matin, Thaumate Pourri. Aux premières lueurs de l'aube. Et tu t'en mordras les doigts. »

CHAPITRE 8

Égée se leva avant l'aube pour se préparer au départ. Il réveilla Johan en le secouant doucement et lui annonça qu'il allait partir avec Eiroénée afin de mettre l'Armure en sûreté.

« Où ?

— Je préfère que tu ne le saches pas.

— Ce qui veut dire que je ne viens pas ?

— Voilà.

— Quand l'Armure sera en sûreté, je veux revenir avec toi à Déméter.

— Pourquoi ?

— J'ai la nostalgie des tavernes et je trouve que notre association fonctionne plutôt bien. Où qu'on aille, on met toujours une ambiance particulière. Y'a du vin à flots, des femmes lascives et de la bagarre. Un programme de festivités qui me sied fort bien.

— Ce que je m'apprête à mettre sur pied à Déméter sera tout sauf une fête foraine.

— Je sais… Plus sérieusement, je connais des tas de gens qui pourront t'aider à lutter contre Déléthérion ou contre la Ligue. Des contrebandiers, des voleurs, des assassins.

— Des bandits... Il ne manque que les violeurs et les proxénètes sur ta liste... Tout ce dont la monarchie a besoin. Je suis désolé, mais ce n'est pas ton combat, Johan.

— Ce n'est pas à toi d'en décider et il y a bien longtemps que j'ai pris ma décision ; je l'ai prise au moment même où j'ai accepté de t'aider à quitter Déméter. Et réfléchis bien, mon ami, parfois même la lame la plus fine ne suffit pas à trancher toutes les têtes de l'hydre. Tu étais le confident du roi ; tu ne connais pas la cité aussi bien que moi. Tu auras besoin de mes contacts pour te cacher, financer tes actions, protéger tes nouveaux alliés. Tu auras besoin de moi pour devenir un conspirateur hors pair.

— Je vois que tu as pensé à tout. Nous en reparlerons à mon retour. Maintenant, rendors-toi. Si on te demande où je suis, tu n'as qu'à dire que tu ne sais pas. »

Quand Égée entra dans l'entrepôt humide où il avait laissé l'Armure, celle-ci ne s'y trouvait plus. Affolé, il sortit du bâtiment au petit trot et buta contre Eiroénée qui le gratifia d'un grand sourire.

« Où est l'Armure ?

— Je l'ai fait porter, répondit la jeune fille en haussant les épaules.

— Où ?

— Il te suffit de me suivre pour le savoir. »

En utilisant plusieurs élévateurs, Eiroénée conduisit Égée jusqu'à une plate-forme sur laquelle se trouvait une grosse baudruche rose accrochée à ce qui ressemblait à un immense panier de cueillette.

« La caisse se trouve dans la nacelle, annonça la jeune fille. Elle a été transportée jusqu'ici avec la plus grande précaution *et* la plus grande discrétion. »

Égée vérifia. Du bout des doigts, il toucha le médaillon de quartz qu'il portait contre sa poitrine et leva les yeux vers la baudruche molle qui s'agitait devant lui.

« Qu'est-ce que c'est ? demanda-t-il.

— Un ballon-voyageur. Le cadre de la nacelle est en bambou tressé, il est souple et très résistant. Le ballon en lui-même est constitué d'un ensemble de panses et d'intestins d'animaux. Ils ont été nettoyés avec soin, distendus, puis séchés au soleil, avant d'être cousus ensemble. Le tout est goudronné à l'intérieur pour être étanche et résister à l'air chaud qui permet au ballon de s'élever. »

Égée examina l'aérostat de plus près. La nacelle, ovale, reliée au ballon par une petite douzaine de tresses végétales qui se rejoignaient à son sommet en formant un nœud, était équipée d'un filet à grosses mailles en guise de plancher. Sans doute pour pouvoir se poser dans les branches sans se briser.

« Et ça…

— Vole ? Oui.

— Je ne peux pas voler. C'est contraire à ma religion.

— Alors tu ne viens pas avec moi, car il n'y a aucun autre moyen de voyager jusqu'à l'Arbre aux Supplices, à moins de passer par la strate herbacée.

— Alors passons par la strate herbacée ! »

En riant, Eiroénée enjamba la nacelle et alluma le brûleur du ballon. Une immense flamme jaillit et une odeur d'huile végétale se répandit dans l'air.

« Même moi qui connais bien les dangers de la Sylve Profonde, je ne survivrai pas à un tel voyage en plein territoire attanrhi... Sans parler des gistrions, des fourmyènes, des soufrières et des fougères gobe-têtes... »

Une seconde flamme gronda. La peau rosée de la baudruche se tendit pour ressembler à une énorme saucisse rafistolée. Aussitôt la nacelle commença à monter, retenue à la plate-forme par une corde. La jeune femme se pencha au-dessus d'Égée ; ses longs cheveux noirs attachés et ses vêtements taillés pour l'aventure lui donnaient des allures de femme pirate.

« Écoute, poète, je n'ai pas l'autorisation de prendre ce ballon pour aller voir le Preneur d'âmes, seuls les sages traitent directement avec les exécuteurs. J'ai dit à tout le monde, même à Mamayoun, que nous faisons l'aller-retour jusqu'au comptoir de Cendramère pour que tu puisses y mettre ta caisse en sûreté. Si tu veux faire partie du voyage, t'as intérêt à sauter dans cette nacelle... Et vite ! »

D'un coup de dague, Eiroénée coupa la corde. Le ballon continua de monter tout doucement.

Égée comprit qu'il ne faudrait qu'un coup de brûleur supplémentaire pour que l'aérostat soit hors de portée. Il s'élança et s'accrocha à la nacelle. Pendant quelques instants, le temps qu'Eiroénée l'aide à grimper, il fut suspendu au-dessus de la plateforme puis du vide. La jeune fille était hilare alors qu'il venait de risquer sa vie. Une hilarité qui illuminait son joli visage ovale.

« Pourquoi les Thaumaturges ne peuvent-ils pas voler ? demanda-t-elle en actionnant le brûleur du ballon.

— L'air est tabou », répondit Égée juste avant de vomir par-dessus bord.

Eiroénée se pencha au-dessus du vide pour suivre du regard les régurgitations du poète.

« T'as loupé la plate-forme de peu ! » Elle se racla la gorge et cracha. « Je l'ai eue... Ça va secouer encore un peu, je suis sur un thermique ascendant, c'est toute la chaleur de la villarbre qui nous pousse aux fesses... Le contraire d'un gros pet, quoi ! C'est drôle, cette histoire de tabou... tu peux m'en dire plus ?

— Pour les Thaumaturges, l'air est un élément sacré qui ne doit jamais être souillé par les mortels. C'est le domaine des Démiurges, les dieux fondateurs, tailleurs de pierre, façonneurs de rivières et forgerons géniaux qui ont permis au tertre primordial d'émerger à la surface de l'Inorganisé. C'est aussi là que vont toutes les âmes des défunts qui en sont dignes.

— Et les âmes de ceux qui en sont indignes, comme moi ?

— Elles finissent dans le néant, il n'y a rien de pire pour l'esprit que de finir dans le néant, le rien, le vide. »

Le courant ascendant malmena le ballon et Eiroénée lâcha un petit rire.

« J'aimerais que tu me racontes tout ça dans les

détails, poète. Nous ne serons pas arrivés avant la fin de la journée, et encore, à condition que je m'accroche aux bons courants.

— Te raconter l'histoire des Démiurges, rien que ça ! Encore faudrait-il que je sois détendu.

— Mon peuple emploie régulièrement les ballons. Les accidents sont rares et ce ballon-ci a été maintes fois vérifié par les meilleurs techniciens. Et, sans me vanter, je suis une experte en vol thermique. Nous ne sommes pas près de tomber, ce qui veut dire que tu peux te détendre. Par contre, ne remue pas trop sur le filet, ça fait tanguer la nacelle et, en ce moment, j'ai l'estomac capricieux. »

Égée se força à ne pas regarder en bas ; il s'assit sur le filet qui faisait office de plancher, à l'exact opposé d'Eiroénée, pour maintenir une sorte d'équilibre.

« Le monde est l'œuvre des Démiurges qui ont décidé, à l'aube des temps, de repousser les frontières du Chaos afin de permettre à la vie organisée d'émerger à la surface de l'univers. À l'origine, ces Démiurges étaient au nombre de quatre, chacun d'entre eux chargé de façonner, puis de distribuer l'un des éléments du monde. Ainsi, il y avait le Démiurge de l'Eau, celui du Feu, celui de la Terre et celui de l'Air. Le premier donna au monde sa vitalité, le deuxième lui offrit sa chaleur, le troisième garantit sa stabilité. Le dernier, enfin, le recouvrit du Souffle Divin, ce don qui permet à toutes sortes de créatures de vivre à sa surface.

— Donc, vous respirez un élément interdit. C'est complètement incohérent !

— Non, laisse-moi te raconter toute l'histoire et

tu comprendras... Une fois leur travail accompli, les Démiurges, lassés d'errer sur les flots informes du Chaos, décidèrent de séjourner dans le monde afin d'en observer la croissance. Parfois, l'un d'eux apportait une modification à l'ouvrage, ajoutant une montagne, retranchant un fleuve, s'amusant à créer une nouvelle espèce de plantes ou d'animaux. En fait, la plupart du temps, les Démiurges se contentaient du spectacle offert par le monde grouillant de vie animale, coloré par la vie végétale, toujours en constante évolution. Puis l'Homme apparut et les Démiurges comprirent qu'ils avaient affaire à une aberration, quelque chose d'imprévu. Ils discutèrent afin de savoir ce qu'ils devraient faire de l'Homme, assez intelligent pour changer la face du monde qu'ils avaient créé. Le Démiurge de l'Eau et celui de l'Air furent partisans d'une éradication immédiate, mais les Démiurges du Feu et de la Terre, grandement intrigués par l'apparition d'une espèce intelligente, s'y opposèrent.

« Alors, les dieux laissèrent libre cours à leurs dissensions. Ceux qui contrôlaient l'Air et l'Eau déclenchèrent déluges, tempêtes et raz-de-marée, décimant les populations de cueilleurs et de pêcheurs qui avaient commencé à se rassembler en communautés. Pour contrebalancer ces catastrophes naturelles dévastatrices, les Démiurges du Feu et de la Terre donnèrent deux choses aux hommes meurtris : la maîtrise du feu et la notion de transcendance. Cette dernière les mit sur la voie des croyances et de la spiritualité.

« Et, malgré les morts par centaines, ou plutôt

grâce à elles et aux rites funéraires qu'elles engendrèrent, les hommes s'enracinèrent à la surface du monde. Les tribus de chasseurs nomades ne furent que le prélude aux premières cités sédentaires, où se développa bientôt l'élevage. Confronté à la volonté des hommes désireux de survivre, le Démiurge de l'Air entreprit d'asphyxier l'humanité tout entière, en lui confisquant le Souffle Divin, même si cela devait entraîner la fin de la Création. Le Démiurge de l'Eau, horrifié, rejoignit les Démiurges du Feu et de la Terre. Ensemble, ils firent de la sauvegarde du monde et des hommes leur finalité ultime. Dans un premier temps, ils parvinrent à retarder la fuite de l'atmosphère, en libérant l'air contenu dans les océans, la glace des pôles, les forêts tropicales ou les abîmes souterrains. Mais, face à la ténacité du Démiurge de l'Air, ils comprirent rapidement qu'ils devaient changer de stratégie ; ils décidèrent donc de donner naissance à une entité nouvelle qui serait la somme de leurs puissances respectives, une divinité destinée à devenir la protectrice des hommes et qui disposerait des pouvoirs combinés du feu, de la terre et de l'eau. Et, parce qu'elle fit entrer les hommes dans l'âge du métal, cette entité fut baptisée le Dieu-Forgeron, Héphaïstos.

— Le Dieu-Forgeron », murmura Eiroénée, visiblement intéressée. « Nous n'avons pas de tels dieux... »

Tandis qu'il racontait son histoire, Égée en avait oublié le ballon-voyageur, malgré les secousses, le bruit du vent et le phénomène fort désagréable qu'Eiroénée avait appelé « trou d'air », suite à une chute brutale de deux ou trois cents coudées. Égée se cala contre la caisse de l'Armure et reprit le fil de son récit.

« Héphaïstos vécut parmi les hommes et leur enseigna comment ils pouvaient fusionner les trois éléments pour se doter d'outils résistants et d'armes nouvelles, en fer, en fonte, en cuivre et enfin en acier trempé. Et, tandis que la fuite de l'atmosphère se poursuivait lentement, le Dieu-Forgeron inculqua aux hommes la patience, la persévérance et la précision. À force de vivre avec eux, il en vint à les aimer et s'unit à une mortelle, Hélia, qui donna naissance à une fille, Déméter. Lorsque l'enfant mourut noyée, peut-être poussée à l'eau par le vent, et que son cadavre fut ramené par de simples pêcheurs en larmes, Héphaïstos vit combien le cœur des hommes était grand et décida de les remercier. Il s'enferma dans sa forge et, travaillant sans relâche pendant vingt-huit jours et vingt-huit nuits, il façonna une armure que les hommes nommèrent l'Hérakléion, car elle était d'une beauté et d'une résistance exceptionnelles, aussi resplendissante et infrangible que les Démiurges. Pour la toute première et la toute dernière fois, le Dieu-Forgeron revêtit l'Hérakléion et entreprit l'ascension de la plus haute des montagnes pour affronter le Démiurge de l'Air. Sur le sommet du mont Thæsis, il utilisa la puissance qu'il avait héritée des trois Démiurges qui l'avaient créé, et parvint à duper le Démiurge de l'Air et à enfermer le Souffle Divin dans l'Armure.

— Et qu'advint-il du Démiurge de l'Air ?

— Vaincu, il fut dispersé dans l'ampleur de sa

défaite, libérant tout l'air qui était nécessaire aux hommes et à toutes les créatures évoluant à la surface du monde. Une fois redescendu du mont Thæsis, Héphaïstos laissa le Souffle Divin à l'intérieur de l'Armure. L'Hérakléion conserva cette *Phuséios Théias* et devint le symbole de la transcendance du pouvoir politique qui préside à l'organisation sociale des hommes et fait écho à l'intemporelle harmonie de la Nature.

— Et les trois Démiurges restants, que devinrent-ils ? demanda Eiroénée.

— C'est là le point le plus important de toute l'histoire. Celui qui explique que l'air est un élément sacré pour les Thaumaturges. Pour remercier les Démiurges du Feu, de la Terre, de l'Eau et le Dieu-Forgeron de les avoir sauvés, les clercs décidèrent que l'air et le sommet des montagnes formeraient désormais le royaume des Dieux. Ainsi, ils pourraient continuer à observer le monde qu'ils avaient créé sans être gênés par qui que ce soit. Depuis la fondation de Déméter, nous leur édifions des temples tutélaires et nous leur rendons hommage, en leur promettant que plus jamais nous ne viendrons les déranger.

— Et le Dieu-Forgeron ?

— Désespéré d'avoir perdu sa fille et conscient d'avoir achevé sa tâche parmi les hommes en leur donnant l'Armure, il marcha jusqu'au sommet du plus vorace des volcans et se jeta dedans. Sous la forme d'une épaisse colonne de fumée blanche, il rejoignit les Démiurges dans l'empyrée et devint en quelque sorte le nouveau Démiurge de l'Air. C'est lui qui donne aux orages leur odeur particulière. Nos légendes disent que la première des mémoires déposées dans l'Hérakléion n'est autre que la sienne. En se sacrifiant, Héphaïstos a écrit la première page du *Grand Livre de la Transcendance*. Aujourd'hui encore, le Dieu-Forgeron et les Démiurges arpentent le ciel comme les mortels la terre. De temps à autre, ces divinités aériennes se plaisent à rappeler aux hommes tout ce qu'elles leur ont donné. Alors, il pleut, il vente, les éclairs illuminent la voûte céleste, le tonnerre gronde, la terre tremble et, parfois, une brume épaisse descend lentement des montagnes — c'est la main du forgeron céleste qui vient caresser ceux qu'il a sauvés.

— C'était très beau, poète. Je comprends mieux ta réaction, à présent. Mais tu vois, nous volons au milieu des dieux et ils acceptent notre présence. Ils t'acceptent, toi, parce que tu te bats pour protéger l'Hérakléion, et parce que ce que tu crois juste t'illumine comme une bougie placée derrière une toile huilée. Et ils m'acceptent, moi, parce qu'à mes yeux, l'air est comme l'eau, le feu ou la terre : je vis en harmonie avec lui. »

Égée passa une bonne partie du voyage recroquevillé en position fœtale au fond de la nacelle, calé contre la caisse contenant l'Hérakléion, cherchant à transformer cette aventure aérienne et mouvementée en un poème épique. Et ce n'est qu'au crépuscule, au moment où les ultimes lueurs du jour chevauchent l'horizon, qu'il parvint enfin à se redresser et à jouir de l'extraordinaire panorama qu'offrait la Canopée vue du ciel. Couverts de lianes, survolés par des milliers d'oiseaux, les arbres gigantesques formaient comme un tapis de mousse émeraude, que seules les montagnes et les volcans arrêtaient. Dans cette luxuriance, il reconnut des troncs-sabots, des arbres à farine et même un arbre-toile, grouillant d'insectes géants. Cette vision exubérante le rasséréna, du moins jusqu'à ce qu'il aperçoive la silhouette sombre et torturée de l'Arbre aux Supplices, îlot de noirceur dans un océan vert. Tel un éclat de charbon, naissant d'un sol de poussières grises qui dessinaient une couronne incendiée autour de ses racines fuyantes, le végétal mort se dressait droit devant. Égée jugea que cet éperon de bois vitrifié, aussi imposant que le Mastaba de Déméter, culminait bien plus haut.

« Par les trois éléments ! jura-t-il.

— L'Arbre aux Supplices est bien moins impressionnant que celui qui l'habite », déclara Eiroénée, sans que le poète puisse savoir si elle plaisantait ou était sérieuse. « Nous allons nous poser sur un arbre équipé d'une plate-forme. Si j'essayais de me poser chez le Preneur d'âmes, j'empalerais à coup sûr l'aérostat sur les branches mortes de sa demeure. Elles sont toutes taillées comme des épieux… et empoisonnées.

— Et ça lui sert à quoi ?

— À rien, je suppose, mais c'est le genre de trucs qu'il aime bien faire : tailler des trucs en pointe avant de les empoisonner. »

Ils allaient donc se poser un peu plus loin, au cœur des frondaisons. Ce qui signifiait qu'une fois de plus Égée devrait jouer les équilibristes sylvestres afin d'atteindre la demeure du Preneur d'âmes. Cela ne l'enchantait guère, mais il y avait pire : une fois posé, il lui faudrait manipuler l'Armure. Il ne voyait pas comment il parviendrait, avec la seule aide d'Eiroénée, à la déplacer à travers la ramure. Oh, bien sûr, il pouvait demander à l'Hérakléion de résoudre le problème, mais cela signifiait être à nouveau assimilé par le quartz vivant et agissant et il n'appréciait guère cette expérience. Le massacre des Eizihils avant son départ pour la Canopée lui avait prouvé combien la puissance de l'Hérakléion était inhumaine, effrayante.

Eiroénée le prévint que l'atterrissage était imminent. Les entrailles vrillées par la peur, le poète s'agrippa fermement au garde-fou. Réduisant au strict minimum la flamme du brûleur, Eiroénée fit perdre de l'altitude au ballon.

Les plus hautes branches de la Sylve géante griffèrent la nacelle. Égée en ressentit un soulagement paradoxal : d'une certaine manière, il se rapprochait de la terre ferme. Il raffermit sa prise sur le garde-fou et, d'une voix qui se voulait assurée, demanda à Eiroénée si tout se passait comme prévu.

« Oui, la plate-forme est là-bas, tout près de l'Arbre Mort. J'espère qu'elle a été taillée récemment... »

Égée regarda l'écheveau de jeunes branchages adjoint d'une petite cabane que lui indiquait Eiroénée. Comme cela ne ressemblait guère à une plate-forme, il pria les trois éléments en se disant qu'il ferait bien mieux d'encenser le quatrième : l'air. Notamment celui qui gonflait la baudruche de tripes goudronnées qui lui cachait le ciel en grande partie.

Le choc fut violent, mais moins que ce que le poète avait redouté. Des craquements de mauvais augure accompagnèrent l'erre du ballon sur la ramure et se poursuivirent bien après qu'il se fut immobilisé. Eiroénée éteignit le brûleur d'un geste brusque et se tassa dans la nacelle aux côtés du poète. Après une légère inclinaison vers la gauche, le ballon s'immobilisa. Le voyage était bel et bien terminé.

Sourire aux lèvres, Égée commença à s'en féliciter et, aussitôt, la nuit lui tomba dessus sous la forme d'une immense enveloppe de boyaux — dégonflée et tiède.

« On laisse l'Armure là ? demanda le poète alors qu'Eiroénée s'extrayait sans difficulté de l'aérostat.

— Personne ne viendra te la prendre là où elle est, pas sur le territoire d'un exécuteur.

— Tu n'as pas peur… de cet endroit ?

— Non. Je suis bien plus en sécurité ici que chez moi ou aux abords de ma villarbre. »

La jeune femme descendit dans la ramure en utilisant une échelle de corde. Égée la suivit jusqu'à un pont souple qui reliait l'arbre où ils avaient atterri à celui du Prencur d'âmes. Devant la passerelle, faite de cordes et de planches, se dressait un gong en cuivre partiellement recouvert de lianes, de vigne et d'épiphytes à ventouses. Eiroénée frappa le gong trois fois, attendit quelques instants et frappa deux fois de plus.

« Il vaut mieux s'annoncer », dit-elle en souriant.

Se tenant des deux mains, ayant du mal à suivre

la jeune femme qui progressait à un bon rythme sur ce pont oscillant de droite et de gauche, Égée résista à son envie de vomir. Après quelques interminables moments de lutte pour garder son équilibre et le contenu de son estomac, il arriva à l'autre bout.

La passerelle donnait sur un petit promontoire — un ancien nœud de l'Arbre dans lequel avait été percée une porte. Au-dessus de cette embrasure ouverte à tous les vents, le végétal mort se dressait telle une falaise hérissée de pals. Cent coudées en contrebas, la terre grise fumait légèrement, exsudant une désagréable odeur de soufre.

« Y a-t-il quelque chose que je doive savoir au sujet du Preneur d'âmes ? » demanda Égée.

Eiroénée s'arrêta et regarda le poète dans les yeux en fronçant les sourcils, l'invitant à poursuivre.

« Les choses à faire, les choses à ne pas faire ?

— C'est l'exécuteur attitré des Invisibles, il convient juste de ne pas le mettre en colère. »

Eiroénée passa la première.

« Et comment fait-on ça ? » insista Égée.

Sans doute désireuse de laisser la peur monter en lui, Eiroénée ne répondit pas et pénétra dans les ténèbres étonnamment sèches qui menaient au Preneur d'âmes. Elle avançait d'un pas soutenu, comme si elle connaissait le chemin mieux que quiconque.

Égée lui emboîta le pas. Des marches avaient été taillées dans le bois vitrifié, ce qui rendait la descente moins hasardeuse. Et bientôt, le poète déboucha à la suite de la jeune fille dans une cavité, sans doute artificielle, aux parois couvertes d'armes diverses et variées : épées, lances, dagues, haches, crochets, casse-têtes. Au centre de cette pièce crépitait un bon feu, prisonnier d'un cercle d'ambres gigantesques.

Silencieux, ils avancèrent en direction du foyer. Une bonne odeur de viande grillée excita les papilles du poète. Et alors qu'il rêvait d'un festin carnassier arrosé d'un bon vin rouge, il aperçut la chose qu'on surnommait le Preneur d'âmes. Elle était assise devant le feu, occupée à tourner trois broches sur lesquelles avaient été enfilés des cubes de viande gros comme le poing.

Le Preneur d'âmes ressemblait fort à un Canopéen ; mais il était large comme deux hommes, plus grand que les guerriers de la villarbre — une bonne tête de plus. Une sorte de perruque de lianes lui couvrait le crâne et les épaules. Sous son front obombré par sa coiffe, on ne distinguait que le jaune brillant d'un masque d'ambre, parfaitement lisse.

Eiroénée salua la créature en posant la main droite sur son ventre et en baissant légèrement la tête. Puis, sans même attendre un signe ou une réaction de l'homme au regard d'ambre, elle s'approcha de celui-ci et s'assit à sa gauche. Égée la singea et s'assit face au feu, à gauche de la jeune fille.

Les joues de l'exécuteur étaient percées par mille radicelles translucides qui lui faisaient comme une barbe de vermine. Autour de chacun de ses membres était enroulée une liane se terminant par un impressionnant crochet. Pour le moment, les quatre crochets reposaient dans leurs fourreaux de peau retournée.

La chose grogna quelque chose et Eiroénée lui sourit.

La viande cuisait au-dessus du feu en grésillant, crachant et pétant parfois. Trois broches. Une pour le Preneur d'âmes, une pour chacun de ses invités.

L'exécuteur se leva et alla chercher derrière une tenture de peau retournée un grand plat de pierre volcanique, des gobelets d'ambre et une calebasse pleine.

« À ta place, je ne boirais pas et ne mangerais pas, murmura Eiroénée à l'oreille d'Égée.

— Ça va le vexer, non ?

— À toi de voir... »

Le Preneur d'âmes posa le plat de pierre devant Eiroénée et Égée. Il servit à boire et récupéra la viande brûlante qu'il fit glisser des broches en utilisant un de ses crochets. Une fois tous les cubes de viande dans le plat, il remit les broches au feu, sans doute pour les dégraisser, et s'assit devant ses invités.

Égée attendit que son hôte boive pour goûter ce qui se trouvait dans son gobelet. Le liquide rouge qui glissa dans sa bouche était épicé et brûlant, un arrache-gueule très alcoolisé. Il se força à avaler ce distillat sans doute fait à base de fruits et de piments et sourit à la créature qui lui faisait face. En réponse, celle-ci éclata de rire et dit quelque chose en canopéen. Quelques mots qu'Eiroénée traduisit :

« Tu bois bien pour un homme aussi pâle... Il se demande si tu manges avec autant de... C'est difficile à traduire. »

Égée prit un morceau de viande brûlant et

commença à le mâcher. La venaison faisandée ressemblait à du porc, mais en plus filandreux.

« Qu'est-ce que c'est ? demanda le poète.

— Je préfère ne pas lui poser la question », annonça Eiroénée qui n'avait rien bu et faisait semblant de manger son morceau de viande.

Égée regarda la viande qu'il tenait dans la main et supposa qu'il venait de transgresser un autre tabou.

De son côté, le Preneur d'âmes mangea avec appétit, manquant presque finir toute la viande qu'il avait mise à cuire. Une fois rassasié, il se leva, débarrassa le plat et la boisson avant de revenir avec un panier de fruits frais sur lequel Eiroénée se jeta avec avidité.

Assis en tailleur, l'exécuteur alluma une pipe à long bec dont le foyer d'ambre massif rougeoya. Il tira dessus à plusieurs reprises et sourit au poète. Une odeur d'herbe à rêves envahit peu à peu la grotte vitrifiée, grisant légèrement Égée. Une fois sa pipe étcinte, Ixion parla en canopéen. Malgré ses progrès récents, Égée ne comprit pas un traître mot.

« Il veut savoir pourquoi tu es venu avec l'Enfant-Lune ? C'est comme ça qu'il m'appelle.

— Dis-lui que je veux qu'il garde l'Armure. Explique-lui du mieux que tu peux. »

Eiroénée et le Preneur d'âmes discutèrent longuement.

« Il veut quelque chose en échange…

— Bien sûr.

— La permission de tuer une personne pour toi.

— Quoi !? »

Eiroénée grimaça.

« Ce serait trop long à expliquer, mais, en gros, on lui fait plaisir en lui donnant des gens à tuer… Donne-moi un nom et une bonne raison. Ça lui fera très plaisir d'ajouter une victime potentielle sur sa liste.

— Le Régent Absû Déléthérion. Quant à la raison : il a fait assassiner l'homme que j'aimais. »

Le Preneur d'âmes hocha la tête et parla vite. Visiblement gênée, Eiroénée traduisit :

« Il ne comprend pas. Tu es un homme qui aimait un homme ?

— Oui. Parfois la nature fait ce don. Pour moi, c'en est un, c'est un cadeau que l'on m'a fait et que j'ai accepté ; pour d'autres c'est une tare répugnante. »

Le Preneur d'âmes grogna quand Eiroénée lui expliqua ce que venait de lui dire Égée. S'ensuivit une petite discussion animée.

« Je l'ai mis en colère ?

— Non… mais il ne comprend pas comment deux hommes peuvent avoir des bébés ensemble.

— Et que faut-il dire ?

— Rien. Je lui ai dit que certains couples n'avaient pas d'enfant et que l'amour était parfois étranger à la notion de reproduction. Il ne pense pas que tu sois anormal ou pervers, il pense juste que tu es *incomplet* car tu n'as pas d'enfant malgré ton âge.

— A-t-il des enfants ? »

Eiroénée grimaça un « non » qu'elle ne prononça

pas. Ils finirent les fruits et le Preneur d'âmes se leva pour disparaître dans les méandres de son antre.

« Où est-il allé ?

— Il est allé chercher l'Armure, il va la mettre à l'abri dans sa chambre, c'est plus une tanière. Nous repartirons demain, dès l'aube. Je vais te montrer l'endroit où tu devras dormir et… les commodités. Ne tombe pas dedans, la planche percée branle et en bas, c'est une soufrière ; tu n'y survivrais pas. »

Égée tiqua :

« Tu sembles bien connaître cet endroit… tu es venue souvent ?

— Souvent, non, mais je suis déjà venue et restée longtemps, souffla la jeune fille. Je pensais que tu avais compris…

— Quoi ? »

Eiroénée plissa ses lèvres.

« Il est l'homme que j'ai choisi avant même le rite de l'Envol. Et si j'ai l'estomac capricieux ces derniers temps, c'est parce que je porte son enfant — c'est son second enfant, il en a perdu un il y a longtemps, c'est pour ça qu'il est comme ça ; enfin, c'est ce que je crois, car il refuse d'aborder le sujet. Ma vie est ici, dans l'Arbre aux Supplices, avec Ixion, puisque tel est son prénom, pas à Déméter. Je ne pouvais pas te le dire au village.

— Pourquoi ?

— Pourquoi ! Tu n'as peut-être pas remarqué, mais il n'est pas comme toi ou moi, il vit en symbiose avec la liane qui lui traverse le crâne de part en part. Elle mange à travers lui et il pense à travers elle. Cette *liane vive* a tissé autour de ses muscles un réseau de fibres végétales souples et résistantes. Grâce à elle, il est plus rapide et plus puissant que n'importe laquelle des créatures de la Canopée. Grâce à lui, la liane vive peut survivre. Une association réciproquement profitable et unique en son genre : d'habitude, les lianes épiphytes enserrent les arbres pour en drainer la sève et la force vitale. Après la mort et la désagrégation de ces derniers, elles conservent leurs formes pendant des cycles, dessinant un tronc fantôme avant de mourir. Celle qui se trouvait sur l'Arbre aux Supplices a attrapé Ixion et s'est fixée sur lui, puis elle s'est brisée, ne laissant en lui qu'une infime partie de ce qu'elle était, un greffon. La créature que nous appelons le Preneur d'âmes est autant canopéenne que végétale. Et je ne sais pas comment sera l'enfant que je porte, je ne sais même pas si ma grossesse arrivera à son terme.

— Tu l'aimes ?

— Je ne sais pas. Assez pour m'être donnée à lui. Il y a quelque chose de profondément troublant en lui. Il m'attire et, pourtant, il démembre ses victimes… les déchiquette. Il y prélève parfois ses repas. Aucune créature n'aime tuer autant que lui, cependant, à chaque fois, il a besoin de solides raisons pour agir. Par ailleurs, il suffit de prendre le temps de parler avec lui pour comprendre qu'il est attaché à un système de valeurs très particulier et très rigide. Il m'attire, mais il y a plus : il m'impressionne. Il s'adapte à toutes les situations. Il peut dormir sur la pierre nue, vivre longtemps sans se laver ; mais s'il se trouve près de son lit de fourrures il dormira dedans et s'il peut se laver, il se lavera. Je sais qu'il sera toujours là pour me protéger contre les autres et contre moi-même, le cas échéant. Il protégera l'Armure au prix de sa vie. Tu voulais mettre l'Armure en sûreté, ici elle le sera plus que tu ne peux l'imaginer. »

Comme convenu, Eiroénée montra sa *chambre* — une cavité à moitié remplie de peaux de bêtes — et la pièce d'aisance à Égée, puis elle disparut, sans doute pour rejoindre le Preneur d'âmes, se blottir dans ses bras et sa liane vive.

Dans cette pièce ténébreuse, si exiguë qu'il ne pouvait y dormir qu'en position fœtale, Égée sombra dans un sommeil inquiétant et fiévreux.

Le voyage de retour fut beaucoup moins éprouvant pour le poète. Son esprit était habité par d'autres considérations que le vol. Il avait appris de nouvelles choses, découvert de nouvelles créatures, contemplé un des plus singuliers visages de la Canopée.

Assis dans la nacelle, survolant une forêt épaisse qui semblait glisser des contreforts des volcans, le poète prenait des notes. Son carnet et sa plume à la main, il pensait au Preneur d'âmes, énigmatique et fascinant. Il avait déjà griffonné une prose à son sujet et n'était pas prêt d'en rester là, pourtant conscient qu'il ne ressentirait jamais ce que pouvait éprouver une créature pensante vivant en symbiose avec un végétal.

« Après m'avoir fait l'amour, Ixion m'a montré l'Armure, annonça Eiroénée alors qu'ils survolaient un volcan endormi. Elle est magnifique. C'est le plus bel artefact que j'ai jamais vu.

— As-tu eu envie de rentrer dedans pour parler avec Yskander ?

— Non.

— Tu aurais eu besoin de ce médaillon… »

Égée lui donna le médaillon de quartz qu'elle accepta sans hésiter.

« Je n'y entrerai pas ; j'ai peur pour l'enfant que je porte.

— Donc, c'est que tu y as pensé. Garde le médaillon, je ne veux pas l'emporter à Déméter. Dans le pire des cas confie-le à Ixion la prochaine fois que tu le verras.

— D'accord… Pour le bébé, il ne faut rien dire à Mamayoun. Le Preneur d'âmes est un paria. Il est craint et détesté. Je ne peux pas dire aux gens du village que l'enfant qui va naître est de lui ; ils penseraient qu'il m'a violée… Et il pourrait se passer ensuite quelque chose de terrible. Je ne veux pas en parler tant que Mamayoun est en vie ; je crois qu'il ne comprendrait pas.

— Que diras-tu quand l'enfant naîtra…

— Je dirai que ce sont des choses qui arrivent quand on s'amuse avec les hommes, je dirais que je me suis trop amusée après la cérémonie de l'Envol. Je refuserai de prendre un époux et je serai bannie, moi et mon enfant. Alors je rejoindrai Ixion et tout le monde sera heureux, sauf Mamayoun. »

Égée ne put s'empêcher de penser à Déléthérion qu'il avait blessé à l'épaule et qu'il devait maintenant renverser. Déjà, il se voyait, dans la capitale, arpentant ses souterrains, organisant des réunions secrètes, se plaçant au centre d'une conjuration, bénéficiant de l'aide promise par Johan.

Une révolution. Je vais être au centre d'une révolution…

CHAPITRE 9

Une pointe de feu. Une pointe de glace.

Bien au chaud, tu es douleur, blottie entre mes côtes, si près du cœur.

Tantôt de feu, tantôt de glace. Tantôt d'ergots, tantôt d'écailles.

Rampante et sournoise. Ton œil m'observe.

Douleur fouisseuse. Qui rabote, encore et encore, qui me sape et me fore.

Entre les côtes, si près du cœur.

Douleur !

En s'apercevant dans le miroir de la coiffeuse, Égée sursauta. Il avait les traits tirés, le teint verdâtre, les yeux veinés de sang, jaunis par l'abus d'alcool. Sa peau était devenue d'une fragilité inquiétante ; le rasage matinal y laissait à coup sûr des écorchures. Ses longs cheveux étaient ternes et cassants, eux qui avaient été, des années durant, d'une beauté incomparable, aussi délicats que ceux d'une princesse. Il pensa à ceux de Thésée, d'un doux châtain glissant vers le blond quand vient la fin de l'été.

Tu es de retour à Déméter depuis six lunes à peine et jamais tu n'as été aussi proche de la mort, poète.

Il souffla dans sa main et y recueillit une partie de son haleine abominable. Cette aigreur lui arracha une grimace et un haut-le-cœur. Et, alors qu'il était sur le point de se gargariser, on frappa à la porte.

Thésée n'est jamais aussi matinal. Sauf quand il veut s'amuser au saut du lit.

« Un instant... »

Il se gargarisa avec une gorgée d'eau dans laquelle il avait dilué dix gouttes de menthe forte, puis saisit l'espingole à trois canons rotatifs qu'il gardait dans son lit, sous l'oreiller. Ce geste, qui obligea son bras droit à se tendre et sa cage thoracique à travailler un peu, força hors de lui un gémissement de douleur.

Toujours ce démon qui, tapi entre mes côtes, au-dessus du cœur, se réveille de plus en plus souvent pour m'arracher un lambeau de chair, une grimace, un cri.

« Qui est là ?

— Le chirurgien, monsieur. »

Même ma mémoire s'effiloche...

Espingole à la main, Égée ouvrit la porte, posa le bout de l'arme sur la poitrine du petit homme qui lui faisait face et tira celui-ci dans la pénombre de la chambre, non sans avoir jeté un coup d'œil dans le couloir désert. C'était la seconde fois qu'il faisait venir ce chirurgien en quelques jours à peine ; l'homme lui avait été conseillé par Johan Solon.

C'est un des meilleurs chirurgiens de Déméter, un homme tout droit issu de la partie la plus pauvre de la ville, étudiant il a bénéficié des « bourses d'ascension sociale » d'Yskander, il est tout entier dévoué à notre cause.

Égée ferma la porte derrière eux. Alors que le chirurgien s'apprêtait à ouvrir en grand les rideaux pour laisser entrer la lumière du jour dans la chambre, le poète lui fit signe que non.

« Vous avez une mine épouvantable…

— C'est donc à cela que servent les dix années que vous passez à disséquer des cadavres à l'École de médecine… à en reconnaître un quand il vous adresse la parole.

— Entre autres. Enlevez votre chemise et asseyez-vous sur le lit… sans votre arme, s'il vous plaît. Si j'avais dû vous trahir, il y a bien longtemps que vous seriez mort. Et moi de même. »

Égée grimaça, mais s'exécuta. Il posa l'espingole sur la tablette de la coiffeuse et se déshabilla.

« Je vais mourir ?

— Un jour, lui répondit le chirurgien après avoir écouté son cœur… Vous buvez trop d'alcool, vous mangez mal, et vous passez trop de temps dans des endroits sombres et humides. Le manque de lumière du jour a un effet désastreux sur le moral, vous devriez le savoir. Mais à part ça, vous allez très bien pour un homme dont la pisse pourrait être utilisée dans les lampadaires. »

Égée ne put s'empêcher de rire.

« Je vais très bien ? J'ai mal à la poitrine. La douleur est atroce. »

Le chirurgien gratifia Égée d'une moue dubitative.

« Vous êtes noué. L'alcool que vous consommez amplifie votre sentiment d'angoisse… deux-trois jours de repos, une fille saine dans votre lit et un bon broc de tisane vous feraient le plus grand bien. »

Une fille saine…

Énervé, Égée prit de l'argent dans sa bourse et le jeta dans la sacoche entrouverte du médecin.

« Allez-vous-en, charlatan !

— Je ne peux pas soigner une maladie que vous n'avez pas.

— Je me meurs…

— Non ! Vous vieillissez et vous buvez trop ! Vous êtes aussi suintant d'alcool qu'un pet de poivrot ! Et la peur vous ronge ! C'est la peur qui vous tue et qui vous invite à boire, Égée Seisachtéion, pas une maladie du cœur ! »

Égée se dirigea vers les rideaux de la chambre et les ouvrit en grand avant de montrer du doigt l'immense statue qui avait été érigée sur la place du Sanglier-Noir, une lune auparavant.

« C'est ça qui me tue ! » hurla-t-il en montrant du doigt la silhouette triomphante d'un Régent Déléthérion juché sur une chimère dressée sur ses pattes postérieures. « Ça, et ses dizaines de sœurs jumelles qui sont apparues partout en ville ces dernières lunes. Ça ! »

« Pour la première fois depuis des décennies… », commença Égée, alors que le silence s'était fait dans l'assistance, « … la fête du solstice aura lieu dans la cité sans l'Hérakléion et sans roi légitime. Il est de notre devoir de faire en sorte que cela ne se reproduise jamais. »

Le poète balaya d'un regard empreint d'autorité et de conviction tous les visages qui composaient l'assemblée. Il se tenait assis derrière une grande table, avec à sa gauche Johan Solon et à sa droite Thésée Dikoromis, un jeune noble des plus respectés, l'une des premières recrues de la résistance — et son amant depuis quelques lunes. Moins idéaliste qu'Égée, Thésée avait une vision politique cohérente, mais il était aussi rongé par une ambition personnelle dévorante — aussi dévorante que ses amours : il voulait plus que tout quitter l'ombre de son père, Aristote Dikoromis, souvent considéré comme le plus fidèle soutien du Régent Déléthérion parmi l'aristocratie. Johan Solon, qui se tenait bras croisés, attentif à tout, livrait bataille contre le Régent pour des raisons très différentes. Déchiré entre deux mondes qui ne l'avaient pas totalement accepté, il se sentait de la couleur de ceux que l'on opprime.

Une trentaine d'hommes et de femmes s'était rassemblée face au trio de meneurs : des ouvriers, des marchands, des soldats, des légitimistes issus de la noblesse et même quelques prêtres élémentaires. Tous s'étaient retrouvés dans une cave du quartier portuaire de Déméter — une ancienne taverne clandestine dénichée par Johan. Depuis son retour de la Canopée, Égée s'efforçait, avec l'aide de Johan et de Thésée, de rassembler tous ceux qui étaient décidés à lutter contre le Régent. Ensemble, ils préparaient le retour d'un monarque légitime, modéré et réformateur tel que l'avait été Yskander. Thésée se voyait bien dans le rôle, mais l'idée était loin de convenir à tout le monde. Elle déplaisait notamment à Johan.

D'autres villes thaumaturges comme Atkos, Marathon, Thrace, Gythion accueillaient régulièrement des réunions de ce genre. Dans l'est du pays, où la population était souvent issue d'horizons très différents, la rébellion s'avérait encore plus virulente, d'une tout autre ampleur ; on disait que Larissa, Farsala et Tripoli étaient sur le point de sombrer dans la guerre civile. Plusieurs îles du Golfe des Cycles avaient déclaré leur indépendance et se trouvaient en guerre ouverte contre les troupes aquatiques du général Derenkos.

« Il y a plus de six lunes », continua Égée de sa voix la plus déterminée, après s'être levé de son siège, « le lendemain de l'assassinat de notre bon roi, je fuyais vers la Canopée avec notre compagnon Johan Solon, en emportant avec moi l'Armure de la Transcendance. Ma mission était double : retrouver la fille naturelle d'Yskander, Eiroénée, pour la convaincre de devenir le fer de lance de la reconquête de Déméter, et mettre l'Hérakléion hors de portée de l'usurpateur. J'ai retrouvé Eiroénée. C'est une belle jeune femme, épanouie, exceptionnellement intégrée. Une véritable Canopéenne qui refuse d'entendre parler de son héritage thaumaturge. Je lui ai expliqué que si Déléthérion mettait la main sur l'Armure et légitimait son pouvoir, il aurait le soutien du peuple et toute latitude pour soumettre les contrées étrangères, y compris son île. Convaincue, elle m'a aidé à cacher l'Herakléion dans la Sylve Profonde, là où Déléthérion ne pourra jamais le trouver. Ma mission n'est donc pas un échec, même si je n'ai pas réussi à convaincre l'héritière d'Yskander de revendiquer le trône. Sur le chemin du retour, elle m'a confié qu'elle attendait un enfant. Comme elle a accepté de garder le médaillon sacré qui permet d'activer l'Herakléion, je crois qu'elle peut encore revenir sur sa décision, qu'elle a juste besoin de temps. Elle a besoin de mettre cet enfant au monde, avant de penser à autre chose. Et si c'est un garçon, tous les espoirs sont permis... »

Une vague, multitude de souffles d'émotion et de murmures contenus, parut submerger l'auditoire. Égée savait que les résistants présents comprenaient l'importance de cette dernière possibilité. Il leur expliqua que si la fille d'Yskander se présentait à Déméter avec l'Herakléion et la promesse d'un héritier mâle, elle ne pourrait qu'être reconnue par le peuple et nommée Régente à la place de Déléthérion. Et peut-être bien plus encore...

« Une... Régente ? Le peuple n'en voudra jamais ! C'est contre les lois fondamentales ! C'est Thésée Dikoromis que nous voulons à la place de Déléthérion ! cracha un des nobles en se levant.

— Jamais ! hurla un marchand. Il est aussi pervers et inverti que l'était Yskander. Voyez où ça nous a menés ! »

Et ça recommence !

Égée s'apprêtait à réexpliquer une énième fois les aspects juridiques du problème, lorsque Thésée, posant sa main manucurée sur la sienne, prit la parole :

« Écoute-moi bien, Alexandre, descendant du grand Strabon de Gythion. Chacune des lois fondamentales du royaume est née d'une crise politique dont la solution répétée a engendré une coutume à valeur constitutionnelle. Nous sommes face à une nouvelle crise, la plus grave peut-être depuis la naissance de la monarchie. Si le peuple est convaincu du danger que représente Déléthérion et des qualités d'Eiroénée, il acceptera forcément la jeune femme comme Régente. Cela créera un précédent qui, peut-être, deviendra coutume… Mais qu'importe ? Le principe de masculinité peut bien être battu en brèche si la monarchie lui survit !

— Tu envisages donc de manipuler nos traditions ?

— Non », reprit Égée, en remerciant Thésée d'un regard. « Ça, c'est déjà fait, Alexandre de Gythion ! Quelques prélats dirigés, et cela ne fait aucun doute, par le Pontife Phalaris, ont déjà fait de Déléthérion l'homme providentiel. L'Élu pour ainsi dire… Il nous appartient de renverser le gouvernement arbitraire et despotique mis en place à la mort du roi Yskander. Il est temps de prouver au peuple la manipulation dont il est l'objet, de lui prouver que je ne suis pas l'homme qui les a privés de leur roi ! »

Les membres de l'assemblée secrète et cosmopolite acquiescèrent en silence, puis, du fond de la salle, un homme d'âge mur s'exclama :

« Je te soutiens, poète, mais cela risque de prendre

des lunes, et encore, en supposant que la fille d'Yskander change d'avis…

— Tu as raison. Nous devons stopper Déléthérion plus tôt. C'est pourquoi j'ai pris une décision : demain, quand les fêtes du solstice prendront fin, je tuerai le Régent. »

Égée perçut parfaitement le sursaut de Thésée Dikoromis à ses côtés. Johan Solon, lui, ne broncha pas. Aucune acclamation ne s'éleva et quelques murmures désapprobateurs montèrent jusqu'à l'orateur. L'air sembla soudain s'épaissir autour de lui. Un peu décontenancé, il voulut se passer la main dans les cheveux et se rappela alors qu'il s'était rasé le crâne et qu'il portait un calot de marin.

« Eh bien quoi ? reprit-il. Nous le savons tous, il faut parfois arroser l'arbre de la liberté avec du sang. Vous voulez laisser un usurpateur occuper le trône de Déméter ? Je sais que nous avons subi d'importantes pertes ces dernières lunes, mais…

— C'est le moins qu'on puisse dire », commenta Johan, froidement.

Irrité par cette interruption, Égée se pencha légèrement au-dessus de la table et ses jointures blanchirent quand il serra les poings. L'image du Régent, souriant, l'épée enflammée et le gant taché de sang, s'inscrivit en surimpression sur la pénombre de la cave. Un vertige symptomatique le saisit, mais Thésée ne fit pas un geste pour le soutenir. Son jeune amant semblait tétanisé par ses dernières paroles.

J'aurais dû lui en parler avant, se dit Égée tout en réalisant qu'il ne l'avait pas fait sciemment, pour s'épargner une longue dispute.

« Rien que la semaine passée, la résistance a perdu une trentaine de ses membres les plus actifs », précisa Johan, en regardant l'assemblée. « Douze ont été empalés aux portes du palais après avoir été torturés. Dix autres ont été massacrés par les soldats de Déléthérion lors d'un quadrillage militaire de la zone portuaire du delta. Quant aux autres, ils ont opté pour l'exil volontaire et la survie dans la honte, parce que leurs proches ont fait l'objet de menaces ou, pire, de mutilations. »

Johan se tourna vers Égée et plongea son regard dans celui du poète.

« Nous vivons un véritable règne de terreur. Le Régent fait peser sur nous une pression terrible, Égée, tu le sais mieux que moi. Déléthérion nous présente aux yeux du peuple comme des assassins organisés qui profitent de la régence pour achever la monarchie qu'ils ont sévèrement blessée. Par l'intermédiaire du clergé, il tient les rênes de l'opinion. La délation populaire est à l'origine de la plupart des arrestations. Nous sommes tous prêts à lutter. Mais si nous mourons, il ne restera plus rien de la résistance à Déméter et le Régent aura définitivement gagné la partie. Je crois qu'il est urgent d'attendre et de nous dissimuler. Cet assassinat que tu te proposes de commettre ne nous aidera pas. Il pourrait même avoir l'effet contraire : faire de Déléthérion un martyr et faciliter la montée sur le trône de l'un de ses lieutenants les plus ambitieux. Le courage n'est rien sans la lucidité. »

Les derniers mots de Johan frappèrent Égée comme s'il avait reçu un coup de poignard en plein cœur. Il réprima un tremblement. Au fond de lui, il savait que le jeune sang-mêlé parlait avec la voix de la raison. Mais à la surface de son esprit, seules la colère et la tristesse agitaient les flots. Il oublia l'endroit où il se trouvait, l'enjeu, la présence dans son dos d'un jeune noble qui l'admirait pour la pureté de son engagement.

« La lucidité ? C'est à moi que tu parles de lucidité, Johan ? Pendant des années, j'ai conseillé Yskander. J'ai partagé avec lui — et je le dis sans avoir peur de ternir son souvenir — le fardeau du pouvoir. Il m'a fallu choisir, à plusieurs reprises, entre la sévérité et le laxisme, entre le réalisme et l'idéalisme. Et, pendant tout ce temps, je n'ai eu qu'une seule priorité : protéger mon roi de son propre aveuglement. Rester lucide quand il était visionnaire. Et, aujourd'hui, toi, tu viens me reprocher mon manque de lucidité ? Mais qui es-tu, Johan le contrebandier ? Aucun peuple n'est le tien ; depuis des années, tu erres sans gloire entre les bouges de Sans-retour et les comptoirs de la Canopée... Tu te sers de notre cause pour devenir quelqu'un de respectable, non parce que tu partages notre vision politique. Ce n'est pas à toi de me dire ce que je dois faire et combien je dois être lucide.

— Calme-toi, Égée, je t'en prie, murmura Thésée dans son dos. Nous sommes tous à cran...

— Je serai calme, cria Égée sans se retourner, quand Absû Déléthérion sera mort, étendu à mes pieds... »

Le poète prit la salle à témoin :

« Si nous attendons trop, le peuple le légitimera pour dormir en paix et il deviendra roi ! Vous le savez tous !

— Le Régent n'est pas notre seul ennemi », dit Johan Solon, sans émotion. « Je suis désolé de te le dire ici, devant tous nos frères, Égée, mais il faut bien que quelqu'un le fasse avant qu'il ne soit trop tard. Tu confonds vengeance personnelle et combat politique. Prends exemple sur Thésée… il laisse ses difficultés personnelles quand il est parmi nous et il risque sa vie chaque fois qu'il retourne chez lui, c'est-à-dire chez son père… »

Thésée faillit répondre à la place d'Égée.

« Tu t'aventures sur une pente dangereuse, Johan. Nous avons tous des raisons personnelles de nous trouver ici, annonça froidement le poète.

— J'essaie simplement de te faire comprendre combien nous sommes faibles aujourd'hui et combien ta mort nous coûterait. Ta survie est plus importante que la mort de Déléthérion ! Tu es notre seul lien avec Yskander et avec l'Armure. »

Thésée saisit Égée à l'épaule d'une main ferme, le forçant à se retourner.

« Je suis d'accord avec le camarade Johan. La résistance a besoin de toi ! »

Le silence retomba un moment.

S'efforçant de contrôler sa respiration, Égée jaugea l'assemblée d'un bref coup d'œil. Les regards qu'il capta n'exprimaient rien d'autre que de la désorientation. Les dissensions pouvaient carboniser la résistance plus facilement que les armes enflammées des Magmatiques. Égée aurait préféré avoir cette dispute à huis clos. Mais il s'agissait d'un réflexe de conseiller royal. Johan avait mieux compris que le poète la nature profonde d'un réseau de résistance. Les décisions s'y prenaient toujours en réunion, conditionnées par un vote à main levée. Quant à Thésée, il était sans doute en colère de ne pas avoir été prévenu du sort qu'Égée réservait à Déléthérion, mais n'en laissa rien paraître lorsqu'il se décida à reprendre la parole :

« Nous avons d'autres ennemis. Cela fait plus de deux lunes que Délos et Thynès, ici présents... » Les deux intéressés saluèrent l'orateur d'un bref hochement de tête. « ... espionnent les allées et venues du Pontife. Délos est un clerc de l'église des Telluriques, rattachée au Mastaba. Thynès est un serviteur aquatique qui fait partie de l'équipe d'entretien de la chapelle personnelle de Théagénès. Ils savent tout sur son programme, au jour le jour. Hier, le Pontife a rencontré les plus hauts dignitaires des trois églises élémentaires. Mais il ne les a pas convoqués officiellement au Mastaba... il les a reçus dans sa chapelle privée. Il est clair qu'il souhaitait ardemment que le Régent ne soit pas au courant de cette réunion.

« En servant les boissons, Thynès a entendu Théagénès dire qu'il avait des plans pour se débarrasser de Déléthérion une fois pour toutes. Ils préparent quelque chose. Le rapport des forces risque sous peu de basculer du côté du Pontife, et donc de la Ligue. Cela compromettra, plus encore que la régence de Déléthérion, le retour d'une monarchie légitime. Ne tombons pas de Charybde en Scylla en assassinant le moins puissant de nos ennemis. »

Égée dévisagea Thésée, puis Johan. L'aventurier et le noble. L'ami et l'amant.

Tous deux ont raison. Pourtant, je ne peux accepter de mourir en n'ayant rien fait.

Je m'y refuse.

Les chirurgiens de cette ville sont tous des incapables, je sais que la mort dort dans ma poitrine.

Une pointe de feu. Une pointe de glace.

Douleur.

Entre les côtes, si près du cœur.

Égée ferma les yeux et sentit la douleur exploser en lui ; le démon s'était réveillé, bien décidé à porter le coup de grâce dans les lithions à venir, au moindre signe de faiblesse. Dans le lointain, Déléthérion riait comme une bête sauvage. Après toutes les épreuves qu'il avait surmontées — la mort d'Yskander, la confrontation avec l'Armure, le combat contre les Eizihils, la fuite forcée vers la Canopée, le refus d'Eiroénée de l'accompagner jusqu'à Déméter — le poète sentit qu'il ne pouvait plus se renier, se retenir, se mentir à lui-même. Il fixa Johan jusqu'à ce que ce dernier détourne les yeux, puis il serra la main de Thésée, à côté de la sienne, et annonça, d'une voix blanche :

« J'ai pris ma décision. Je vais régler la question de Déléthérion à ma manière et vous n'aurez qu'à vous occuper du Pontife. Je suis désolé, mais il faut que je suive ma propre voie. Rien ni personne ne pourra m'en empêcher. »

La main de Thésée se retira brutalement, laissant le poing du poète se crisper sur le vide.

Il oubliera sa colère, il m'oubliera.

Égée prit la direction de la porte.

Johan s'interposa. Il tenta de saisir le poète par le bras et ce dernier se dégagea avec violence :

« Laisse-moi passer !

— Attends ! Yskander n'aurait pas voulu que tu le venges !

— Il ne voulait pas que j'utilise l'Armure pour le venger. Elle ne m'est pas nécessaire pour abattre l'usurpateur.

— Pauvre fou, tu mourras avant même de le voir se dresser devant toi ! »

Égée frappa le jeune sang-mêlé au visage. Un coup de poing asséné avec force. Le contrebandier chuta dans la froide poussière de la cave. Portant le bout de ses doigts à la bouche, il dévisagea le poète qui venait de lui ouvrir la lèvre supérieure.

« Pense à Yskander... » dit péniblement Johan, en se tenant la mâchoire.

Avec une douceur dont il ne se croyait plus capable, Égée répondit.

« Je pense à Yskander plus que tu ne pourras jamais l'imaginer...

— Alors ne trahis pas tout ce pour quoi il s'est battu.

— Tu ne sais pas de quoi tu parles, Johan. Yskander ne s'est jamais battu, jamais ; il a toujours utilisé la persuasion et la séduction plutôt que la force ; c'est ça qui faisait de lui un homme si... touchant. Il était meilleur que n'importe lequel d'entre nous. Et c'est ça qui l'a tué. Il ne sera jamais remplacé. »

Derrière Johan, Égée accrocha le regard de Thésée et réalisa, trop tard, le mal que ses dernières paroles avaient fait au jeune aristocrate.

Maîtrisant à grand-peine son tremblement, le poète monta la volée de marches de l'escalier et franchit le seuil, sans un regard en arrière, perdant tout à la fois un fils et un amant. Trahissant, pour la mémoire d'un amour défunt, la plus solennelle des promesses qu'il eût jamais faite.

Un mouchoir pressé contre le coin de sa bouche meurtrie, Johan se releva. Dans la salle, les révolutionnaires discutaient à voix basse.

« La réunion continue, dit Thésée Dikoromis avec une apparente fermeté.

— Il faut l'arrêter, lança Alexandre de Gythion. Sinon, tout est fini. »

Sans répondre, Johan chercha le regard de Thésée.

« Il va vraiment le faire, vous savez.

— Du moins, il va essayer... Voulez-vous que je l'arrête ? » demanda Thésée, d'une voix qui avait perdu toute force.

« Je vais y aller, lui répondit Johan. Je ferai ce qu'il faut.

— Ce qu'il faut... Je comprends. Vos chances de réussite seront alors meilleures que les miennes. Vous le trouverez à la taverne du Sanglier Noir, aux limites du delta ; c'est l'un des deux endroits où il loue une chambre en ce moment... Je ne connais pas l'autre. »

Thésée se tut et baissa la tête.

Johan acquiesça.

« Je vous laisse terminer cette séance, Thésée. Faites en sorte que tout le monde se dissimule pendant les festivités. Et fixez comme convenu notre prochain rendez-vous. Et, vous tous, n'oubliez pas : le Pontife est devenu notre cible prioritaire. »

Avec une discrétion héritée d'années de contrebande, Johan Solon sortit dans la rue déserte. L'air estival lui parut brûlant comparé à celui de la cave. Il prit la direction de l'ouest vers le collecteur des tanneries que devait forcément emprunter le poète pour rejoindre sa chambre, extra-muros. Depuis des lunes, les révolutionnaires arpentaient les égouts asséchés par l'été afin de se déplacer sans être vus. Johan avait acheté un plan au « maître des voleurs » et en avait fait exécuter une trentaine de copies.

Surpris par un bruit de cavalcade, alors que le couvre-feu avait été sonné depuis plusieurs lithions, Johan se rua dans une ruelle dévorée par les ténèbres. Une dizaine de Magmatiques, penchés sur leurs chimères, en tenue de combat, passa sans le voir. Ils descendaient la rue que le contrebandier venait de remonter. Avant qu'il n'ait eu le temps de tirer son épée, ils avaient disparu. Sa première impulsion fut de s'élancer à leur poursuite en hurlant, jouant son va-tout. Mais, au lieu de ça, il s'adossa au mur, serra les poings et réprima ses larmes avec difficulté.

On nous a trahis, ou plus simplement dénoncés.

Dans peu de temps, la révolution sera morte et enterrée.

Reste Égée.

CHAPITRE 10

Le Régent se tenait sur la terrasse panoramique, au dernier étage du palais royal et contemplait Déméter qui s'éveillait en ce jour de solstice. En marge des préparatifs des festivités, des patrouilles arpentaient les rues des quartiers élémentaires, afin de rappeler au peuple que son Régent veillait sur sa sécurité. Déléthérion avait tout prévu pour que cette journée de liesse soit réussie et lui apporte un maximum de suffrages. La pression militaire qui pesait sur ses sujets serait levée en milieu de journée, lorsque la fête commencerait. Des centaines d'attractions étaient annoncées : des spectacles de danse, des concours de lutte, des méchouis à chaque coin de rue et, le soir venu, à la place du couvre-feu, des bals et des feux d'artifice comme la cité n'en avait jamais connu. Les intendants du Régent avaient même fait venir une troupe de saltimbanques réputée, qui sillonnait les routes du royaume et était exclusivement composée d'enfants et d'adolescents.

Au moment où le soleil atteindrait son zénith, Déléthérion se présenterait à la foule et annoncerait que l'arrestation des assassins d'Yskander était imminente. Il expliquerait l'absence de l'Hérakléion en parlant de sécurité et en louant la mémoire de ce bon vieux roi Yskander qui n'avait jamais aimé exhiber l'Armure. Des hommes disséminés dans la foule provoqueraient des acclamations en son honneur : « Vive le Régent Déléthérion ! Vive notre futur roi ! » Ainsi espérait-il provoquer une élection populaire qui jugulerait définitivement la volonté hégémonique du clergé.

J'aime le pouvoir, mais le pouvoir n'est rien sans l'amour du peuple. Comment puis-je les forcer à m'aimer ? Il y a forcément une solution au-delà du retour de la prospérité et de la sécurité.

Perdu dans ses pensées, Déléthérion sursauta quand Argo de Thrace fit son apparition sur la terrasse. Le général, toujours avare de ses mouvements, semblait néanmoins plus joyeux qu'à l'accoutumée.

« C'est la dernière fois que les fêtes du solstice auront lieu sans l'Hérakléion et sans roi légitime, Argo.

— Vous êtes le seul espoir de Déméter. Tous ne l'ont pas encore compris, mais cela ne saurait tarder.

— Votre confiance me touche. Mais il est temps d'accélérer le processus et de passer, enfin, à la régénération de la monarchie. Pour cela, il me faut mettre le clergé à genoux.

— Ce sera difficile. Nous n'avons pas encore l'Hérakléion, et si ce que nos espions nous ont appris est vrai, le clergé possède le moyen de le détruire et de le contrôler.

— Sans doute, car à dire vrai cette machine leur appartient. Cependant, j'ai un avantage sur eux, je bénéficie bien plus qu'eux de l'aval du peuple. J'ai dominé les classes inférieures par la peur et les classes moyennes et supérieures avec des allègements d'impôts. Dès ce soir, je vais desserrer l'étau et les gens comprendront que ma fermeté les a sauvés du chaos et que le spectre de celui-ci s'éloigne de jour en jour. Les festivités du solstice vont amplifier ce sentiment. En six lunes à peine, j'ai nettoyé Déméter, en lui rendant une partie de sa splendeur passée. Les rues sont plus sûres que jamais, les sodomites ont été emprisonnés, tous les bordels et les établissements de jeux ont été brûlés avec leurs propriétaires, les filles de joie sont rééduquées dans les mines du Nord, les délinquants construisent des routes et les plus dangereux d'entre eux croupissent dans les oubliettes du palais que j'ai fait spécialement rouvrir pour eux, en oubliant de les faire assainir. Tout cela est d'une cruauté gratuite, délicieuse, mais suprême récompense, le calme règne dans la cité. Il y a quelques jours, j'ai nommé un commissaire aux écrits et le premier autodafé d'œuvres antimonarchiques aura lieu ce soir, en même temps que les feux d'artifice.

— La plupart de ces écrits ont pour auteurs des Ligueurs bien connus, n'est-ce pas ?

— Oui, des nobles et des prélats à la plume émoussée. Quand il l'apprendra, Théagénès sera fou de rage et ne pourra s'empêcher de venir me le reprocher. »

Déléthérion sourit.

« Je venais vous voir, Régent, car j'ai du nouveau au sujet de la résistance. Hier au soir une de mes escouades a procédé à une descente dans une ancienne taverne clandestine où se déroulait une réunion secrète. La plupart des résistants sont morts ou en fuite. Mais mes hommes ont fait un prisonnier. Il s'agit d'un jeune noble assez frêle. Il appartient à une famille de grands propriétaires fonciers : les Telluriques Dikoromis.

— Le fils d'Aristote Dikoromis ? Thésée ? » Argo acquiesça. « Son père a toujours déploré son esprit rebelle, mais de là à imaginer le gamin dans la résistance...

— J'y vois une certaine logique... Son père n'est-il pas l'un de vos principaux soutiens au sein de l'aristocratie ? Je crois que le jeune Thésée est bel et bien un résistant, sodomite de surcroît, et je pense qu'il peut nous apprendre beaucoup de choses. »

Déléthérion regarda vers l'est : l'océan se perdait dans la lumière de l'aube, floue et cotonneuse.

« Avez-vous commencé à l'interroger ?

— Non.

— Prévenez son père, c'est quasiment mon meilleur ami, et demandez-lui son opinion.

— Et si le noble Dikoromis demande qu'on relâche son gamin ?

— Faites et faites-le suivre. »

Argo s'inclina.

« Bien, Régent.

— Par contre, si Aristote vous autorise à interroger son fils, revenez me raconter tout ce que vous aurez appris. Des noms ne me suffiront pas, Argo.

Soyez sans pitié : je veux savoir où est Seisachtéion, où est l'Armure. Je veux des résultats. »

Une fois le général de Thrace parti rejoindre la pénombre humide des salles de torture, le Régent fit face à la ville et sourit.

Connaissant Aristote, ce sera un miracle s'il ne descend pas lui-même en salle de torture pour arracher les yeux de sa progéniture déviante.

Telle la caresse d'une lame, le froid réveilla Thésée. Un froid terrible qui mordait ses poignets et ses mollets, glissait entre ses jambes, roulait sur son ventre et collait à son dos.

Il ouvrit les yeux et fut aveuglé par la lumière des torches qui l'entouraient. Elles éclairaient une salle souterraine, suante comme un corps qui n'est que fièvres. Au-dessus de lui se trouvait un collecteur d'air par lequel montait la fumée des torches, mais aussi celle du feu qu'il entendait travailler derrière lui, un travail de braises qui crépitait à peine et lui chauffait délicatement la nuque, rien de plus.

Thésée avait été allongé sur une table. Nu. Pieds et mains prisonniers de bracelets de fonte fixés à de puissantes chaînes. Deux hommes en armure écarlate se trouvaient derrière lui ; il pouvait les distinguer en forçant sur les vertèbres de sa nuque. On l'avait lavé, rasé — y compris la tête et l'entrejambe.

Par tous les dieux, par l'air interdit, non, pas ça…

Un homme entra. Un officier de haut rang. Il était large d'épaules, semblait assez jeune et avait de longs cheveux noirs qui lui tombaient sur les épaules. Son nez pincé et ses yeux de rapace lui donnaient un air effrayant.

« Je m'appelle Argo de Thrace, annonça l'officier, général magmatique de la grande armée de Déméter et conseiller du Régent, en charge de la sécurité du royaume. »

Le cœur de Thésée battait follement dans sa poitrine. La peur lui vrillait les entrailles. Il sentit son urine chaude jaillir et éclabousser sa cuisse droite.

Argo sourit.

« Jeune Dikoromis, sachez une chose, avant que nous commencions : j'ai pris contact avec votre père.

— Je le déteste, cracha Thésée.

— Ce qui semble, disons, réciproque, puisqu'il ne tient pas à vous revoir vivant. Vous ne sortirez donc jamais d'ici ; quelle que soit l'attitude que vous choisirez, c'est la mort qui vous attend. Vous avez donc le choix entre une peine vite infligée et une délivrance pour laquelle vous me supplierez. »

Il marqua une pause et reprit doucement :

« Vous êtes un jeune homme intelligent, quoique peu avisé dans ses choix politiques, si vous me permettez cette petite remarque. Je ne vous ferai donc pas l'affront de vous dire ce que je veux savoir. Et j'espère que vous articulerez correctement. Bien, que diriez-vous si nous commencions, à présent ? »

Thésée vomit en rejetant violemment la tête sur le côté.

« Je pense que c'était un oui. »

Le général claqua des doigts et, aussitôt, deux hommes saisirent la tête du jeune noble et la bloquèrent dans une minerve de métal qu'ils vissèrent à même la table. Il ne pouvait plus regarder ni à droite ni a gauche, mais juste devant et au-dessus de lui.

« Il m'est déjà arrivé de voir des hommes se briser le cou pour ne pas risquer de trahir leur cause. Cette minerve vous en empêchera, bien que je doute que vous ayez la force morale de vous tuer. Maintenant, révisons ensemble l'histoire de notre belle monarchie. Le roi Meloïr, cela vous dit-il quelque chose ? Un sodomite comme Yskander... Dix ans durant, Meloïr permit à notre royaume de s'étendre vers le nord. À l'époque, les Thaumaturges se battaient contre des tribus spécialisées dans le travail des métaux, les Rhaïmdaïles. Au cours de la bataille de Willendaïle, les barbares contournèrent nos troupes pour capturer le roi. Ils réussirent leur manœuvre et amenèrent Meloïr sur le sommet d'une colline pour le torturer, tandis que les combats continuaient dans la vallée.

« Savez-vous comment les barbares l'ont traité ? Ils se sont moqués de son corps, a priori si puissant, et ils se sont moqués de son âme... défaillante. Ils l'ont déshabillé et allongé sur le plateau d'un chariot. Ils ont passé une corde derrière ses genoux et tiré jusqu'à ce qu'il ait les jambes en l'air et le fondement offert. Puis ils ont glissé en lui le bout d'un soufflet de forge pour le gonfler comme une baudruche. »

« Un homme dont les viscères distendus éclatent met des lithions à mourir ; on dit que la puanteur de son agonie est atroce. Pour qu'on mette fin à ses souffrances, Meloïr a avoué où se trouvaient ses renforts, combien d'hommes formaient la garnison de Déméter. Il a dit tout ce qu'il savait et ses souffrances ont été... abrégées. Heureusement pour notre royaume, la grande armée des Magmatiques était là pour arrêter les Rhaïmdaïles ; et c'est précisément ce qu'elle fit en les annihilant dans un déluge de feu. Alors, je vous le demande, jeune Dikoromis : croyez-vous que je doive vous traiter de la sorte ? »

Thésée ne répondit pas. Une partie de lui s'étonna qu'il réussisse à ne pas crier. Il lui semblait que sa peur avait atteint si rapidement son acmé qu'elle ne pouvait plus s'intensifier. D'une certaine manière, sa faiblesse lui servait de bouclier temporaire. Comprenant que sa mort était maintenant inéluctable et, pire que tout, souhaitée par son propre père, il se sentit mieux et les paroles d'Argo glissèrent sur lui.

Le général se déplaça pour pouvoir se pencher sur le jeune homme.

« Non, finalement, sodomite ou pas, je ne peux traiter un noble de la sorte, forcer en lui l'élément à jamais interdit... ce serait sacrilège. Non, un seigneur tel que vous mérite un traitement, disons, plus subtil. Si j'étais un Aquatique, je vous plongerais les pieds dans un bain d'eau glacée puis dans un bain d'eau bouillante. Une fois dans l'un, une fois dans l'autre ; ainsi de suite, jusqu'à ce que vous me disiez tout. Personne ne résiste à ça. Si j'étais un Tellurique, je vous enterrerais à l'exception de la tête dans un sable mêlé de soufre qui boirait votre urine et la transformerait en un acide puissant. Mais je suis un Magmatique, alors je vais m'en remettre au feu. »

En voyant brièvement passer au-dessus de lui la barre d'acier rougie qui allait être apposée quelque part sur son corps, Thésée essaya à plusieurs reprises d'avaler sa langue pour s'étouffer, mais n'y parvint pas. Alors, il se mit à hurler.

Plus tard, lorsque aucune partie de son corps ne fut restée intacte, il délira. Et enfin, peu avant que son cœur ne s'arrête, il parla.

Les festivités du solstice battaient leur plein quand le général de Thrace reparut devant le Régent.

« Vous avez fait vite, Argo.

— Aristote Dikoromis m'a répondu tout de suite et le nobliau n'a pas beaucoup résisté. Il a tout raconté, jusque dans les moindres détails, avant d'expirer.

— Excellent. Je vous écoute.

— L'un des meneurs de la résistance est un contrebandier du nom de Johan Solon. Moitié Thaumaturge, moitié Canopéen, il opère dans les parages de Sans-retour. Avant de venir vous faire mon rapport, j'ai corrélé cette information avec celles de mes espions du delta : ils m'ont assuré que Solon y bénéficie d'une solide réputation à cause d'une rixe, vermine contre vermine, qui a fait plusieurs morts dans une taverne à putes. Rixe durant laquelle Solon a reçu l'aide non négligeable d'un maître escrimeur. Il ne fait aucun doute que Seisachtéion est cet escrimeur. Thésée m'a appris que Johan Solon a transporté Égée Seisachtéion et l'Armure jusqu'à l'Île de la Canopée, à bord de son vaisseau de contrebande — un submersible, vestige des guerres nautiques. Une fois là-bas, ils ont rejoint le territoire des Invisibles, une tribu de la Sylve Profonde. C'est là que l'Hérakléion a été caché. Thésée ne savait pas où... Mais il savait bien d'autres choses.

— Continuez, Général. D'ores et déjà, je suis plus que ravi, dix gourgandines ne pourraient épuiser ma félicité.

— Yskander avait une fille naturelle. Elle se prénomme Eiroénée et vit dans la Canopée, parmi les Invisibles. Et il y a plus, Régent : elle est enceinte.

— Ah, le vieux sodomite pourrait donc avoir un héritier...

— Oui. Il semble que le poète ait tenté de la convaincre de prendre la tête de la résistance, mais elle rejette en bloc son héritage thaumaturge.

— On ne peut la blâmer. Où se trouve Seisachtéion, à présent ?

— Voilà l'information la plus excitante, Régent : il est en ville ! Et il semblerait qu'il ait l'intention de vous tuer, cette nuit.

— Tout cela est parfait, je n'aurai donc nul besoin de le traquer. Faites doubler la garde, surtout autour de la Bibliothèque, c'est par là qu'il s'est échappé la première fois.

— Doubler la garde ? Beaucoup de nos hommes patrouillent dans les rues, à cause des festivités. D'autres ont été démobilisés pour pouvoir passer les fêtes en famille.

— Il suffit de déplacer les gardes du donjon. Ce

n'est qu'un poète, après tout, pas une armée d'Eizihils. Si le palais pullule de gardes, Seisachtéion préférera s'enfuir plutôt que de livrer bataille. Laissons-le croire qu'il a une maigre chance de parvenir à ses fins. »

Déléthérion invita Argo, surpris, à se pencher par-dessus la balustrade. La femelle eizihil s'était suspendue au balcon, dans la pénombre, prête à intervenir. Argo recula avec un peu trop de précipitation.

« Je vous félicite, Général de Thrace. C'est un excellent travail. Vous avez mérité de vous détendre. Il est encore temps de profiter du solstice.

— Vous ne voulez pas que je reste à vos côtés ?

— C'est tout à fait inutile, soyez-en sûr, Général. En revanche, je veux que vous alliez dans la Canopée. Partez dès que possible. Vous y récupérerez l'Armure, puis vous retrouverez la fille d'Yskander et enlèverez l'enfant qu'elle finira tôt ou tard par mettre bas... Si c'est un garçon, vous me le ramènerez. Dans le cas contraire, tuez la mère et sa fille, et autant d'Invisibles que vous pourrez, juste pour leur apprendre à héberger des renégats. L'éventuel petit-fils entre nos mains, imaginez ce que nous pourrions réaliser. Il ferait même un Élu tout à fait crédible. Vous n'agirez qu'une fois l'Armure en votre possession.

— Et si les Canopéens résistent, refusent de me laisser l'Armure ou le bébé ?

— Alors vous viendrez me chercher à Déméter. La Canopée est une contrée riche, vaste, tout y pousse sans difficulté, un génocide nous laisserait des terres pour nos colons et d'autres pour nos bagnes… C'est un grand jour, Argo. Jamais le royaume n'a été aussi puissant. Cet enfant que porte la fille d'Yskander, j'en ferai mon fils, celui que je mérite. Je ferai son éducation, et, s'il le faut, je régnerai à travers lui. »

Sans faire le moindre commentaire, Argo se retira.

Quand Théagénès parut sur le balcon panoramique du palais, minuit approchait et le feu d'artifice avait commencé. Déléthérion se sentait si enjoué qu'il dut se contraindre à ne pas éclater de rire en voyant le Pontife arriver, flanqué de deux gardes du corps.

Voilà, cher Pontife, voilà comment vous me montrez que vous êtes contenu, voire vaincu : en refusant de venir seul.

« Vous avez dépassé les bornes, Déléthérion, s'exclama le Pontife après avoir essuyé son front perlé de sueur. Plusieurs prélats ont été arrêtés, ainsi que des nobles dont le dévouement à notre cause ne faisait aucun doute.

— *Notre* cause ? Vous parlez sans doute de ces auteurs de textes antimonarchiques dont l'indigeste littérature sera bientôt brûlée.

— Continuez comme ça, Déléthérion et, dans deux jours, vous ne dirigerez plus rien, juste une cité envahie par la merde et les détritus. Le peuple ne tardera pas à tomber malade. Il se retournera contre vous et m'implorera de régler la situation sanitaire. Et politique. Vous avez oublié combien le clergé est puissant. Vous n'êtes rien sans lui.

— Allons, Théagénès, soyez raisonnable et dégustez votre coupe de nectar. Mes troupes peuvent nettoyer la merde et entasser les détritus quelque part, par exemple dans vos quartiers. Elles peuvent gérer les hôpitaux, parquer les malades et démonter pièce par pièce vos belles machines. Elles peuvent aussi mettre le feu aux trois temples élémentaires et, pourquoi pas, au Mastaba, confisquer la fortune du clergé et de ceux qui le composent. N'entamez pas une lutte que vous êtes sûr de perdre à brève échéance. »

Théagénès s'approcha de Déléthérion.

« C'est un homme mort qui me parle. Un homme qui est allé trop loin et que l'appui de l'armée, fût-il inconditionnel, ne sauvera pas. Vous avez oublié ce qui s'est passé à midi… Malgré vos hommes dissimulés dans la foule, le peuple a refusé de vous acclamer comme roi légitime. Vous avez échoué. Le peuple veut bien de vos baisses d'impôts, de vos jeux, de votre viande gratuite, mais il ne veut pas de vous. »

Déléthérion ricana. Verre à la main, il s'approcha de la rambarde du balcon, jeta un coup d'œil en contrebas et tourna le dos au Pontife.

Je ne porte pas mon épée et je vous montre le dos, ainsi qu'à vos sbires. C'est ça, le pouvoir, Pontife !

« Je suis sûr que nous pouvons trouver un terrain d'entente, Théagénès », annonça le Régent après avoir caressé les antennes de la femelle eizihil accrochée au balcon. « Je mettrai très bientôt la main sur l'Hérakléion et je serai roi. Je dispose d'informations que vous n'avez pas. Mais tout roi a besoin de conseillers. Des conseillers qui vivraient dans l'opulence, auraient des femmes, des domaines et une puissante armée pour convertir les barbares où qu'ils se trouvent. »

Théagénès réapparut aux côtés du Régent, s'adossant au balcon, juste au-dessus de l'insectoïde dont il ne soupçonnait pas la présence.

« Vous tentez de m'acheter, Régent ?

— Je suis humain, autant que vous ; j'aime le bon vin, la bonne nourriture et dormir avec une ou plusieurs femmes obnubilées par mon bien-être. Vous aspirez à ces choses, je le sais, vos jeunes maîtresses sont connues pour leur beauté. Je pourrai vous offrir un territoire d'une grande richesse, par-delà les mers…

— Qu'avez-vous en tête, exactement ?

— Ces derniers temps, je m'intéresse beaucoup à la Canopée. »

Théagénès fronça les sourcils.

« Pourquoi me livrez-vous délibérément cette information, Régent ? Croyez-vous vraiment que je n'ai aucun moyen de vous empêcher de tirer profit de l'Armure ? »

Absû Déléthérion suspendit le geste qui signifiait à l'Eizihil qu'il était temps d'abréger la vie dérisoire du prélat.

« Je crois que vous avez perdu, Théagénès. Non pas parce que vous êtes moins intelligent que moi, seulement parce que c'est moi qui tiens l'armée. Vous pouvez toujours mettre les chimères et les épées hors d'état de fonctionner, mes soldats utiliseront des couteaux de boucher et des bâtons pour faire régner *ma* loi... Sans même parler de tous ces prélats qui sont convaincus que la roue a déjà tourné et qui, dès demain, loueront les vertus de ma politique autoritaire. Je mettrai la main sur l'Armure, tôt ou tard, et tout sera fini.

— Mais vous n'en serez jamais maître, Régent.

— Je vois mal comment vous pourriez vous interposer entre elle et moi, Théagénès.

— Je peux la détruire, Déléthérion. »

Nous y voilà ! Vas-y, crache le morceau !

« Celui qui peut détruire une chose est maître de cette chose, reprit Théagénès. Le clergé s'est toujours réservé la possibilité de détruire l'Hérakléion, si celui-ci tombait en d'autres mains que celles d'un monarque pieux. Il existe un médaillon de destruction, pendant de celui d'activation que portait Yskander. Faites revenir l'Armure à Déméter et je vous garantis qu'elle sera détruite le soir même.

— Je n'y crois pas une seule seconde. Jamais les rois n'auraient accepté que le clergé ait un tel pouvoir.

— La plupart n'ont jamais été au courant de l'existence de l'antimédaillon.

— Et, ce médaillon, s'il existe, vous n'auriez pas été assez bête de venir ici en le portant sur vous ? »

Théagénès frémit et esquissa un geste vers son cœur. Sourire aux lèvres, Déléthérion posa son verre sur la rambarde et regarda la ville.

J'ai gagné le gros lot.

Le bouquet final des feux d'artifice illumina le ciel.

« Magnifique, n'est-ce pas ? » s'enquit Déléthérion, rayonnant.

Théagénès, pensif, se contenta d'acquiescer.

« Je viens de comprendre quelque chose », reprit le Régent en regardant les jardins, quatre étages en contrebas.

— Quoi ? » lui demanda le Pontife.

Sans l'ombre d'une hésitation, malgré la présence des deux gardes du corps derrière lui, Déléthérion saisit le petit Pontife par les épaules et le fit basculer par-dessus la rambarde, tout en signifiant à l'Eizihil d'attaquer. Il plongea son regard dans celui, affolé, de Théagénès, tandis que derrière lui retentissaient les hurlements des gardes du corps, taillés en pièces par l'insectoïde.

« Maintenant, je sais pourquoi l'air est tabou pour nous. C'est un élément traître : il vous laisse toujours tomber... »

Déléthérion lâcha le Pontife et dans le même mouvement, referma la main sur la chaîne d'or blanc que le petit homme portait autour du cou.

Il attendit l'écho étouffé du choc, cinquante coudées plus bas, puis jeta un coup d'œil au médaillon qui pendait au bout de la chaîne brisée. Le bijou était octogonal, de couleur sombre, presque noir.

Pas de doute, c'est bien le médaillon de destruction.

Un souffle lui caressa la nuque.

« Tu peux t'amuser avec lui, si tu veux... »

La femelle eizihil s'élança.

Déléthérion rangea le médaillon dans les replis de sa toge et s'approcha à nouveau du balcon. Dans les jardins hantés d'ombres tremblées par le jeu du vent dans les torches, la femelle eizihil dévorait le cadavre de Théagénès. Elle l'avait adossé à un des arbres du jardin du palais pour s'en délecter, le dépouillant de sa chair, lambeau après lambeau. Rassemblés en silence autour de la créature originaire du Désert de Sel, des soldats et des serviteurs, méfiants, attendaient pour pouvoir récupérer les restes du Pontife.

CHAPITRE 11

Johan avait dormi à la taverne du Sanglier Noir sur une paillasse dont n'aurait pas voulu l'agonie d'un chien. Jouant tantôt aux dés tantôt aux cartes, perdant une pleine bourse de talents d'argent, durement gagnée, il y avait passé toute la journée à attendre Égée.

La nuit était tombée depuis peu sur la taverne désertée par sa clientèle habituelle, quand le poète apparut enfin, déguisé en pèlerin avec bâton et longue barbe grise taillée en pointe, portant au côté une sacoche qui semblait lourde. Il cachait probablement son arme sous sa grande houppelande à capuchon, dont la couleur évoquait celle de la cendre humide.

Les chalands de la taverne s'étaient rendus intramuros où les festivités du solstice battaient leur plein, où l'on pouvait manger de la viande rôtie sans débourser la moindre pièce, assister à une kyrielle de spectacles de rue et gagner de nombreux lots distribués par les troupes du Régent. Il ne restait dans la grande salle qu'un vieil aveugle unijambiste qui, blotti entre le coude du comptoir et un mur couvert de trophées fantaisistes, répétait toujours la même histoire : il aurait été pirate, à une époque où l'herbe était plus verte et les filles moins vertueuses, et aurait fait manger sa jambe gangrenée au médecin qui l'avait mal soigné. Tout autour des tables de la loggia qui commandait l'accès aux chambres, plusieurs filles se rinçaient le gosier en attendant des clients désespérément absents. Elles avaient le vin triste et apostrophaient souvent le taulier pour lui dire qu'elles désiraient elles aussi fêter le solstice.

Johan Solon, attablé devant un ragoût fleurant l'ail en gousse et la patate brûlée, fit signe au pèlerin qui, sans hésiter, vint s'asseoir à sa table. Le sang-mêlé avait reconnu le regard du poète, d'un bleu impossible à grimer.

« Que fais-tu ici ? demanda Égée. Je n'ai pas changé d'avis.

— Thésée et les autres ont été capturés la nuit dernière, juste après ton départ. »

Égée commanda du vin rouge, un plein pichet, ainsi qu'une assiette, « propre s'il vous plaît ! », et des couverts. Le taulier grogna, mais s'exécuta.

« J'ai cru qu'il s'agissait d'une rumeur colportée par les agents de Déléthérion. Comment est-ce arrivé ? demanda-t-il d'une voix qui trembla légèrement.

— Une escouade de Magmatiques. Personne n'en a réchappé. Même pas… Thésée.

— Il est le fils d'Aristote Dikoromis, ils ne lui feront rien. »

Solon regarda alentour. Nul ne les observait, personne n'écoutait leur conversation ; néanmoins, il se fit un devoir de baisser la voix, l'enfermant dans une armure de coton :

« Je m'en suis sorti uniquement parce que je cherchais à te rattraper ; je crois que nous avons été dénoncés.

— Tu ne me feras pas changer d'avis, Johan. Surtout pas après ce que tu viens de me dire. Je ne reviendrai pas dans la résistance. »

Égée vida son verre d'un trait.

Johan lui jeta un regard dans lequel surnageait la colère.

« Tu as dû mal me comprendre, Égée. La résistance vient d'être décapitée ; Déléthérion a mis la main sur nos meilleurs hommes infiltrés, dont ceux qui espionnaient le Pontife. Si certains ont survécu, ils ont dû être torturés ; nous devons partir du principe que le Régent sait désormais où se trouvent l'Armure et la fille d'Yskander... »

Égée gratta sa fausse barbe qui se décolla partiellement. L'air de rien, il la remit en place. Les larmes lui venaient aux yeux.

Thésée... pardonne-moi. Tout est de ma faute.

« Je vais faire deux choses, Johan, avant que ce jour maudit ne s'achève. Je vais t'écrire une lettre pour Eiroénée, car tu vas retourner dans la Canopée et la convaincre de nous aider. La tâche est ingrate, je ne te le cache pas. Si tu ne trouves pas Eiroénée dans sa villarbre, ou qu'il est arrivé quelque chose à Mamayoun, rends-toi au pied des montagnes, derrière le volcan Ashitaka, à l'endroit qu'ils surnomment l'Arbre aux Supplices ; c'est là que se trouve l'Armure. Johan, tu *dois* réussir. Tout repose sur tes épaules, mon... »

Il avait été sur le point de dire « fils ».

Johan secoua la tête.

« Non. Tu vas venir avec moi, Égée. Eiroénée ne m'écoutera pas, tu le sais très bien.

— J'ai rempli la mission que m'avait confiée mon roi. J'ai autre chose à accomplir. Et cette fois-ci, c'est pour moi et moi seul que je le ferai. »

Le contrebandier prit une inspiration bruyante, cracha par terre et se servit un verre de vin.

« Un tel égoïsme ne te ressemble pas, Égée. Où sont passées tes belles paroles sur la monarchie ?

— Quelle monarchie, Johan ? C'est l'amour qui me motivait, pas les idéaux politiques. C'est terminé, plus rien ne m'arrêtera, je vais tuer ce porc, tu m'entends. Maintenant, il ne me reste plus que la vengeance.

— Et si je refuse ?

— Alors tout finira ce soir, et un autre monde viendra. De toutes façons, je n'en ferai pas partie. À toi de voir, sang-mêlé : tu peux sauver tes deux mondes ou en être le fossoyeur. Choisis ! »

Johan saisit le bras d'Égée.

« Thésée est déjà mort, tu en as conscience, n'est-ce pas ?

— Non, c'est le fils d'Aristote Dikoromis, au pire ils l'ont emprisonné... J'étais un poète. Ce soir, ils ont fait de moi un démon, plus dangereux que Déléthérion ne l'a jamais été ! Ils vont payer pour Yskander et pour Thésée. Et si ce dernier a été torturé ou est mort, ils paieront au centuple. »

Égée poussa sur la table une toile roulée, nouée par un ruban noir.

« Prends ça ! C'est une carte des souterrains et passages secrets du palais, je l'ai tracée tout en consultant celle qui se trouve dans l'Armure. J'en ai une copie. Celle-ci pourra te servir.

— À quoi ? Égée, par tous les éléments, tu cours à la mort. Tu n'atteindras même pas le Régent. C'est un suicide à peine maquillé !

— Et alors ? Je choisis ma mort, en homme libre. L'important, c'est de leur montrer à quel point ceux qui restent sont déterminés. Ils peuvent prendre la vie ou la liberté de ceux que j'aime, ils peuvent prendre ma vie, mais jamais ils ne me feront baisser les bras. »

Égée rédigea la lettre pour Eiroénée tout en buvant un tonique. Il remit la missive cachetée à Johan, lui donna sa bourse et se leva.

« N'oublie pas, Johan : Eiroénée est la clef. Et le père de l'enfant qu'elle porte, l'homme-liane qui veille sur l'Armure, peut devenir un allié précieux. Adieu. »

Cette fois-ci, le jeune contrebandier n'essaya pas d'arrêter Égée et ils échangèrent un dernier sourire.

L'instant d'après, la nuit avalait le faux pèlerin et Johan, lui, se cherchait une fille de joie.

Et maintenant, c'est à leur tour de connaître la peur, de saigner à flots et de mourir.

Du bout des doigts, Égée chercha puis trouva la pierre qu'il fallait pousser pour ouvrir une des trois portes secrètes de la bibliothèque — celle qui donnait sur l'entrée principale.

Comme à son habitude, il avait remonté les égouts pour pénétrer intra-muros. En utilisant son plan du palais, il avait réussi à s'introduire dans la place au niveau du principal collecteur — là même où il était sorti, revêtu de l'Hérakléion, six lunes plus tôt. Aussi silencieux qu'une ombre, il s'était faufilé entre les machines ronronnantes qui traitaient les eaux usées, les bassins de rétention et les sacs de compost. Et, dans un des entrepôts souterrains, il avait ouvert une porte dérobée qui permettait d'accéder aux sous-sols du palais — pour la plupart taillés à même la roche volcanique.

Derrière la porte secrète qu'il n'avait pas encore ouverte, Égée se changea. Il retira sa houppelande qui, jusqu'ici, avait caché son ceinturon, son baudrier mais aussi sa cotte de maille. À l'aide de sa gourde, il mouilla abondamment un linge écarlate qu'il utilisa pour couvrir son nez et sa bouche. Il ouvrit sa sacoche et en retira un masque de démiurge — celui du feu — qu'il glissa sur son visage déformé par le désir de vengeance. Il s'agissait d'un masque blindé, fermé par une visière de cristal, étanche, qui protégerait ses yeux de la fumée. Un cadeau d'Yskander, qui lui avait offert la panoplie complète : cinq masques de combat, un pour chaque démiurge et un cinquième représentant le visage d'Héphaïstos, le Dieu-Forgeron. Égée vérifia une dernière fois le contenu de sa sacoche : deux grenades incendiaires et un briquet-torche.

Ils sont quelque part dans la bibliothèque. Ils m'at-

tendent, nombreux forcément. Sans doute près de la porte qui donne sur le Labyrinthe, mais ce n'est pas par là que je vais entrer en scène. S'ils croient que je vais hésiter ne serait-ce qu'un instant à enflammer tous ces livres, ce savoir, cette littérature accumulée des siècles durant, ils se trompent. Les livres font partie de ma vie d'avant, quand j'étais poète, quand Yskander était mon roi.

Égée respira profondément à travers le linge détrempé. Il s'adossa contre la porte dérobée et appuya sur la pierre qui en commandait l'ouverture. Suivant le mouvement de l'huis qui pivotait vers la bibliothèque, il alluma la première grenade incendiaire et la jeta le plus loin possible. Au moment où elle explosa dans l'allée sud de la bibliothèque, criblant de feu des centaines de livres, le poète avait déjà allumé son autre grenade qu'il lança derrière un rayonnage. Le projectile décrivit une parabole parfaite au-dessus des ouvrages rangés avec soin. En explosant, il fit hurler plusieurs hommes qui avaient accouru et commençaient déjà à brûler vif.

Égée s'élança à travers la fumée, une épée dans la main droite, une dague empoisonnée dans l'autre. Il destinait la lame courte au Régent, car la moindre estafilade suffirait à ôter la vie du régicide.

L'épée du poète trouva une jointure dans l'armure d'un soldat qui venait de s'interposer entre lui et la porte d'entrée. Le sang gicla, pétales de vin, en pluie, assombris par la brume cendreuse environnante. D'un coup de pied, Égée se débarrassa d'un autre assaillant et s'élança vers la porte d'entrée que gardaient deux hommes bien décidés à en découdre.

Derrière le poète, la bibliothèque flambait et se remplissait de fumée ; des hommes criaient des ordres incompréhensibles ; d'autres hurlaient de douleur ou se débarrassaient de leurs armures pour pouvoir s'échapper plus vite. Quelques fenêtres volèrent en éclats, ce qui créa un courant d'air qui, non seulement attisa le feu, mais le fit exploser de rayonnage en rayonnage.

Égée se débarrassa sans mal des deux gardes qui lui barraient le passage, profitant de leur toux et de leur vue défaillante car irritée et injectée de sang. Il saisit une de leurs épées de combat et l'enflamma en pressant le bouton qui se trouvait au centre de la garde. Il récupéra sur un des corps une poignée de rechange, dans laquelle se trouvait le combustible sous pression. Son indicateur de charge était au maximum.

Utilisant l'épée du soldat magmatique comme une torche, le poète s'engagea sur le chemin du donjon, prenant soin de mettre le feu dans chacune des pièces qu'il traversait, dans chaque corridor ou escalier. Chaque fois qu'un ou plusieurs soldats s'interposaient, il les éliminait sans mal, utilisant son talent d'escrimeur avec précision, exploitant son apparence surnaturelle et poussant des cris de rage qui, immanquablement, faisaient leur effet.

Arrivé devant l'armurerie, ouverte car un ou plusieurs soldats, sans doute inexpérimentés, y récupéraient du matériel, Égée se glissa silencieusement dans la pièce. Il tua le jeune homme qui se trouvait là — les bras chargés d'une caisse de combustible —, et regretta aussitôt de ne pas l'avoir assommé.

De nouveau concentré sur sa mission, ce qui ne lui avait coûté que le temps de reprendre son souffle, Égée s'empara de plusieurs grenades incendiaires qu'il glissa dans sa sacoche. D'un geste outré, théâtral, il jeta une tenture enflammée sur une caisse vide, en espérant que la poudre noire et la naphte entreposée à proximité prendraient feu dans les plus brefs délais. Courant aussi vite que ses jambes et son cœur usé le lui permettaient, il quitta la pièce enfumée, traversa une cour déserte afin de pénétrer dans le donjon par l'entrée des cuisiniers.

Il progressait en direction des salles de torture et des oubliettes quand l'armurerie sauta, faisant trembler tout le palais. Dans les escaliers en colimaçon, sur lesquels se mit à flotter une fine poussière de pierre mise à mal, il s'enroula autour d'un garde lancé à sa poursuite et l'embrasa de pied en cap. Puis il poussa sa victime vers les soldats et geôliers qui montaient à sa rencontre, avant de lancer sur eux une grenade incendiaire. Non sans regarder flamber ses victimes, il retira momentanément son masque pour humecter le linge qui protégeait son nez et sa bouche et filtrait les fumées. Il le mouilla, l'essora de son jus noir, le mouilla à nouveau avant de le remettre en place.

Ayant recouvré un rythme cardiaque supportable, il descendit dans les salles de torture, enjambant les cadavres de ses victimes, esquivant les corps en feu, éliminant systématiquement ceux qui se mettaient en travers de sa route ou essayaient de le retenir.

Des hommes saouls. Des hommes surpris ou terrifiés. Un flot continu de victimes.

Dans le calme relatif des salles de torture désertées et assombries par la fumée en suspension, Égée tomba presque immédiatement sur Thésée. Le jeune aristocrate reposait, inerte et nu, sur la table de supplice qui l'avait vu mourir. Ses orbites étaient béantes et cautérisées, son appareil génital manquait, remplacé par une orchidée de cendres et de charbon. On lui avait aussi brûlé la voûte plantaire et les aisselles.

Ce n'est pas possible ! Non !

Plié en deux, Égée vomit dans son masque et le linge humide qu'il avait noué sur son visage.

Non !

Il se débarrassa du tout et hurla. Colère, ressentiment, souffrance, vengeance, tout cela se mélangeait en une lave qu'il n'allait plus tarder à régurgiter. Furieux d'être arrivé trop tard, d'avoir été un amant indigne, il dévasta la salle de torture de fond en comble. Puis, le souffle court, les dents serrées à en écailler l'émail, il se nettoya la bouche à grande eau... avant de recouvrir le corps de Thésée d'une épaisse tenture.

Comment un père peut-il laisser ses alliés faire ça à son propre fils ? Comment une telle haine, un tel mépris sont-ils possibles ? Même à un monstre tel que Déléthérion je ne ferais une chose pareille.

Larmes aux yeux, sa gorge écrasée sous l'enclume de la rage, Égée caressa le visage de Thésée ; son front, dont la peau déshydratée pelait et se soulevait par plaques, rappelant la géométrie morbide des losanges de dessiccation du Désert Profond.

Dans un seau d'eau claire où s'interpénétrèrent

les rides concentriques de quelques larmes, Égée nettoya son linge et son masque noircis par la fumée, puis les remit en place.

Ce n'est pas fini. Oh, non!

Il ramassa les armes de ses victimes et les aligna sur une table de torture. En utilisant un linge, il récupéra le lourd trousseau de clés d'un geôlier dont le corps finissait de brûler en travers des escaliers. L'utilisant, il ouvrit les cellules, puis déverrouilla les trappes des oubliettes dans lesquelles il jeta des cordes.

Bientôt, les damnés sortirent des cellules, s'extirpant non sans mal des ténèbres humides hantées par la maladie, maigres pour la plupart, hagards, sentant l'urine et la merde, vêtus de lambeaux, portant les mille traces des supplices qu'ils avaient subis.

Égée en reconnut quelques-uns.

« Prenez des armes, des vêtements, échappez-vous, semez le chaos dans le palais puis la ville! Montrez-leur qui vous êtes. Battez-vous! Je m'occupe du Régent... »

Quelqu'un murmura « Seisachtéion », mais ce fut tout ce que le poète entendit car il avait déjà tourné les talons.

Au-dessus de lui, le palais était en flammes, envahi par la fumée, par les cris de ceux qui luttaient contre l'incendie. Il les entendait: courant en tous sens, cherchant de l'eau, des seaux, des récipients.

Une explosion lointaine retentit. Souterraine.

Le poète tremblait. Pleurait. Il était à peu près sûr de savoir où trouver Déléthérion: dans la chambre royale, une ogive mansardée qui donnait sur les plus hauts balcons du palais. Pour y parvenir depuis le donjon, il devait traverser les jardins, entrer dans le corps de bâtiment nord, monter quatre étages.

Il ne rencontra aucun garde jusqu'aux jardins sur lesquels volaient des millions d'escarbilles et pleuvait une pluie de cendres — confettis d'un deuil récent, d'un carnaval funèbre. Le parc intérieur du palais royal était désert, sauf au niveau des fontaines et de l'allée médiane où l'on s'activait, seau à la main, serviteurs comme soldats.

Après avoir remplacé la poignée de son épée qui venait de s'éteindre, Égée se faufila derrière les arbres, entre les bosquets et les buissons, dans la pénombre des allées, rapide comme la chute, invitant encore et encore la même phrase à tourner dans sa tête : *je suis comme l'ombre*.

Et personne ne le remarqua.

Bête terrible, née pour se propager, l'incendie ressemblait à une tempête. Il se brisait contre les intérieurs, perçait les vestiges des fenêtres noircies, mâchouillait les meubles et les huisseries, déformait les cloisons. Il jaillissait des trous de serrure et des meurtrières comme une flèche se jouant d'un fruit. Il ravageait deux des quatre corps de bâtiment du palais et s'était attaqué à un troisième qu'il léchait de ses mille râpes de flammes. Forte de sa puissance ancienne, réveillée avec talent, cette furie de flammes, cendres et brandons, n'allait plus tarder à jeter le donjon à terre.

Tout en marchant d'un pas décidé, Égée entendait la pierre chauffer, le liant s'effriter, les fenêtres éclater, les poutres se briser et passer à travers les planchers. Ses oreilles échouaient à trier les cris et les ordres, masculins et féminins, apeurés et enragés, qui se mélangeaient en une symphonie grotesque.

C'est la régence qui part en fumée.

Un soldat se jeta sur lui pour lui demander de l'aide. Le poète ne le comprit que trop tard, lui ayant déjà traversé la gorge de part en part avec sa lame. Il accompagna sa victime jusqu'au sol ; il s'agissait d'un gamin de seize ou dix-sept ans, au visage grêlé par l'acné. Un innocent dont le cou se vidait à flots.

Après s'être agenouillé à côté de lui, Égée lui prit la main et s'excusa. Trop tard. Le jeune soldat était mort. Le poète le recoiffa du revers du gant et lui ferma les yeux.

Jaillissant du bâtiment septentrional, plusieurs soldats se jetèrent à sa rencontre en hurlant pour avoir des renforts. Égée lança une grenade incendiaire derrière eux et se mit en garde. La grenade explosa en grêlant d'huile enflammée le dos des assaillants et les jardins. Desséchés par l'incendie alentour, quelques végétaux prirent feu.

Protégé par sa cotte de maille et son masque, le poète se jeta dans la mêlée. Certains de ses adversaires étaient parcourus par la voracité du feu, d'autres avaient décroché leur cape pour essayer d'éteindre leurs compagnons. Égée utilisa son épée enflammée et son art de l'escrime pour éliminer un à un ces hommes qui, pour la plupart, étaient déjà grièvement brûlés. Une fois ses ennemis terrassés, étendus sur le sol comme les pétales d'une fleur ou un soleil écrasé, le poète s'introduisit dans le bâtiment qui abritait les appartements royaux. Il y incendia systématiquement les tentures, les boiseries et les linges contenus dans les placards. Il était au second étage, poursuivi par la fumée, quand son épée s'éteignit définitivement. Il la troqua contre une bonne lance qu'il récupéra sur une armure d'exposition.

Volées de marche après volées de marches, il gagna le troisième étage.

Deux gardes en armure s'interposèrent. Bien plus agile qu'eux, Égée les contourna, profita de leur gêne mutuelle et les poussa dans les flammes et la fumée lancées à sa poursuite.

Quatrième étage.

Me voilà, Déléthérion!

Égée ouvrit les portes des appartements royaux d'un coup de pied, puis propulsa sa lance en avant, dans le vide. Le grand lit à baldaquins était en désordre, les draps tachés par du sang ou du vin. Une femme aux longs cheveux roux se tenait prostrée entre le lit et le mur. Elle utilisait le drap de dessus pour cacher sa nudité. Elle tremblait et, d'une main hésitante, elle montra les balcons.

Égée contourna un meuble roulant sur lequel se trouvaient des mets et des flacons en quantité. Des plats et des assiettes ainsi que leur contenu gisaient sur le parquet et les tapis ; comme si quelqu'un avait piqué une colère terrible et envoyé valdinguer les agapes. Le poète gravit les deux marches qui le séparaient du balcon puis ouvrit la porte-fenêtre entrouverte en grand.

Dehors, torse nu, vêtu d'un simple pantalon rouge, Déléthérion regardait le palais ravagé par l'incendie et la vengeance. Verre à la main, d'un calme inhumain, il observait le sommet du donjon qui, dans un vacarme de nef se brisant contre une falaise de granit, s'écroulait pan par pan, perdant de sa superbe, telle une fleur qui se fane et se racornit.

Égée dressa sa lance devant lui et fit claquer ses talons pour s'annoncer.

Déléthérion se retourna lentement vers l'intrus et lui sourit.

« Je vous ai sous-estimé, poète. Car c'est bien de vous dont il s'agit, n'est-ce pas ? »

Égée retira son masque et le jeta par-dessus le balcon. Il dénoua le linge humide qui lui couvrait la bouche et le laissa tomber à ses pieds.

« Vous êtes fini, Déléthérion !

— J'en doute. Un palais, ça se reconstruit, il suffit d'ouvrir le flanc d'une montagne et de raser une forêt. Maintenant que j'ai décapité la Ligue et mis la main sur celui qui a assassiné le roi, je suis immortel. Je me bâtirai cent palais comme celui-ci.

— Vous ne comprenez pas, je suis venu vous tuer ! »

Déléthérion éclata de rire :

« Des mots, des mots, rimailleur ! Vous avez échoué la première fois, pourquoi réussiriez-vous aujourd'hui ? Vous auriez dû essayer par-derrière, votre spécialité, n'est-ce pas ? »

Égée se jeta lance en avant. Déléthérion esquiva l'attaque et un Eizihil, dont la chitine verte tirait sur le noir, atterrit sur le balcon, à la droite du Régent. Égée supposa que la bête était restée jusqu'alors accrochée au-dessus du vide de l'autre côté du parapet, comme une araignée au bout de son fil, attendant qu'un insecte heurte sa toile. Après avoir émis un son ressemblant à celui que produirait une avalanche de sable et de verre pilé, l'insectoïde se dressa de toute sa hauteur, prêt à frapper.

Refusant de reculer, Égée serra les mains sur sa lance et chargea. L'Eizihil bloqua son arme et la lui arracha des mains. Après en avoir brisé la hampe, la bête jeta la lance par-dessus le balcon.

Égée dégaina sa dague empoisonnée. Il jongla avec la dague pour la prendre par la lame alors que la bête fondait sur lui, puis arma son geste en direction de Déléthérion. Trop tard. Une pince lui traversa l'épaule droite, puis une autre lui embrocha la cuisse gauche, l'immobilisant complètement. La dague aiguisée comme un rasoir lui échappa des doigts en l'entaillant, suffisamment pour que le poison se mêle à son sang.

Déléthérion claqua des doigts et l'Eizihil se figea, gardant la position.

Le sang du poète inondait les dalles du balcon. La vie s'échappait de lui à gros bouillons. Il se força à rester conscient alors que le Régent approchait.

« Ton petit noble est mort, je suppose que c'est lui qui jouait le rôle de la fille, murmura Déléthérion à l'oreille du poète ; ton roi est mort et bientôt, la fille de ton roi prendra le même chemin. Et, si elle porte un fils, je me chargerai d'éduquer cet enfant. J'ai ordonné au général Argo de Thrace de la tuer et de récupérer l'Armure. Au moment où je te parle, il donne ses ordres pour lever l'ancre à l'aube. Tu as échoué, poète, et ton échec est total. »

Égée ferma les yeux et laissa un sourire lui brûler les lèvres. Parfois, un sourire est plus satisfaisant qu'un bon mot.

Vous avez perdu, Régent. Je vais devenir un martyr, un personnage de légende dont les poèmes resteront lus et appréciés jusqu'à la fin des temps.

Égée commença à rire à gorge déployée. Il entendit alors Déléthérion claquer des doigts, puis sentit son corps se déchirer. Se refusant à tout hurlement — *tu n'auras pas ce plaisir, régicide* —, Égée plongea dans un puits de ténèbres au fond duquel hésitait une lueur.

TROISIÈME PARTIE

LE DESTIN D'EIROÉNÉE

CHAPITRE 12

Anthinée glissa ses doigts dans les poils noirs embroussaillés qui couvraient la poitrine de Johan. Contre son flanc, le corps du sang-mêlé pulsait sourdement, comme un second cœur, un organe puissant dont elle sentait le sang enrichir le sien chaque fois qu'ils faisaient l'amour — le plus souvent possible. Les poils du contrebandier étaient doux et fournis, agréables sous la caresse, telle une fourrure. Sertis dans cette forêt sombre, les doigts de la jeune femme ressemblaient à des serpents insouciants. Elle embrassa le tétin droit de Johan puis le fit durcir entre le pouce et l'index. Sentant le sang fluer dans le corps de son amant, devinant son sexe se dresser comme une fleur au soleil, elle étouffa un gloussement de plaisir.

Dans les bras de Johan, Anthinée oubliait la mort de son mari, Broh, que les Dévoreurs avaient tué et mangé huit lunes plus tôt, juste après la cérémonie de l'Envol, avant qu'ils n'aient eu la chance de concevoir un enfant. Dans ses bras à elle, Johan avait pleuré, incapable de choisir entre deux mondes, incertain du chemin qu'il se devait d'arpenter, celui de la grande forêt ou celui d'une révolution plus que jamais nécessaire. Il lui avait avoué sa solitude, confessé ses cauchemars peuplés de bâtiments en flammes, de noyades et de statues aussi conquérantes que ricanantes. Il lui avait parlé de Thésée, de l'innocence sacrifiée, de la mort inutile du poète, et de tous ces engagements politiques décapités par la trahison, par une simple délation.

« Les meilleurs d'entre nous sont partis les premiers. »

Anthinée l'avait écouté avec attention, mais n'avait trouvé aucun écho personnel dans ces morts pâles et lointaines. Elle était simplement heureuse d'avoir conquis le contrebandier qu'elle avait aperçu six lunes auparavant, heureuse de ne plus avoir à dormir seule dans sa grande maison trop longtemps glacée par le deuil. Johan était parvenu à lui faire oublier Broh ; et, pour tout arranger, il faisait bien l'amour, ce qui voulait sans doute dire qu'il avait connu de nombreuses femmes avant elle, mais peu importait, puisqu'elles appartenaient maintenant au passé.

La belle Anthinée croyait au Destin, à cette main qui vous prend et vous pose là où vous devez être. À ce poing qui vous broie parfois. Le Destin brise toujours ce qu'il a caressé, désespoir, et finit toujours par caresser ce qu'il a brisé, espoir. Le parcours de Johan, complexe et hésitant, n'avait eu d'autre but que de le mettre sur son chemin à elle. Et, désormais, peu importait les souffrances qu'ils avaient endurées.

Je serai ta force.

Je serai ta femme.

Je te ferai l'amour chaque fois que tu en auras envie.

Je porterai tes enfants ; mon corps est valable : mes hanches sont larges, mes seins sont bien ronds. Et nos enfants seront beaux et puissants.

Des guerriers pour la guerre.

Des sages pour la paix.

Lors de son second voyage vers la villarbre des Invisibles, Johan avait dû affronter des fourmyènes épée à la main, prouvant, une nouvelle fois, sa valeur en tant que combattant. Il avait tout raconté à Anthinée, non sans sourire quand il voulait masquer ses souffrances ou sa rancœur. Il avait pleuré, aussi, la plupart du temps en parlant du poète.

Je sais qui tu es, sang-mêlé.

Je serai la source de ta lignée, généreuse comme un océan, patiente comme une montagne, aimante et chaude comme la lave.

Anthinée caressa le menton de son homme, puis approcha son visage du sexe tendu de Johan ; il était moins gros que celui de Broh, presque aussi long. Elle préférait ; Broh lui avait fait mal la première fois. Elle avait saigné et pleuré toute la nuit. Elle embrassa ce sexe, puis commença à faire aller et venir sa langue sur le gland avant de l'engloutir en douceur — une femme mariée, connue pour la fidélité de son époux, lui avait expliqué comment faire. Aussitôt, le jeune homme sursauta et lui demanda d'arrêter — pas un ordre, juste un murmure se noyant dans les ondes du plaisir.

« Je ne fais pas bien ? demanda-t-elle.

— Si. Mais, tu n'es pas obligée de... »

Anthinée ne put s'empêcher de sourire. Elle s'accroupit sur Johan et, concentrant tout son être dans cette seule phrase, lui dit : « je t'aime ». Puis, remplie par le désir de son homme, elle se mit à tricoter des fesses pour que le plaisir monte en elle, la submerge, lui arrache quelques petits cris étouffés. Comprenant que Johan n'allait pas lui dire la même chose, qu'il se refusait à prononcer les mots magiques, elle eut envie de pleurer et lui planta les ongles dans la poitrine. Mais bientôt, le plaisir oblitéra tout le reste, lui ferma les yeux. Il avait besoin de temps pour comprendre que le Destin était à l'origine de leur rencontre ; un Destin plus fort que la mort ; un Destin qui avait saisi Broh dans son poing pour qu'elle puisse porter les enfants de Johan. Elle cria, deux fois, et s'effondra sur Johan. Lorsqu'il jouit une nouvelle fois hors d'elle, Anthinée se mit à sangloter doucement. Et, la semence sur son ventre et ses seins se dilua dans l'océan de ses larmes.

Alors que la jeune veuve s'assoupissait contre sa poitrine, l'esprit de Johan se perdit dans le flot des événements qui l'avaient conduit jusqu'ici : la dernière réunion secrète, le coup de poing que lui avait asséné Égée, leur ultime rencontre à la taverne du Sanglier Noir, les fêtes du Solstice et leur lot de morts, sa fuite vers la Canopée. Une cruelle ironie caractérisait son départ de Déméter car au moment de lever l'ancre, il avait présenté aux douanes un ordre de mission commerciale portant le sceau d'Aristote Dikoromis, principal argentier et ami intime du Régent. Le document, dressé en bonne et due forme, lui avait été remis par Thésée quelques jours avant de mourir. Johan, qui avait rejoint la haute mer à bord de son submersible, escorté par deux canots de soldats aquatiques, avait alors espéré que Déléthérion piquerait une crise en l'apprenant. Arrivé à la villarbre des Invisibles, Johan s'était présenté au vieux Mamayoun, lui expliquant qu'il avait une lettre de la plus haute importance pour Eiroénée. Le vieil homme avait réagi avec une étonnante agressivité, lui répondant que sa fille n'habitait plus dans la villarbre depuis deux lunes et qu'il n'avait aucunement envie d'évoquer le sujet. Surpris par la froideur de l'accueil, Johan avait erré dans la villarbre jusqu'à être invité par Anthinée que la plupart des gens appelait « la veuve de Broh ». Chez elle, devant un bon repas, la jeune femme lui avait expliqué, maladroitement, que le cœur de Mamayoun saignait, qu'il fallait attendre pour lui parler à nouveau de choses importantes. Puis une fois qu'ils eurent bien mangé, elle l'avait invité à partager sa couche. Il n'avait pas refusé, noyant son désarroi dans les bras affectueux de l'étrange veuve.

En attendant que Mamayoun acceptât enfin de lui parler d'Eiroénée, Johan s'intéressait à la culture canopéenne et se reconnaissait de plus en plus en elle. Tout ce qui, en lui, restait attaché à Déméter, s'effilochait peu à peu sous l'effet des vents qui agitent la ramure. Il continuait à penser à la mission qu'Égée lui avait confiée, mais... elle n'avait plus le caractère fatal qu'il lui avait tout d'abord attribué. Soucieux, impatient, il se promenait dans les méandres de la villarbre et cherchait des moyens de passer le temps. Ainsi avait-il chassé la chauve-souris frugivore avec une bande d'enfants turbulents qui l'avaient adopté. Il avait aussi commencé, avec une certaine discrétion, des recherches pour retrouver ses origines. Les parents de sa mère, il en était certain, avaient fait partie de la tribu des Invisibles. Il avait besoin d'aide. Et d'une certaine manière, il l'avait trouvée.

Anthinée.

Un guerrier s'annonça à la nuit tombée, tandis que Johan partageait son repas avec Anthinée et essayait d'en savoir plus sur le messager qui était arrivé dans la journée pour repartir aussitôt. Le sang-mêlé, posté sur le balcon des singes, avait vu le héraut poser son aile-delta sur la plate-forme attenante aux appartements de Mamayoun. Tout juste consciente de sa nudité, Anthinée s'emmitoufla dans une couverture bariolée et équipée de grelots avant d'inviter le guerrier à entrer. Celui-ci était un solide borgne au visage massacré.

« Je m'appelle Poliféoun », bredouilla-t-il en déméterrien.

Johan l'interrompit.

« Tu peux parler dans ta langue », lui dit-il en canopéen.

Mais Poliféoun avait manifestement reçu des ordres stricts, car il poursuivit en déméterrien, ce qui ne manqua pas de vexer Johan.

« Mamayoun te demande. Il veut que tu lui lises un message venu de l'autre côté de la Haute Mer. »

Déméter me rattrape… Et cette fois-ci, je suis aux premières loges !

« Le message qui a été apporté aujourd'hui ?

— Oui. »

Johan suivit le guerrier jusqu'à l'habitation du sage.

Poliféoun le laissa seul avec le vieil aveugle.

« Assieds-toi, frère. »

Le vieil aveugle s'était adressé à lui dans un déméterrien parfait, comme lors de leur toute première rencontre.

La forme dément le fond. Est-ce une manière de me signifier que je ne fais toujours pas partie du clan ?

Johan s'exécuta. Mamayoun agita la missive dans la pénombre de son habitation humide, fleurant bon l'écorce incisée et la sève fraîchement répandue. Après avoir hoché la tête, il posa le message décacheté sur le tissu qui couvrait ses jambes croisées.

« Je m'excuse pour l'autre jour, Johan ; tu as dû croire que tu n'étais pas le bienvenu ; mais je n'avais alors aucun grief contre toi, et c'est toujours le cas… Anthinée est venue me voir aujourd'hui pour me dire à quel point elle était heureuse avec toi. Elle voulait savoir si son deuil avait été assez long, savoir ce qu'en pensent les arbres, où mènent les chemins du Destin. Vois-tu, je ne sais pas ce qu'en pensent les arbres, mais les gens d'ici sont tous heureux pour elle. Tout le monde t'apprécie. Ton métissage enrichira la tribu, si tu décides de rester parmi nous. »

Johan réalisa soudain l'ampleur de ce que Mamayoun lui proposait.

Comment ai-je pu douter de lui ?

« Anthinée n'est pas une femme comme les autres, reprit le sage des Invisibles. En as-tu pris conscience ?

— Oui », répondit Johan.

Mamayoun hocha la tête.

« L'amour dont une femme a besoin, Anthinée en a besoin deux, trois fois. L'amour qu'une femme donne habituellement à son mari, Anthinée le donne deux, trois fois… »

Johan ne put s'empêcher de glousser.

« Qu'est-ce qui te fait rire ?

— Il ne m'a guère fallu de temps pour m'en rendre compte. »

Mamayoun gloussa à son tour.

« Un enfant ne pourra faire que du bien à cette femme, deux l'occuperont et trois laisseront son mari respirer. D'habitude, les Invisibles préfèrent que les femmes n'aient que deux enfants. Ceci dit, nous autoriserons Anthinée à en avoir trois ou quatre, si nécessaire. Pour que la villarbre garde son équilibre il est indispensable que certaines femmes aient plus de deux enfants. » Le vieil aveugle confia la missive à Johan. « Ma fille n'est pas là, Poliféoun ne sait pas lire le déméterrien. Dis-moi donc ce que contient cette missive frappée du sceau des Magmatiques. Et… ne m'épargne aucune subtilité. »

Johan déroula la missive cachetée et l'approcha de la lueur des flammes.

« Comptoir de Cendramère,
cent quatre-vingt-deuxième jour de régence,

« En vertu des pouvoirs qui m'ont été conférés par le Régent Absû Déléthérion, moi, Général Argo de Thrace, de la Grande Armée Magmatique de Déméter, icelle capitale du royaume thaumaturge, demande audience au sage Mamayoun, guide suprême de la tribu arboricole des Invisibles. Car il a en sa possession une armure appelée Hérakléion et le médaillon de quartz afférent à cette armure. Ces deux objets ont une valeur inestimable pour le peuple des Thaumaturges, dont ils sont la propriété héréditaire. Ils doivent nous être rendus sans délais.

« J'attendrai le sage et sa suite, une semaine à dater de ce jour, à la maison des Libres Échanges du comptoir de Cendramère. Passée cette date, je considérerai que la tribu des Invisibles refuse de rendre ce qui ne lui appartient pas et je me verrai contraint de porter cette affaire devant le Conseil des Soixante Tribus de l'Île des Canopéens. Dans l'attente de votre réponse, veuillez accepter le feu chaleureux de mes salutations. »

Mamayoun se gargarisa de thé au miel fermenté et recracha le liquide dans le feu. Aussitôt, une blanche fumée envahit la cahute.

« Comment ont-ils su où se trouvait l'Armure ? »

Surpris par cette question, Johan fit le récit détaillé des six lunes de résistance qui avaient suivi le retour d'Égée à Déméter. Il termina son exposé en précisant que le poète avait incendié le palais du

Régent et qu'il était mort durant l'assaut, non sans avoir préalablement libéré tous les prisonniers de Déléthérion, dont plusieurs résistants acharnés, engendrant ainsi un chaos qui s'était ajouté à celui des festivités du solstice.

« Le poète est mort avec panache », commenta Mamayoun, pensif.

« Les usurpateurs ont torturé l'un des nôtres, Thésée Dikoromis, annonça Johan. C'est lui qui a parlé d'Eiroénée, du médaillon et de l'Armure.

— On juge le degré d'avancement d'une société à la façon dont elle traite ses prisonniers, déclara Mamayoun. Ces Magmatiques sont des barbares.

— Cela ne fait aucun doute pour Déléthérion et son âme damnée, Argo de Thrace, mais il y a beaucoup de Magmatiques qui sont des gens biens, de simples soldats, des intendants effrayés… Yskander n'aurait jamais permis de telles pratiques. Que se passera-t-il si le général de Thrace en réfère au Conseil des Soixante Tribus ?

— Rien. Je fais partie de ce conseil… Je dirai à tous que j'ignore tout de l'endroit où se trouvent l'Armure et le médaillon.

— Egée m'a dit, avant sa mort, où ils se trouvaient, Mamayoun.

— Bien sûr. Dans le repaire de la Mort en personne. Et Eiroénée s'y trouve aussi.

— Prisonnière ?

— Oui… d'abord, de son désir ; et maintenant, de sa grossesse. »

Mamayoun se leva et appela Poliféoun.

« Le messager blanc. Amène-le-moi ! »

Le guerrier reparut quelques instants plus tard. Il portait, dressée sur son bras droit protégé par un manchon de cuir noir, une immense chouette au bec épais. D'un blanc de lait à peine veiné de gris, le rapace nocturne semblait peser lourdement sur le bras puissant de Poliféoun. Les serres profondément ancrées dans le cuir, le rapace nocturne battit des ailes et s'égosilla, laissant trois plumes s'envoler. En utilisant une fibre végétale tressée, Mamayoun lia un morceau de bois taillé en pointe à la patte gauche de l'animal. Après avoir plongé ses mains noueuses dans la collerette de plumes de la chouette, il se piqua le doigt avec le bout de bois, y laissant une goutte de sang.

« Vois, Johan. C'est ainsi que nous, les Invisibles, requérons à nos côtés la présence de la créature cauchemardesque que nous surnommons le Preneur d'âmes. Il est notre exécuteur officiel. Il m'accompagnera jusqu'à Cendramère et sera mon garde du corps.

— Je voudrais vous accompagner, Mamayoun.

— Non. »

La réponse était sans appel. Au fond de lui, Johan envisagea de désobéir. Il s'était juré de ne plus rester en arrière.

« Je veux agir, Mamayoun. J'ai assez tergiversé.

— Je comprends, murmura Mamayoun en canopéen. Mais le moment n'est pas encore venu pour toi, frère de sève. Il viendra bientôt, crois-moi.

— Je...

— Dis-moi, plutôt. Cet Argo de Thrace... Pourrai-je croire ce qu'il me dira ?

— En aucun cas. Il est dévoué corps et âme à la cause du Régent Déléthérion. Ils sont aussi dangereux l'un que l'autre. Si Égée était parmi nous, il vous le dirait avec bien plus d'éloquence. Je suis convaincu que le général de Thrace gagne du temps, il n'est pas là pour négocier. Il est là pour mesurer la puissance des Canopéens, lancer ses espions, acheter des informations et déterminer si, oui ou non, il peut s'emparer de l'Armure et du médaillon par la force. Et quel que soit le rapport de ses espions, il pensera que cette tâche est à sa portée. »

Mamayoun grogna.

« Tu dis que cet Argo de Thrace gagne du temps, je te crois ; je vais aller à sa rencontre pour gagner du temps moi aussi. Tu dis que cet Argo de Thrace ment, je te crois ; je vais aller à sa rencontre pour lui mentir à mon tour. Durant ce laps de temps, avec la plus grande discrétion, cinquante-neuf autres oiseaux de nuit porteront autant de messages destinés aux sages des cinquante-neuf autres tribus. Et dans chacune des villeplages de la côte occidentale, jour et nuit, les guetteurs sablonneux surveilleront l'horizon. Les tribus enverront des patrouilles aériennes, alerteront leurs exécuteurs. Surtout, ne t'inquiète pas au sujet du conseil que ce Magmatique convoquera lorsqu'il sera au courant de ma décision. Mes pairs se méfieront de lui. Et si une armée approche, ils le démembreront et donneront son corps à leurs fauves.

— Les Thaumaturges, particulièrement les Magmatiques, sont de grands guerriers, Mamayoun.

Les généraux comme Argo de Thrace portent des armures... qui augmentent leurs capacités physiques. C'est un ennemi à ne pas prendre à la légère.

— Les Thaumaturges n'ont pas été en guerre depuis des cycles et rares sont ceux qui ont pénétré notre forêt aussi profondément que tu l'as fait. Ce général aurait tort de sous-estimer des hommes comme Poliféoun, qui a tué son premier Dévoreur à l'âge de onze ans. Les Canopéens ne sont pas de grands guerriers, ni de grands chasseurs, mais ils protégeront la Sylve comme une guenon protège ses petits, car ils appartiennent à la Sylve comme la guenon appartient à ses petits. La forêt est notre sanctuaire, nous mettrons à mort tout homme qui en coupera le moindre arbre. Quant à l'Armure, elle a été confiée à l'un des nôtres et jamais nous ne la laisserons tomber en de mauvaises mains. Si nous devons mourir pour la protéger, nous le ferons sans hésiter. » Mal à l'aise, le contrebandier se racla la gorge. « L'Armure n'a pas seulement été confiée à notre exécuteur, Johan. Il existe cinquante-neuf autres exécuteurs qui ne sont pas à l'image de notre Preneur d'âmes, mais qui sont néanmoins tout aussi puissants que lui, certains sont même plus puissants. Chaque tribu a le sien, même les Mains Écarlates, qui n'en ont pas besoin car chaque homme et femme de cette tribu a été éduqué dans le seul but de guerroyer. Ces soixante parias forment la Ashashin-Mayoud. Un groupe sacré que jamais aucune armée n'a réussi à faire reculer. Dans la Canopée, mon frère, la Mort possède soixante serviteurs, choisis avec grand soin ; puisses-tu ne jamais les voir à l'œuvre.

— La Ashashin-Mayoud ?

— Oui, la Guilde des Exécuteurs. »

Johan fit mine de se lever.

« Tu pars ?

— Je croyais que…

— Il y a encore quelque chose dont je veux parler avec toi.

— Anthinée ?

— Oui. Il me faut te parler d'elle… Je ne suis pas là pour donner des ordres aux gens qui m'entourent, je suis là pour qu'ils se donnent des ordres à eux-mêmes, sans se tromper, et que cet océan de choix judicieux baigne et lave toute notre communauté. Anthinée est généreuse, telle une flamme qui voudrait éclairer la nuit dans son entier, quitte à s'éteindre dans cette même nuit. Je ne vois que deux solutions pour vous : ou tu respectes son amour et tu t'engages à calmer sa flamme — dans ce cas, les enfants que j'ai évoqués précédemment seraient les bienvenus ; ou tu te décides à éteindre cette flamme, dès ce soir. Anthinée a perdu un homme qui n'était pas très bon, un homme qui l'aurait beaucoup fait souffrir. L'arbre a beau être sain il ne donne pas que de bons fruits. Alors essaye de mesurer ce que tu représentes pour Anthinée.

— J'ai besoin de temps, Mamayoun. Nous sommes sans doute à l'aube d'une guerre dévastatrice. Déléthérion rêve de la guerre comme les orphelins rêvent d'une bonne famille.

— Tu veux du temps… Anthinée, elle, n'a eu

besoin que d'un battement de cœur pour mettre un terme à son deuil, sans mon accord. Pour t'inviter chez elle, sans mon accord. Pour s'unir à toi, sans mon accord.

— Son amour est dévorant... Je ne ressens pas quelque chose d'une telle intensité. J'ai... peur de mes sentiments, de n'être pas à ma place.

— Ne vois-tu pas ta place, Johan, quand le Destin te la montre avec tant de clarté ? Anthinée est orpheline, comme toi. Depuis la mort de ses parents, elle est la seule survivante de sa famille-sève, mais elle appartient à une tribu qui, elle-même, appartient à une nation de soixante tribus qui, à leur tour, font partie d'une forêt si majestueuse qu'il faut cinq lunes pour en faire le tour. Ce que tu injectes dans un fruit, rejaillit sur tous les autres fruits de l'arbre. Si c'est de la vermine, une bonne partie de la récolte sera perdue ; si c'est de la bonté, la récolte sera bonne et plus abondante que prévue.

— Je...

— À mon retour de Cendramère, je veux ta décision. Maintenant, va la rejoindre, les femmes sont soit curieuses des affaires des hommes, soit affamées. Et dans les deux cas, Anthinée se languit de toi. Ce soir, quant à moi, je pleurerai le poète. Il y avait quelque chose d'exceptionnel en lui...

— Le talent sans doute. »

Alors que Johan rêvait qu'il plongeait son épée dans le cœur du Régent Déléthérion, quelqu'un le secoua vivement.

« Quoi ? grogna-t-il en ouvrant les yeux.

— Viens voir ! »

Le jeune contrebandier embrassa Anthinée penchée au-dessus de lui. Il se leva, se passa de l'eau sur le visage. Toujours perdu dans les brumes mourantes d'un sommeil trop court, il suivit la jeune femme qui le tirait par le bras. Non sans empressement, elle le conduisait jusqu'à la Grand'Place.

Dehors, le soleil, pas encore levé, se résumait à un trait de lumière vissé sur l'horizon, un fil de feu à peine plus épais que la peau du lait qui vient de frémir. Sur la Grand'Place, quelques enfants, des femmes et des guerriers entouraient une créature étrange. Un géant d'une rare laideur et d'une carrure enviable — un être recouvert par un végétal vivant ou fraîchement coupé, qui lui faisait comme une perruque et des vêtements, le tout orné de minuscules feuilles vertes.

Johan s'approcha et comprit, à force d'observations, que la créature à la musculature surhumaine n'était pas réellement recouverte par un végétal, mais participait de lui.

Poliféoun s'avança et, après une infime hésitation, serra la créature dans ses bras comme il l'aurait fait d'un ami revenu d'un long périple. La chose répondit à l'accolade en grognant légèrement. Johan remarqua que les enfants étaient rabroués par leurs mères dès qu'ils essayaient d'approcher ; la plupart gigotaient comme s'ils avaient envie d'uriner, mais probablement voulaient-ils juste toucher leur…

Héros ?

« Le Preneur d'âmes », murmura involontairement Johan.

Anthinée hocha la tête en souriant et lui murmura à l'oreille qu'elle le trouvait beau, « le plus bel homme après toi ». Johan grimaça, réalisant brusquement que son *basculement* culturel n'était pas aussi net qu'il l'avait cru.

C'est lui qu'Égée considérait comme un allié potentiel. C'est ce monstre qui garde l'Armure.

« Il est l'homme d'Eiroénée », reprit Anthinée, en démêlant ses longs cheveux avec un peigne en os.

Johan se contenta d'acquiescer.

Poliféoun aida le Preneur d'âmes à enfiler une sorte de harnais en cuir dont il serra les lanières avec le plus grand soin.

« Voici venu le moment que je déteste le plus », annonça Mamayoun. Sourire aux lèvres, le vieil homme venait d'apparaître derrière Johan, guidé par un guerrier illustré dont il prenait le bras.

Anthinée se serra contre Johan et laissa passer le vieil aveugle et son escorte. Poliféoun salua le sage avant de le soulever comme on prend un nouveau-né pour le montrer au soleil. Puis il l'installa dans le harnais fixé sur le dos du Preneur d'âmes. Plusieurs enfants applaudirent et crièrent de joie.

Utilisant son bâton noueux, Mamayoun signa un « au revoir » aux membres de la tribu présents sur la Grand'Place. Une fois ce petit rituel accompli, le Preneur d'âmes grogna et, sans transition, se jeta dans le vide en écartant bras et jambes comme un écureuil volant désireux de ralentir sa chute. Les lianes qui entouraient ses membres se déroulèrent, les crochets jaillirent pour s'accrocher à des branches. Et, de balancement en balancement, l'exécuteur et le sage, tel un arachnide bicéphale, disparurent sous les frondaisons.

Johan ne put retenir un hoquet de fascination.

Anthinée le serra contre lui et se mit à rire.

« Viens, dit-elle. J'ai envie. »

Johan lui ébouriffa les cheveux. Elle était complètement inconsciente de ce qui se jouait, de la guerre qui s'annonçait.

« Tu as *toujours* envie », murmura-t-il.

Elle sembla vexée, puis se mit à rire.

« Une des femmes m'a parlé d'une chose qu'elle aime bien. Je veux essayer avec toi.

— Eh bien, ça promet », plaisanta Johan.

« L'Ashashin-Mayoud... La Guilde des Exécuteurs. »

« Puisses-tu ne jamais les voir à l'œuvre. »

« Il est l'homme d'Eiroénée. »

C'est l'esprit lourd de pensées — le plus souvent amères — que Johan suivit la jeune veuve jusqu'à son habitation, ramassant les vêtements qu'elle semait derrière elle, au vu et au su de tout le monde.

« L'Armure a été confiée à l'un des nôtres, jamais nous ne la laisserons tomber en de mauvaises mains. Si nous devons mourir pour ce qu'elle représente, nous le ferons sans hésiter. »

CHAPITRE 13

Assis à l'ombre d'une paillote en bord de mer, Argo de Thrace regardait l'occident, utilisant le plumet d'une queue de buffle pour chasser des insectes qui n'avaient de cesse de l'importuner. Les moustiques la nuit, les mouches du Grand Sommeil le jour. Ses yeux se coulaient dans un horizon de vagues et de nuages épars, l'invisibilité d'une terre natale et d'une famille qui commençaient à lui manquer. Sous le travail du soleil, l'océan était éblouissant ; le simple fait de le regarder fatiguait les yeux.

Tout en sirotant une chope de sève fermentée, Argo pensait à Déméter la Glorieuse, rendue sûre et salubre par le Régent, à sa famille — son fils Philippos et sa damnée épouse Galathéa qui ne se gênait pas pour critiquer la brutalité des soldats magmatiques et les méthodes trop expéditives de Déléthérion.

Le général réprima un frisson. Si son épouse apprenait la moindre chose au sujet des tortures qu'il avait infligées aux révolutionnaires... elle le quitterait avec Philippos ou s'ôterait la vie après avoir étouffé leur fils.

Il était général. Il était riche et respecté, fier de ce qu'il avait accompli. Mais en contrepartie, il avait perdu le respect et l'amour de sa femme. Elle était devenue insane, étrangère à ses préoccupations, toujours prête à le critiquer, à nier la justesse de ses décisions, à minimiser l'importance réelle de son poste. Et l'amour de leurs premières années communes lui semblait de plus en plus lointain ; bientôt, il nierait que cette passion ait jamais existé. Alors il ne lui resterait que Philippos, un enfant qui ne pouvait pas comprendre, encore, tout ce que sa famille devait au Régent et à la politique de ce dernier.

Argo fit tourner sa chaise pour regarder Cendramère. Les rues de la bourgade montaient droites à l'assaut d'un promontoire sur lequel poussait le plus grand arbre que le général ait jamais vu de sa vie — un figuier aussi vieux que l'invention de l'écriture. Avec ses étroites maisons à deux étages, ses quelques quais commerciaux et ses faubourgs de tentes et d'étals, Cendramère ressemblait à un petit port de pêche s'étant développé sur la bordure extérieure du monde civilisé. Un endroit charmant, enchanteur, mais aussi archaïque. Un endroit brûlé par une chaleur lénifiante, presque liquide en cette période de l'année, sur lequel régnait avant tout une moiteur invitant à l'indolence.

Replongeant ses yeux clairs dans la grisaille de l'océan, Argo laissa ses souvenirs l'assaillir.

Galathéa…

Il finissait l'école militaire des Magmatiques et avait rencontré une jolie jeune femme au bal des débutantes. Ils avaient fait l'amour pour la première fois cette nuit-là, dans les Jardins du Philosophe, sur un banc surplombant une mer fracassante, qui apportait un peu de fraîcheur à la cité brûlante et poussiéreuse. Elle lui avait reproché son assurance, sans doute gagnée à coups de virées dans les bordels militaires, et lui, en retour, avait raillé la facilité avec laquelle il était entré en elle, sans lui faire mal. Ils avaient ri... et, six lunes plus tard, ils s'étaient mariés.

« Général ? »

Coupé dans le flot tumultueux de ses pensées, Argo leva la tête vers l'officier magmatique qui venait d'arriver.

« Le sage des Invisibles et son... garde du corps sont arrivés. Ils vous attendent à la maison des Libres Échanges.

— Déjà ? Je ne m'attendais pas à les rencontrer si tôt ; on m'avait dit qu'il fallait trois à quatre jours de marche pour aller jusqu'à la tribu des Invisibles. Et j'avais supposé qu'il leur faudrait du temps pour traduire ma missive.

— Je crois qu'ils ont utilisé la voie des airs, tout comme le messager que vous aviez envoyé. Quant au sage, il est aveugle, mais parle parfaitement notre langue. Visiblement, de nombreux Canopéens la pratiquent avec aisance.

— On dit nos deux langues très proches... Je veux savoir comment le sage et son garde du corps se sont déplacés. En aile-delta ? En ballon ? Ou accrochés au cul d'une pute volante... ? Et je veux savoir qui a traduit le rouleau, vous comprenez, officier ? Vos suppositions ne m'intéressent pas… Je veux des informations. »

Le sous-officier claqua des talons et s'éclipsa.

Argo termina sa chope, regarda une dernière fois vers l'ouest.

Tu vis tes derniers jours, Galathéa… Profites-en… J'engagerai quelqu'un de confiance, qui ne te fera pas souffrir, qui t'empoisonnera au dîner ou t'étouffera dans ton oreiller ; c'est bien le minimum que je puisse faire. Tu mérites une mort douce, toi que j'ai déjà fait tant souffrir, et qui n'a retiré aucune leçon de cette souffrance. Et par-delà ta tragique disparition notre fils deviendra le mien. Je sècherai ses larmes et lui trouverai une nouvelle mère, aimante et docile.

Après avoir essuyé une larme, Argo prit le chemin de la maison des Libres Échanges où l'attendaient les autres membres de la mission diplomatique.

La ville, avec ses rues pentues, ses petites maisons toutes tordues et hétéroclites, sembla lui ouvrir ses bras, l'accueillir. Il prit la grande artère perpendiculaire au rivage qui débouchait sur une place ornée d'une fontaine aux sirènes callipyges, une place au fond de laquelle se trouvait le local commercial où allait avoir lieu la rencontre. Sur son passage, des personnes le saluèrent ou lui sourirent, notamment des enfants, sans doute impressionnés par la prestance que lui conféraient ses habits de général, mais aussi sa grande cape écarlate et ses longs cheveux noirs.

Un vieil aveugle — cela ne pouvait être que le sage Mamayoun — et une créature hybride, mi-homme mi-végétal, attendaient la délégation diplomatique thaumaturge dans la grand'salle de la maison des Libres Échanges. L'homme-liane avait arraché le dossier de sa chaise, qui reposait non loin, afin de pouvoir s'asseoir en tailleur. Il était armé de crochets, semblait incapable de parler ; le haut de son visage était prisonnier d'un masque d'ambre et sa partie inférieure — lèvres, menton et gorge — était percée de centaines de filaments translucides qui lui faisaient comme une barbe de radicelles.

Argo et ses huit conseillers prirent place en face de la délégation des Invisibles.

« Sage Mamayoun, mes respects. Je suis le général Argo de Thrace, mandaté dans la Canopée par le Rég…

— L'usurpateur Déléthérion. Oui, je sais. On m'a lu votre missive. »

Argo manqua taper du poing sur la table.

Ça commence bien…

Il respira profondément, cherchant à conserver un calme minéral.

« Mes informateurs…

— Quels informateurs ? demanda Mamayoun.

— Mes informateurs m'assurent que l'assassin du roi Yskander, Égée Seisachtéion a laissé sur votre territoire deux objets qui appartiennent au peuple thaumaturge.

— Vos informations sont à la fois fausses et incomplètes, aussi mauvaises que ceux qui vous les ont fournies. Ma fille Eiroénée était la fille naturelle du roi Yskander : un grand homme assassiné par l'actuel Régent, aidé en cela par une dizaine de bêtes féroces et intelligentes appelées Eizihils. Et un certain capitaine, devenu général depuis. Après avoir éliminé neuf des dix Eizihils le poète Égée Seisachtéion, ami personnel du roi, est venu proposer à ma fille de garder l'Armure et le médaillon de quartz qui va avec. Parce qu'elle se sent complètement canopéenne, Eiroénée a rejeté sa proposition et le poète s'est vu contraint de cacher l'Armure et le médaillon quelque part dans la Sylve Profonde, du moins c'est ce que je présume. Puis il est reparti pour Déméter, livrer combat contre… »

Argo frappa du poing sur la table.

« Cela suffit ! » hurla-t-il.

La créature qui se trouvait à la droite du vieux sage leva son regard d'ambre vers le général excédé.

« Je suis ici pour récupérer cette armure et le bijou qui la contrôle, s'écria Argo. Allez-vous m'aider, oui ou non ?

— Bien sûr que non, répondit Mamayoun sans perdre son calme. Même si je savais où ces deux objets se trouvent, ce qui n'est pas le cas, je ne vous aiderais pas. Je sers les idées, pas les personnes. Les idées sont éternelles, les personnes se développent, flétrissent, pourrissent et disparaissent. Vous êtes un assassin et vous servez un assassin. Mais à l'échelle des arbres, vous et votre Régent n'êtes que de l'engrais en devenir.

— Voilà bien une injure qui, en d'autres lieux et circonstances, vous aurait valu une mort lente, particulièrement douloureuse ; j'en référerai au Conseil suprême des Soixante Tribus.

— Et que leur direz-vous, régicide ? Vous n'avez

rien à leur dire… ou peut-être qu'un escrimeur armé d'un simple fleuret d'entraînement a tué le roi Yskander et les vingt membres de sa garde personnelle ; le peuple thaumaturge est peut-être dégénéré par la consanguinité au point de le croire, mais ici, personne n'accordera foi à un tel conte de fées.

— Je vois que votre opinion est déjà faite…

— Et moi, je vois la vérité, Général : vous êtes venu sur nos terres pour mesurer la puissance de mon peuple. Vous avez vu Cendramère, notre prétendue capitale, dix ou vingt fois moins peuplée que la vôtre. Vous n'avez vu aucun soldat patrouiller, aucune garnison, aucun moyen de défense. Cependant, vous auriez tort d'en tirer une conclusion hâtive.

— Vous voulez la guerre ?

— Bien sûr que non, c'est vous qui êtes venu pour faire la guerre. Moi, je suis venu pour vous dire simplement que je ne sais pas où se trouve l'Armure que vous cherchez. Et qu'il en est de même pour tous les membres de ma tribu. De plus, vous n'êtes pas le représentant légitime du peuple thaumaturge ni un officier à son service. Seule Eiroénée, ou une personne choisie par le peuple, peut revendiquer un tel titre.

— Continuez sur cette voie et vous aurez la guerre…

— Seul le poing du Destin peut nous frapper. »

Mamayoun se leva et la créature qui l'accompagnait fit de même.

« Où allez-vous ?! s'exclama Argo de Thrace.

— Je rentre chez les miens. Nous n'avons plus rien à nous dire.

— L'Hérakléion nous appartient ! Avec ou sans l'accord des soixante tribus, nous viendrons le chercher.

— Alors vous le chercherez longtemps, en vain, et c'est par centaines que vos soldats périront dans la Sylve… Vous oubliez quelque chose, Général : à l'échelle des arbres ou à l'échelle de cette Armure vieille de plusieurs millénaires, nous ne sommes rien, que du vent, que de la merde. Et la trace que je laisserai sur le chemin de l'Histoire sera bien plus honorable que la vôtre.

— Ce sont là les mots d'un homme issu d'un peuple de victimes ! »

L'homme-liane grogna, comme s'il avait voulu répondre à Argo. Puis il escorta Mamayoun jusqu'à la porte.

Un peuple de victimes que va balayer un peuple de conquérants.

CHAPITRE 14

Enfin arrivé à destination, le héraut Amenabach leva les yeux vers la demeure de Tissi-Tassili — l'exécuteur des Sablonneux de la Grande Anse à qui il devait remettre un message en mains propres. Un message très urgent. Tissi-Tassili habitait assez loin des villages de pêcheurs de la Sylve saline dont il dépendait. Il avait élu domicile dans un bateau renversé quille par-dessus mât ; une demeure de petite taille accrochée au capitule d'un palmier, à cinquante coudées au-dessus du sol rocailleux.

Élinguée sous les palmes en bouquet telle une marionnette au bout de ses fils tendus, cuivrée par la lumière rasante du crépuscule, la maison de Tissi-Tassili oscillait doucement dans la brise du soir.

Elle semblait inhabitée depuis des lunes.

L'enfant qui avait mené Amenabach jusque-là se racla la gorge et tendit la main pour être payé. Le messager l'ignora quelques instants, le temps de regarder derrière lui le chemin de tortillards, visible à marée basse, qu'ils avaient suivi pour arriver jusqu'à cet îlot éloigné du littoral, véritable crêpe de rochers, coiffée d'un arbre unique et hanté.

« Attends-moi là.

— Non, répondit l'enfant. La marée va bientôt monter et il faut que je rentre chez moi.

— Alors monte et va le chercher.

— C'est à toi de monter là-haut, c'est toi le messager. »

La main en visière, le héraut détailla une nouvelle fois l'épave suspendue, rognée par le jeu du vent marin et du sel qu'il contient.

« Il est là ?

— Oui, répondit l'enfant. Je vois son aile, accrochée à la plate-forme d'envol. »

Amenabach portait dans sa serviette un message émanant du maire de Cendramère qui, la veille au soir, avait reçu le sage Mamayoun, porteur de bien mauvaises nouvelles. Amenabach jeta un nouveau coup d'œil au palmier et grimaça.

L'enfant tendit à nouveau la main et le héraut le paya : quelques coquillages colorés dont la valeur était très supérieure au prix qu'ils avaient convenu ensemble au village. L'enfant remercia Amenabach plusieurs fois et quitta l'îlot en sautant et chantant.

Le messager avisa la corde qui descendait de la demeure de l'exécuteur ; il ne s'agissait même pas d'une corde à nœuds. Il appela plusieurs fois sans avoir de réponse, puis se décida enfin à monter après s'être craché dans les mains.

Au bout de dix coudées d'ascension, arrachées à la force des bras, il dut se résoudre à rester accroché à la corde, immobile, à bout de souffle.

Soudain, la corde manqua sauter hors de ses mains et Amenabach hurla. Puis il étouffa son cri lorsqu'il sentit qu'il s'élevait par à-coups. Il leva la tête : arc-bouté sur la plate-forme d'envol, quarante coudées au-dessus, l'exécuteur le hissait comme il l'aurait fait d'un sac de charbon pour le feu ou d'un cruchon d'eau potable.

Une fois arrivé à l'aplomb de la plate-forme, Amenabach tendit la main droite vers l'exécuteur. Celui-ci l'attrapa et finit de hisser le héraut. La plate-forme tangua violemment. Derrière Amenabach, la corde se redéroula dans le vide, immense serpent fondant sur une proie invisible.

De grande taille, Tissi-Tassili portait un épais gilet recouvert d'ergots, confectionné avec du cuir de poisson-lune et des algues tressées. Des chausses en peau de requin lui couvraient les cuisses et les genoux. Il avait la peau tannée par le soleil et le sel, des yeux bleus sur fond vert, un corps puissant couvert de cicatrices, le cheveu court, presque absent.

Après avoir retiré ses sandales en palme tressée qu'il laissa sur la plate-forme d'envol près de son aile, l'exécuteur invita le messager à entrer chez lui, d'un simple geste du menton, sans proférer un mot. Puis, toujours silencieux, Tissi-Tassili s'installa dans son hamac et alluma sa pipe à bec. Aussitôt, une odeur d'herbe à rêves envahit l'espace sombre, exempt de bougies ou de lampes. Tout autour de l'exécuteur, de grandes mâchoires de poissons carnivores caressées par le crépuscule pendaient des murs voûtés ou y étaient clouées. Des trophées jaunis par les années, blanchis par le soleil. Il y avait aussi des coffres dans un coin, grands ouverts, offrant aux regards indiscrets les contours de leurs trésors rejetés par la mer ou trouvés sur les hauts-fonds : des bijoux rongés par le sel, des poteries abîmées et des armes anciennes, vertes d'oxydation. Sur le mur, placé volontairement en face du hamac, une grande lance à barbillons semblait attendre sa prochaine victime.

Gêné par l'odeur du stupéfiant qui imprégnait non seulement l'atmosphère de la maison suspendue, mais aussi tous les meubles et le bois de construction, Amenabach toussota et s'empressa de boire la dernière gorgée d'eau contenue dans sa gourde. Intimidé par le silence de son hôte, le héraut se présenta le plus brièvement possible et entreprit de lire le message officiel du maire de Cendramère. Ce dernier, rédigé dans une langue labyrinthique, demandait à l'exécuteur de surveiller les flots, notamment le Grand Ouest.

« Que craignent-ils ? Ceux de la grande ville ? demanda l'exécuteur.

— Une attaque des Thaumaturges. Une attaque massive. »

Tissi-Tassili hocha la tête. Et s'allongea complètement dans son hamac.

« Tu peux disposer, messager. Il m'est l'heure de dormir.

— Dois-je redescendre par la corde ?

— Oui, à moins que tu ne préfères sauter. »

C'est le meilleur moment. Celui où tout se décide. Vivant. Mort. Tout cassé comme une étoile de mer sur laquelle on aurait marché. Intact.

Tissi-Tassili se jeta dans le vide et, alors que les

rochers semblaient se précipiter vers lui, il déplia son aile. Le grand triangle de toile claqua en se tendant et, rapidement, l'exécuteur reprit de l'altitude. Une fois calé sur un courant ascendant, il inclina son aile pour la faire monter en spirale, puis, sans cesser de la manœuvrer, entreprit de se vider la vessie et de manger un morceau — du poisson salé.

À cette heure, des plus matinales, l'air n'était pas encore brûlant et l'océan était plus gris que bleu. Comme il s'ennuyait à surveiller ainsi le large pour la troisième journée consécutive, Tissi-Tassili se demanda s'il n'allait pas tenter la fameuse *boucle verticale totale* qui avait coûté la vie à son prédécesseur.

Plonger vers les vagues, prendre le plus de vitesse possible, puis pousser sur l'aile de façon à la faire remonter, montrer son ventre au soleil, au ciel. Tenir. Tenir. Ne pas verser sur le côté. Rester dans l'axe, perpendiculaire à l'horizon. Et enfin achever la manœuvre en se rétablissant à l'horizontale, après un tour complet.

Une figure aérienne impossible si on en croyait la majorité des volants…

Tissi-Tassili prit de la vitesse, filant à cinq coudées au-dessus de la crête des vagues, puis il profita du premier thermique ascendant pour monter telle une flèche. Il était sur le point de virer vers la Grande Anse à la recherche de courants indomptables quand il aperçut un point brun posé sur l'horizon. Laissant tomber son quart de poisson salé, il se saisit de sa longue-vue et observa ce iota lointain.

Une nef thaumaturge.

Intrigué, l'exécuteur décida de perdre un peu plus d'altitude et se cala plein ouest en direction de l'embarcation qu'il venait d'apercevoir. Quand il se rendit compte que ce bateau n'était pas isolé et qu'une flotte entière se profilait derrière lui, Tissi-Tassili fit virer son aile et, sans attendre, mit le cap sur Cendramère. En chemin, il aperçut, à la fleur des flots, la silhouette d'un « trois ailerons » long de dix pas, pour le moins. Jurant et crachant, il se maudit de n'avoir pas le temps de chasser un tel spécimen. Il devait prévenir le Conseil des Soixante Tribus. Après avoir fait prendre de l'altitude à son aile, il maudit ces « ordures de Thaumaturges » et leurs bateaux de guerre qui allaient bientôt effrayer tous les gros poissons des environs.

CHAPITRE 15

« Mamayoun ! » hurla Johan qui venait de débouler comme une furie sur la Grand'Place où s'étaient rassemblés les guerriers et une bonne partie des villageois. « Je dois parler à Eiroénée ! Je dois me rendre à l'Arbre aux Supplices ! »

Comme s'il n'avait rien entendu, Mamayoun continua à marquer les hommes en partance pour la guerre. À cette fin, le vieil homme utilisait un grand pinceau qu'il trempait régulièrement dans un bol de sang de serpent — du sang de vipère longues-cornes, à la morsure mortelle. La tribu des Invisibles avait armé cent hommes qui, défilant du plus âgé au plus jeune, recevaient la bénédiction de leur sage. Poliféoun, destiné à mener le groupe, avait été béni en premier.

Comme le voulait la coutume, Mamayoun refusa de marquer le dernier des guerriers qui se présenta à lui, le plus jeune. Il lui mit la main sur l'épaule et lui murmura à l'oreille :

« Cette nuit, les esprits de la Canopée m'ont parlé ; ils t'ont choisi ; tu es celui qui dessinera le prochain cycle, celui qui doit rester dans la villarbre pour protéger les membres de sa famille-sève. »

Le jeune Canopéen acquiesça. Mamayoun sourit et allait donner l'ordre au groupe de se séparer quand le guerrier illustré qui le guidait lui murmura à l'oreille que Johan venait de prendre sa place dans le rang.

« Mamayoun ! »

Guidé par son escorte, le vieux sage s'arrêta devant le sang-mêlé, déterminé à se faire entendre.

« Il y a un temps pour tout, Johan. Un temps pour discuter et un temps pour se battre. Parler ne changera plus rien désormais. Notre ennemi occupe déjà la Grande Anse des Sablonneux, arrachant les arbres du littoral, construisant des fortins et des machines de guerre, creusant des fosses hérissées de pieux. La forêt est sacrée, nul n'a le droit de couper ses arbres, et celui qui ose un tel sacrilège doit le payer de sa vie. Nous allons nous battre à mort contre ces ignobles bûcherons. L'Ashashin-Mayoud est en train de se rassembler, à l'est des fortifications ennemies. Il ne manque plus que quelques exécuteurs venus des tribus les plus lointaines et la guilde sera au complet, prête à donner l'assaut. Les Mains Écarlates sont descendus de leurs territoires ; tous les hommes et toutes les femmes de la tribu en âge de se battre. Leurs enfants ont été confiés par petits groupes à chacune des tribus vivant non loin de leur territoire de chasse ; leurs vieux vont s'offrir à la forêt afin d'accroître sa puissance, s'immolant dans des ravins où la lumière du soleil jamais ne pénètre. Telle est leur coutume : ils se brisent les os pour que leurs enfants brisent ceux de leurs ennemis. Contre toute attente, même les Dévoreurs ont accepté de participer à la bataille à nos côtés ; leurs guerriers se rassemblent sur les rives du lac Ebazi. Quant au gros de l'armée canopéenne, elle se masse au nord de Cendramère, entre le lac Ebazi et le campement de l'Ashashin-Mayoud. C'est la plus grande armée jamais levée par le Conseil des Soixante Tribus. Nos guerriers doivent la rejoindre aujourd'hui.

— Mamayoun ! Vous allez vous battre à un contre quatre. Anthinée m'a dit que d'après les messages de Cendramère, Déléthérion avait déjà débarqué plus de quinze mille hommes sur les plages qu'il contrôle. Et il en arrive davantage chaque jour. Quinze mille hommes, Mamayoun ! Je dois parler à Eiroénée, maintenant. Nous avons besoin de l'Armure, c'est une arme, une arme formidable. Elle peut modifier l'équilibre des forces. Il en va de notre survie à tous.

— C'est au Preneur d'âmes que l'Armure a été confiée, et lui seul sait où il l'a cachée. Or, Ixion se trouve, en ce moment, avec les autres membres de sa guilde, à l'est de la Grande Anse occupée. Tu veux l'Armure ? Tu n'as qu'à la lui demander…

— Me la donnera-t-il ?

— Tant que la guerre ne sera pas terminée, j'en doute fort. À cette heure, il ne pense plus qu'à une chose : tuer Déléthérion, puisque ton ami Égée Seisachtéion lui a fait cadeau de cette victime. »

Eiroénée a le médaillon en sa possession. J'en ai besoin pour activer l'Armure. Mais seul Ixion peut me la confier. Je suis dans une impasse. Je ne peux pas voler le médaillon, au risque de blesser une femme enceinte, et je ne peux pas non plus laisser ces gens se battre seuls contre une armée thaumaturge mille fois plus forte qu'eux.

Que ferais-tu, Égée, si tu étais à ma place ?

Irais-tu voir Ixion ? Revêtirais-tu l'Armure ?

Tu étais impétueux avant d'être sage.

Johan ferma les yeux. Il serra les poings et se planta de nouveau devant le sage.

« Mamayoun, il y a un autre sujet dont je dois te parler…

— Oui ?

— J'ai pris une décision au sujet d'Anthinée, et cette décision a un corollaire : il est hors de question que vos guerriers partent sans moi. Je connais les techniques de combat thaumaturges, la nature de leur armement, les forces et faiblesses de leurs armures et de leurs machines de guerre. Mes années de contrebande et les lunes que j'ai passées à préparer la révolution ont fait de moi un guerrier sur qui on peut compter. Je peux être utile, ma connaissance de l'ennemi vous sera utile. Maintenant, je suis un Canopéen. »

Le vieux sage ne put s'empêcher de sourire. Il trempa son pinceau dans son bol de sang et marqua le visage de Johan, sur la joue droite.

« Tu as fait le bon choix, annonça Mamayoun, et par ce choix tu es devenu notre centième guerrier. Quand nous parlons de la guerre autour d'un bon feu, nous n'avons pas peur de la mort, nous savons que nous appartenons au cycle des saisons et que notre chair finira par nourrir la Canopée. Nous sommes immortels à travers elle. Ici, tu t'es trouvé une femme qui t'aime. Ici, tu t'es trouvé, tout simplement. Nous, Canopéens, pensons qu'au cœur amoureux il n'arrive rien de mauvais. Pense juste à ne pas laisser ta peur éteindre le brasier de ton cœur. Pense à Anthinée et il ne t'arrivera rien de mauvais, la Canopée veillera sur toi. »

D'un geste maladroit, Johan posa sa main sur l'épaule du vieux sage. Puis il fit signe à Poliféoun : « Je suis prêt. »

Le chef de guerre acquiesça et, sur son ordre, le rang se dispersa.

Au moment de monter dans un des trois ballons-voyageurs sur le point de quitter la villarbre, Johan chercha Anthinée du regard. Sans cesse bousculé par des hommes qui avaient d'ores et déjà fait leurs adieux, il ne voyait la jeune veuve nulle part. Pourtant, la plupart des épouses et compagnes s'étaient regroupées sur l'aire d'envol afin de dire au revoir à leurs hommes.

Déçu, Johan grimpa à l'échelle de corde, enjamba le garde-fou et décida de s'asseoir dans le fond de la nacelle, à l'ombre de la baudruche, une façon comme une autre de ne pas penser au fait qu'il allait bientôt voler. Même s'il ne s'estimait plus Thaumaturge et ne s'était jamais vraiment considéré comme tel, le fait d'emprunter la voie des airs restait pour lui une source d'inquiétude.

Alors qu'il cherchait une place où s'asseoir, si possible à l'ombre, Johan entendit Anthinée crier son prénom. Parcourant fébrilement le chemin en sens inverse, il vit la jeune femme le chercher du regard. Perdue au centre de la foule qui avait envahi l'aire d'envol, elle portait un grand bouclier sanglé dans le dos et un paquet oblong dans ses mains maculées de terre humide. Johan l'appela en agitant la main. Deux guerriers aidèrent la jeune femme à enlever le bouclier poli qui passa de mains en mains jusqu'à Johan, puis on lança le paquet au jeune homme.

« Le bouclier est celui de mon père, cria Anthinée. L'arme était à Broh. Là où il est, ça ne peut plus lui servir. Ce type de lames à un nom : c'est une vengeresse, puisse ce nom puissant te protéger, toi qui est mon homme ! Puisse ton cœur te ramener jusqu'à moi. »

Au cœur amoureux, il n'arrive rien de mauvais.

Johan salua la jeune femme et produisit hors de son fourreau la plus vicieuse des lames : large et dentée sur chacun des tranchants. Dent courte, dent longue, dent courte, dent longue. Se chevauchant pour mieux mordre la chair ennemie.

Une vengeresse.

C'est Égée, Thésée, Yskander et tous les résistants défunts que je me dois de venger.

Je n'ai pas peur de la guerre, car la vengeance me portera et appuiera chacun de mes coups.

Johan rangea l'arme dans son fourreau et fit signe à Anthinée avant de souffler dans l'air chaud du matin un « je t'aime » inaudible. Comme si elle avait entendu ces trois mots expirés, elle lui sourit.

Au moment où le ballon quitta l'aire d'envol, Johan retourna s'asseoir parmi les autres guerriers, sur un des bancs rudimentaires de la nacelle. Jeté soudain dans l'ombre, il leva les yeux vers le Canopéen massif qui venait de se planter devant lui. Il avait déjà aperçu cet homme dans la villarbre, mais ignorait jusqu'à son nom. Le guerrier lui sourit et lui donna une cuirasse faite de végétaux tressés. Le Thaumaturge la passa et l'ajusta du mieux possible. Le guerrier lui offrit ensuite un bout de viande séchée et un morceau de gras jaune avant d'aller s'asseoir dans un coin. Johan le salua et mordit dans la viande filandreuse. Tout en mâchant, il ne put s'empêcher de penser à la jeune femme qu'il laissait derrière lui. Prenant le bout de gras rance dans les mains, il le montra au guerrier qui le lui avait donné et haussa les épaules. Sourire aux lèvres, l'homme tira sa lame hors du fourreau et lui montra qu'elle était luisante de graisse. Et crantée par les batailles auxquelles elle avait déjà participé.

D'un lent mouvement de la main, Johan entreprit de graisser sa lame. Impatient. Et accomplissant cet étrange rituel martial, il surmonta l'épreuve du vol en ballon-voyageur.

Dent longue. Dent courte. Dent longue. Dent courte. Se chevauchant pour mieux mordre la chair ennemie.

Une fois sa vengeresse graissée, enfourraillée, il se leva et tituba jusqu'au guerrier qui l'avait aidé.

« Qui es-tu ? » demanda-t-il en se tenant à une des élingues qui descendaient de la baudruche d'air chaud.

« Je suis le frère de Broh, répondit l'homme en parlant lentement. Je suis l'homme qui aime Anthinée depuis qu'il est homme et qu'Anthinée n'aimera jamais. Je suis, après elle et Mamayoun, celui qui veut le plus que tu survives à la bataille. On m'appelle Izéïa. Si tu le souhaites, je resterai à tes côtés.

— Merci pour tout, Izéïa. Je serais honoré de ta présence à mes côtés. S'il devait m'arriver quelque chose, tu iras voir Anthinée et tu lui diras qu'elle est la seule femme que j'ai jamais aimée.

— Je le ferai et j'attends que tu fasses *exactement* la même chose si je ne devais pas revenir. Maintenant, une chose est sûre, au moins l'un d'entre nous reviendra à la villarbre. La forêt y veillera. Et au cœur amoureux…

— Rien de mauvais ne peut arriver. »

Johan ne put s'empêcher de sourire.

CHAPITRE 16

« Quand on veut fendre une grosse bûche, on enfonce d'abord un coin d'acier dans une de ses fissures naturelles, puis on utilise une masse pour frapper sur ce coin jusqu'à ce que le bois cède en craquant. C'est ce que nous faisons ici, Argo. Nous construisons le coin d'acier que nous allons bientôt enfoncer dans la Canopée jusqu'au territoire des Invisibles, jusqu'à l'Armure. »

Sans répondre, le général de Thrace posa ses mains sur le bastingage. Se tenant sur le pont du vaisseau-amiral, juste à la droite du Régent, il tourna la tête pour contempler la plage sur laquelle campaient plus de dix mille guerriers dans des centaines de tentes rouges. Au-delà de ce campement au plan orthogonal, la barricade était déjà achevée sur plus de deux lieues, et le fossé hérissé de pieux qui la défendait courait sur une fois et demi cette distance. Dans certains fortins, les veilleuses des lance-flammes s'ajoutaient aux feux du crépuscule. Cinq mille guerriers supplémentaires dormaient dans les bateaux échoués sur la plage tous les deux cents pas ; des bâtiments à la proue dressée en direction de la forêt sur lesquels avaient été installées des balistes à carreaux multiples. Le vaisseau-amiral mouillait à trois cents pas de la plage, protégé par trois corvettes lance-flammes puissamment armées.

« Vous avez l'air soucieux, Argo.

— Les éclaireurs partis ce matin ne sont toujours pas rentrés.

— Aucun ?

— Aucun, Régent. »

Avec une indolence probablement calculée, Déléthérion déplia sa longue-vue et scruta les abords de la forêt. Les arbres avaient été arrachés sur un quart de lieu de profondeur et sur plus de trois lieues selon une ligne nord-sud tracée au cordeau. Leurs souches, leurs troncs et leurs branches les plus épaisses avaient servi à construire la barricade et les fortins qui hérissaient celle-ci.

« Je ne comprends pas… Il n'y a aucune armée en vue, aucun feu de camp, aucun mouvement. Nous n'avons vu aucun de leurs appareils volants depuis plusieurs jours. Rien. Pourraient-ils se réunir quelque part, à proximité, sans que nous le sachions ?

— J'en doute, Régent. Mais je vais quand même envoyer quelques éclaireurs à l'est et sur la route de Cendramère.

— Non. Doublez plutôt la garde et demandez aux hommes de se reposer. Que les jeux et l'alcool soient interdits ce soir. Faites rapatrier les putains et les servantes sur les transports de troupe qui mouillent à deux lieues… Ils vont attaquer… Ces maudits hommes-plantes vont attaquer, aussi stupides que des chiens en chaleur.

— C'est impossible ; ils ne sont pas assez nombreux, pas assez organisés pour donner l'assaut à une position fortifiée de cette ampleur, surtout en terrain dégagé.

— En sommes-nous si sûrs ?

— J'en suis sûr. Un peuple devrait comprendre quand la bataille pour sa survie est perdue d'avance. Ils vont être anéantis en voulant empêcher l'inévitable.

— Mmm... Si j'étais à leur place, j'attaquerais au risque d'être anéanti. Je ne laisserais personne arracher *mes* arbres, détruire *mon* sanctuaire. Ils vont attaquer, Argo, se briser sur nos fortifications. Cette nuit, ou plus probablement demain. Tenons-nous prêts. »

Déléthérion se tourna vers la femelle Eizihil qui ne le quittait jamais et lui sourit :

« Danse-La-Mort, voici enfin la grande bataille que j'ai attendue toute ma vie. Le spectacle va être formidable, tu vas voir. »

L'Eizihil acquiesça en agitant ses antennes.

Danse-La-Mort.

Déléthérion l'avait surnommée ainsi suite à ce qu'elle avait fait subir au corps d'Égée Seisachtéion.

Une boucherie.

Demain.

Depuis presque un lithion, Johan était devenu l'attraction principale du campement canopéen.

Entouré par les chefs de guerre des soixante tribus, la Guilde des Exécuteurs au grand complet et plusieurs Dévoreurs, éclairé par des cuves remplies de vermine phosphorescente, il expliquait à cette assemblée hétéroclite les méthodes de combat des Thaumaturges, leur parlant des boules de feu (des cruches de naphte enflammée), des lance-flammes, des épées faussement magiques, des catapultes et des balistes. Et tout en donnant des explications précises, parfois à l'aide de grands gestes, le contrebandier étudiait les hommes farouches qui l'entouraient.

Surtout les exécuteurs.

Il y avait là plusieurs chevaucheurs de gistrions, un cornac dont le pachyderme était haut comme une maison de deux étages, un homme-ruche couvert de guêpes à la piqûre mortelle, un dresseur de serpents dont la besace ventrale sifflait et crachait, des guerriers d'une taille inhabituelle, aussi grands qu'Ixion, voire plus grands encore, des « volants », dont un lancier tueur de squales. Adossé à un arbre, un géant armé d'une hache à quatre tranchants, suivait l'exposé d'une oreille discrète tout en se curant les dents avec quelque chose, sans doute un bout de bois.

À côté de cette caste disparate, se trouvaient les Mains Écarlates : des hommes noueux vêtus d'un pagne et utilisant comme arme de longues griffes d'acier appelées « crocs de Wenkel », en l'honneur de leur ancêtre Wenkel qui, à lui seul, avait empêché toute une tribu de Dévoreurs de monter dans sa villarbre.

Un des exécuteurs s'approcha des pierres et des bouts de bois qui, disposés sur le sol peigné, dessinaient une carte aussi précise que possible du futur champ de bataille. Izéïa murmura à Johan qu'il s'appelait Yaguar.

« Comment reconnaît-on les commandants thaumaturges ?

— Les hommes qui portent les armures rouges commandent. C'est ceux-là qu'il faut tuer en priorité. »

Johan s'intéressa au plan de deux pas sur trois tracé à ses pieds. Il montra du doigt le plus gros des bouts de bois :

« Ça, c'est quoi ?

— La nef principale, annonça Poliféoun. Elle est loin de la plage, trois cents pas minimum. Il y a trois autres bateaux qui la protègent, construits pour aller vite et éperonner.

— C'est là que se trouve leur chef, Déléthérion. »

Yaguar acquiesça et Ixion avança dans le cercle de lumière et parla de sa voix la plus puissante.

« Celui qui s'appelle Déléthérion... Il est à moi, j'ai été invité à le tuer. »

Johan hocha la tête, presque imperceptiblement, et tous les membres de la Ashashin-Mayoud, tous les Dévoreurs et tous les guerriers présents firent de même.

Yaguar, toujours dans le cercle de lumière prodigué par les cuves de vermine, regarda le ciel comme s'il cherchait une étoile en particulier.

Poliféoun s'approcha alors de Johan.

« C'est fini, toutes les décisions ont été prises. Nous devons nous mettre en branle ; la route est longue jusqu'à la Grande Anse des Sablonneux. Tes informations nous ont été précieuses, Johan.

— L'exécuteur tacheté, Yaguar, c'est lui qui commande ?

— En quelque sorte. Il est l'Immortel. »

Personne n'est immortel.

Johan rejoignit Izéïa qui avait l'air pensif en observant le ciel.

« Il va pleuvoir demain, n'est-ce pas ?

— Oui. Une pluie forte et méchante. La nature est en colère à cause des arbres qui ont été coupés. Si nous devons mourir demain, ce sera dans la boue.

— C'est très bon pour la peau ! » plaisanta Johan, sûr qu'en de pareilles circonstances Égée aurait dit quelque chose du même acabit.

Dédaignant le crépuscule, Déléthérion travaillait à ses mémoires, dans ses quartiers situés en poupe du vaisseau-amiral, quand les tambours d'alarme le firent relever la tête. Danse-La-Mort se dressa d'un bond, antennes à l'affût. Dehors, il y eut une sorte de sifflement, suivi d'un bruit sourd, comme celui que ferait un corps massif tombant d'une grande hauteur sur un plancher de bois. Déléthérion saisit et enflamma son épée dans le même mouvement, et monta sur le pont de poupe, grimpant les marches trois par trois. Quelques coudées en contrebas, sur le pont principal enténébré, plusieurs membres de sa garde personnelle entouraient une masse oblongue, agitée de soubresauts. Le Régent s'approcha de la balustrade sculptée de flammes du pont de poupe et constata que la chose qui remuait était un squale, long de six pas, encore vivant, battant le bois vitrifié de sa longue queue.

« Qu'est-ce que c'est ? demanda un des soldats.

— Une déclaration de guerre », répondit le Régent en scrutant le ciel à la recherche de l'aérostat qui avait largué la bête.

Avant que Déléthérion n'ait eu le temps de prendre une décision au sujet du squale, Danse-La-Mort, ses antennes dressées, fondit sur la bête à l'agonie et la déchiqueta en quelques coups de pince.

CHAPITRE 17

Comme tous les autres volants, Tissi-Tassili vérifia, avant de se jeter dans le vide, que son *cadeau* pour les troupes du Régent était bien mousqueté à son harnais. La veille, profitant des dernières flambées du crépuscule, il avait largué un squale encore vivant sur le bateau-amiral, puis, dès son retour dans la forêt, s'était vanté de l'exploit pour en fin de compte noyer ses fanfaronnades dans la sève fermentée et le sommeil qui vient avec l'épuisement comme tombe parfois la nuit sur la montagne — d'un coup.

Au son du cor, il s'élança de la plate-forme d'envol et prit le premier courant ascendant pour jaillir hors des frondaisons, traversant une percée végétale telle la pointe biseautée d'un fil dans le chas d'une aiguille. Hissé par les courants thermiques vers le soleil, Tissi-Tassili observa les ailes-deltas qui se trouvaient sur sa droite et sa gauche. Il y en avait une bonne centaine : quelques exécuteurs comme lui et une majorité de volants issus des principales tribus arboricoles de la Canopée.

Les ailes-deltas se rapprochèrent les unes des

autres pour former trois groupes distincts qui virèrent aussitôt vers la Grande Anse des Sablonneux. En volant haut dans le ciel, ils resteraient hors de portée des tirs des balistes thaumaturges et des crachats mortels des lance-flammes placés sur les fortins ennemis.

Chaque groupe se dirigea vers la cible qui lui avait été attribuée.

Le groupe de Tissi-Tassili devait attaquer les troupes massées derrière les deux plus gros fortins de la ligne de défense ennemie, dressés au centre de celle-ci. Une fois à la tête de son escadron d'ailes-deltas maintenant en formation rapprochée, Tissi-Tassili exécuta une dernière spirale ascensionnelle et plongea en piqué.

Droit sur la cible.

Les lance-flammes crachèrent. Trop court. Les balistes donnèrent : des centaines de traits, parfois enflammés, rayèrent le ciel sans atteindre le moindre engin volant.

Juste après avoir mis fin à son piqué au-dessus des tentes ennemies, Tissi-Tassili largua sa cargaison de chenilles perce-peaux. Les autres volants firent de même, larguant d'autres invertébrés voraces, des ruches, des boyaux remplis de serpents venimeux, de rongeurs galeux ou d'araignées.

L'exécuteur fit virer son aile, chevaucha un courant thermique ascendant et reprit la direction de la Canopée.

Quelques volants, guère plus d'une dizaine, avaient pris feu pendant l'attaque et s'étaient soit abîmés en mer soit écrasés sur les tentes ennemies.

Des pertes raisonnables à défaut d'être ridicules qui invitèrent les Canopéens à faire un second passage avec encore plus de vermine, d'araignées, de serpents, de rongeurs malades et de ruches. Mais aussi avec la spécialité des Mains Écarlates : des charognes de cochon sauvage qui, au moment de l'impact, explosent en libérant un véritable enfer grouillant et volant, piquant et puant. De quoi faire vomir le plus aguerri des soldats.

Quand la pluie commença à tomber, d'abord simple crachin puis lourde averse, les volants achevaient leur quatrième passage au-dessus des troupes du Régent. Depuis le début de la matinée, ces escadrilles avaient perdu près de la moitié de leurs effectifs. Un exécuteur était mort — l'un des plus respectés. En voulant attaquer en rase-mottes, il avait été touché par le jet d'un lance-flammes et s'était écrasé au pied des fortifications thaumaturges où d'autres jets de lance-flammes l'avaient littéralement carbonisé.

Massée dans la strate herbacée, la coalition canopéenne se préparait à donner l'assaut. Vérifiant une dernière fois leur stratégie et leurs armes, les meneurs attendaient que les derniers volants soient rentrés au bercail.

Tout autour de Johan, qui ne pouvait s'empêcher de se considérer au centre des récents événements, l'armée s'était mise en formation. En première ligne : le groupe formé par l'Ashashin-Mayoud, avec à sa gauche les Mains Écarlates, une bonne centaine de guerriers, et à sa droite les Dévoreurs, trois cents sauvages armés de casse-têtes et de fléaux, trois cents créatures qui n'avaient d'humain que l'apparence et étaient prêtes à se lancer dans la bataille comme d'autres, au pain sec et à l'eau depuis des semaines, se jettent sur une tablée croulante de victuailles. Cette première ligne était à la fois indomptable et savamment organisée. Johan n'aurait pas aimé les affronter, même à la tête de cinq mille hommes.

Mais ce n'est pas cinq mille hommes entraînés que nous oppose Déléthérion, mais bien quinze mille, la plus grande armée jamais levée par Déméter.

Le crâne rasé, couverts de peinture couleur de boue de la tête aux pieds, les Invisibles se trouvaient en deuxième ligne. Ils formaient un groupe compact noyé au sein de quinze autres groupes issus des tribus de la strate arboricole. Les guerriers menés par Poliféoun étaient d'un calme hallucinant : ils plaisantaient, faisaient passer nourriture et boissons dans le rang et parlaient de leurs familles comme si leurs vies n'étaient pas en jeu, comme s'ils allaient participer à une grande compétition sportive et étaient assurés de rentrer chez eux, au soir, en bonne santé. Tous ces hommes avaient adopté Johan, sans réserve. Aucune mention n'avait jamais été faite de son statut de métis. Pour le meilleur et pour le pire, il était désormais un Invisible.

Derrière la deuxième ligne, le reste des tribus, majoritairement originaires de la strate herbacée, formait le gros de la troupe — plus de cinq mille guerriers déployés sur quatre rangs, dont un rang d'archers.

Bouclier sanglé au bras, vengeresse dans le dos, Johan était prêt à s'élancer. Izéïa se trouvait à ses côtés, deux épées sanglées et croisées dans le dos — le pommeau de chacune de ses armes, d'une noblesse inattendue dans la Sylve, représentait une tête de fauve, mâchoires prêtes à mordre. Le frère de Broh, coiffé d'un casque taillé dans la cosse d'un fruit brunâtre et ligneux, portait une carapace de tortue comme cuirasse, dans laquelle avaient été vissées des dizaines de longs clous qui cerclaient les épaules, barraient les pectoraux et dessinaient des abdominaux dignes d'un fantasme féminin.

« Tu as peur ? demanda-t-il à Johan.

— Je suis plutôt bon escrimeur, répondit le sang-mêlé d'une voix sèche.

— J'ai déjà livré plusieurs batailles contre les Dévoreurs ; il en est devant nous qui portent les cicatrices de mes coups d'épée… Bientôt nous allons nous élancer. Ne cours pas en ligne droite, *jamais*. Change d'allure régulièrement ; un assaillant qui court droit et à la même allure représente une cible parfaite, même pour un médiocre arbalétrier. Quand nous serons au contact, si nous y arrivons… » Izéïa ne put s'empêcher de rire. « …frappe pour tuer et uniquement pour tuer. Attaque de préférence un ennemi en prise avec l'un de tes alliés ou sur le point de surprendre un de tes alliés. Frappe à hauteur d'épaule et toujours en faisant décrire un arc de cercle à ta lame, pour qu'elle prenne de la vitesse. Privilégie ceux qui te montrent le dos. Ne te retourne jamais, préfère reculer en regardant tes ennemis, pour avancer de nouveau, plus tard, si tu en as la possibilité. Et si tu es grièvement blessé, comprime autant que possible ton saignement et essaye de retourner dans la forêt…

— Pour y être soigné ? »

Izéïa éclata de rire.

« Non. Pour servir d'engrais aux arbres ! »

Le frère de Broh défourailla ses deux épées pour les montrer à Johan :

« Elles ont été forgées par mon père, tout comme ta vengeresse. Je les ai appelées "Venin" et "Vengeance". Avant chaque bataille, j'empoisonne Venin et j'aiguise Vengeance, au su et au vu de tous, sur la Grand'Place. Je suis porteur de ma propre légende, une légende qui grandit dans la villarbre chaque fois que je reviens de bataille. »

Visiblement satisfait de son discours, Izéïa remisa ses lames au fourreau.

« On avance et on se retire au son du cor, ne l'oublie pas. Les Thaumaturges ne nous suivront pas dans la Sylve Profonde. Ou alors, c'est qu'ils sont aussi idiots qu'un singe en chaleur. »

Le son du cor retentit et l'ost canopéen se mit en marche, à pas lent, au rythme des tambours, quittant le couvert des frondaisons pour envahir la plaine pelée que les Thaumaturges avaient créée en déracinant les arbres pour construire leurs fortifications.

Ils utilisent les puissants moteurs de leurs péniches de débarquement pour arracher les arbres. Ils coupent la souche, les branches, étêtent et écorcent les troncs avant de les enduire d'un produit qui rend le bois imputrescible et ignifugé. Une science lourde et puissante, qui passe souvent pour de la magie ; seuls les dirigeants et les nobles savent qu'il ne s'agit pas de magie, mais de connaissances appliquées, de savoirs techniques améliorés au fil des cycles.

Je n'ai pas peur…

Car je sais ce que j'affronte.

Car je connais ceux que j'affronte.

Dans le camp thaumaturge, l'alerte avait été donnée : plusieurs cruches de naphte enflammée décrivirent des paraboles fumantes à travers l'air saturé de pluie, avant d'éclater dans la boue, projetant alentour d'éphémères aspersions enflammées et des éclats de terre cuite, gros comme des bûches, roulant ou rebondissant parfois sur plus de vingt pas.

Trop court.

Jetant sans cesse des coups d'œil à droite et à gauche, Johan progressait vers les fortifications ennemies qu'il devinait à peine à travers les étoffes de l'averse.

Claquant dans le lointain, les balistes thaumaturges donnèrent. Des dizaines de traits plus longs qu'un homme écorchèrent le ciel. Aussitôt, les guerriers canopéens qui portaient un bouclier mirent genou à terre et dressèrent leur protection. Ceux qui les suivaient se blottirent derrière eux.

Juste devant Johan, un Invisible fut traversé de part en part par un trait et cloué dans la boue ; à sa droite, un homme d'une autre tribu eut la tête arrachée par un projectile qui avait traversé sa rondache.

Déterminé, Johan se redressa.

Et la troupe se remit en marche, laissant derrière elle ses premières pertes humaines.

Plusieurs jarres de naphte jaillirent à nouveau des positions ennemies pour éclater quelques pas devant la première ligne, blessant des Dévoreurs, des Mains Écarlates et déchiquetant un exécuteur. Sa monture reptilienne cabriola, enflammée, puis retomba dans la boue, en grésillant. Bientôt les coups de boutoir de la pluie éteignirent les deux corps sans vie, à moitié dévorés par la boue.

Comme si cela correspondait à une sorte de signal, tous les membres de l'Ashashin-Mayoud hurlèrent, dressèrent leurs armes et se ruèrent en avant, immédiatement suivis par les Dévoreurs et les Mains Écarlates.

« Invisibles ! À la porte principale ! On suit les Mains Écarlates ! » hurla Poliféoun.

Se protégeant avec son bouclier, Johan s'élança, solidaire de son groupe qui s'était déporté sur la gauche. Les Mains Écarlates couraient à vive allure, dans un chaos étonnant, se déportant sans cesse à droite ou à gauche, changeant de rythme. Certains s'arrêtaient pour soulever leur pagne en tirant la langue, avant de lancer imprécations et injures déméterriennes apprises avec application.

Tout autour de Johan, qui courait à pas amples en faisant en sorte de se ménager au maximum, de la naphte explosait, des gifles de carreaux d'arbalètes fauchaient les hommes par dizaines, des blessés criaillaient comme des bêtes ou, terrassés par la douleur, se contentaient d'essayer, bouche grande ouverte ; d'autres, transformés en torche s'agitaient en tous sens, hurlaient et étaient immanquablement achevés dans les instants suivants, par un trait ennemi ou une épée amie.

Les attaques se calmèrent un instant et une nuée de disques d'acier jaillit des fortifications ennemies. Johan reconnut ce type de projectiles qui, tirés par des arbalètes conçues à dessein, possédaient une portée très limitée. Il se jeta dans la boue et se couvrit avec sa rondache en hurlant « Bouclier ! » en canopéen. Tout autour de lui, les disques tranchants s'abattirent sur les hommes et disparurent dans la boue. L'un d'eux se ficha dans le bouclier de Johan en produisant un son mat. Le jeune contrebandier s'empressa de se débarrasser de ce projectile terrifiant en faisant attention à ne pas se couper. Légèrement abasourdi par l'attaque, il regarda autour de lui. Couchés dans la boue, hurlant à s'en déchirer les cordes vocales, des hommes avaient perdu un bras ou une jambe, d'autres reposaient, embourbés, les mains à la recherche de leur tête — manquante — ou plongés dans les circonvolutions violacées de leurs viscères répandus.

Johan, qu'Izéïa venait de saisir par le bras gauche pour le soutenir, et les Invisibles ayant survécu à cette attaque repartirent à l'assaut des fortifications.

Si proches maintenant.

Des hommes s'écroulaient tout autour de Johan, victimes des lance-flammes désormais à portée, des arbalètes et des balistes, et, se protégeant avec sa rondache brandie une coudée devant son visage, le jeune contrebandier avançait, encore et encore, se souciant surtout de l'endroit où il plantait son pas et le suivant, évitant les flaques trop profondes, essayant d'oublier les hurlements d'agonie qui caressaient son dos et l'expression de terreur qu'il avait lue sur le visage de certains morts, s'obligeant à détourner les yeux chaque fois qu'il passait près d'un homme au sang jaillissant ou au membre tranché dont la pulpe s'effilochait autour de l'os sectionné.

Courir. Tenir.

Les pieds et les chevilles lourds de boue, le cœur cognant dans sa poitrine comme un marteau de forge, le cœur brûlant derrière le double soufflet des poumons sollicités par l'effort, Johan se ruait sus aux fortifications, ses habits ruisselant de pluie ou de sang — comment savoir —, son épée ballottant dans son dos.

Courir ! Tenir !

En première ligne, les chevaucheurs de gistrions et le cornac arrivaient à hauteur du grand fossé et de la porte principale. Les exécuteurs et leurs singes hurleurs — bardés de cuir bouilli souvent hérissé de carreaux d'arbalète — n'eurent aucun mal à escalader les fortifications. En s'y reprenant à deux reprises, le pachyderme ensanglanté défonça un des battants de la grande porte. Les Dévoreurs avaient déjà donné l'assaut en portant de longues échelles munies de crochets et les Mains Écarlates utilisaient leurs crocs de Wenkel pour grimper plus vite encore. Déjà, les premiers Canopéens livraient bataille sur le chemin de ronde des Thaumaturges.

Plus qu'une vingtaine de pas…

Soudain, comme tombées du ciel avec la pluie, les fortifications se dressèrent devant Johan, occupant tout son champ de vision ou presque. Haute de vingt coudées, la porte principale était encadrée par deux fortins d'où jaillissaient de longues langues de flammes qui fauchaient les Canopéens et avaient incendié le pachyderme. Enfoncé dans la boue, près du corps noirci de son cornac, l'animal au cuir épais agonisait avec force barrissements et se relevait parfois pour s'écraser à nouveau dans la boue, un pas plus loin.

Izéïa surgit de nulle part et tira Johan par le bras, lui montrant une série d'échelles qui, mises en place par des Dévoreurs, enjambaient la fosse garnie de pieux et montaient jusqu'au faîte de la palissade de rondin. Sur ce segment des fortifications, situé à cinquante pas du fortin de gauche, les Canopéens semblaient tenir une partie du chemin de ronde.

Tandis que Johan, gêné par sa rondache, commençait à gravir l'une des échelles, les archers canopéens inondèrent de flèches le fortin de droite, concentrant leurs tirs sur les lance-flammes et une portion de la haute palissade qui ne devaient pas faire plus de cent pas de long.

« Plus vite ! » hurla Izéïa.

L'Invisible était déjà passé de l'autre côté, sur une portion de chemin de ronde où se battaient avec férocité plusieurs Canopéens dont quelques Mains Écarlates et au moins deux exécuteurs. Enfin arrivé au sommet, la poitrine écrasée par l'effort finissant, Johan défourailla sa vengeresse et se jeta dans la mêlée, juste derrière Izéïa. Celui-ci, armé des deux lames forgées par son père, distribuait les coups avec rage, ponctuant chacune de ses attaques d'un hurlement conquérant.

Après avoir hésité un instant, Johan asséna un violent coup de pied à un soldat thaumaturge qui lui montrait le dos. L'homme bascula par-dessus le muret de sécurité et percuta la boue, vingt coudées en contrebas, poussant un cri que le bruit mat des os qui se brisent étouffa aussitôt.

La nausée submergea Johan. Il venait de tuer un soldat thaumaturge.

Ce n'est plus mon peuple. C'est l'ennemi. L'ennemi des Invisibles qui arrache les arbres et veut l'Armure, non pas pour la justice, mais pour faire régner l'ordre tel que le conçoit le Régent Déléthérion.

L'ennemi.

Il se força à avancer pour rester près d'Izéïa. Emporté par une vague de guerriers canopéens hurlant et insultant les soldats magmatiques, Johan put attaquer un de ceux-ci. Il le désarma avant de cogner de toutes ses forces à hauteur d'épaule. Sa lame dentée détacha le bras gauche du soldat et pénétra son thorax profondément jusqu'à rester prisonnière de la chair et des os.

Johan dut alors se démener pour récupérer son arme.

« Frappe moins fort ! » lui conseilla Izéïa en hurlant pour tenter de couvrir le bruit de la bataille allié à celui de la pluie. « Frappe moins fort ou tu seras épuisé d'ici peu.

— Tu m'as dit de frapper pour tuer !

— Oui ! Et là tu frappes pour mourir ! »

Au cœur de la bataille, qui papillonnait maintenant autour et à l'intérieur des fortins de la porte principale, les exécuteurs causaient des pertes énormes à l'ennemi. Le géant armé d'une hache à quatre tranchants projetait ses victimes à dix pas, les réduisant en bouillie, les démembrant à chaque frappe. Les Mains Écarlates se battaient avec tout autant de rage, tailladant de leurs griffes métalliques les Thaumaturges qui avaient le malheur de se trouver à leur portée.

Johan, quant à lui, suivait Izéïa. Il frappait les ennemis qui lui montraient le dos, les faisait tomber des fortifications dont le sol de bois vitrifié était couvert d'une lourde couche de boue épaissie par le sang, diluée par la pluie.

Sur la plage, les réserves de soldats magmatiques qui se lançaient graduellement dans la bataille semblaient inépuisables. Dans le lot, Johan remarqua quelques officiers sur leurs chimères cristallines trop lourdes pour le sable détrempé et la boue.

« Ils sont trop nombreux ! » hurla le contrebandier tout en frappant un ennemi à la gorge, manquant de peu lui décoller la tête. « Aux lance-flammes, Izéïa ! Aux fortins ! Restons groupés sur le chemin de ronde et emparons-nous des lance-flammes ! »

Izéïa acquiesça et fit circuler l'ordre au sein de ses troupes, jusqu'à Poliféoun. Aussitôt, les Mains Écarlates et quelques exécuteurs changèrent de tactique, pour se rapprocher du fortin qui se trouvait à gauche de la double-porte d'entrée. Johan suivit le mouvement, cognant de taille pour dégager la route, frappant du pied pour faire passer pardessus bord des soldats thaumaturges souvent gênés par le poids de leur armure et la vigueur de la pluie qui s'abattait sur le champ de bataille — une eau lourde et tiède dans laquelle le temps lui-même semblait s'engluer.

Malgré leur ardeur au combat, le nombre de Canopéens baissait inéluctablement, alors que les renforts thaumaturges arrivaient encore et encore. Vomis par les tentes et les bateaux échoués, les soldats rouges occupaient la plage dans son ensemble et reprenaient des portions du chemin de ronde, guérite par guérite.

Intrigué par un sifflement aérien, Johan leva la tête et regarda passer trois exécuteurs accrochés à leur aile-delta : Tissi-Tassili le tueur de squales, Yaguar et… Ixion. Leurs ailes s'engouffraient dans la pluie en direction du vaisseau-amiral, sans se soucier des traits des balistes et des jets des lance-flammes, trop courts.

Ils attaquent Déléthérion.

S'ils tuent Déléthérion et Argo de Thrace, la bataille prendra fin.

Galvanisé par cette perspective et le fait qu'il l'avait évoquée en langue canopéenne, Johan fit passer un capitaine magmatique par-dessus bord en hurlant : « Avancez ! Avancez ! »

Entre deux coups de vengeresse, le contrebandier risqua un coup d'œil derrière lui. Disséminés en plusieurs points des fortifications, souvent encerclés, enclavés, des petits groupes de Canopéens se battaient. Assaillis par de véritables vagues de guerriers écarlates, ces îlots de résistance semblaient tous condamnés à tomber.

Cependant, vers l'avant, au-delà d'Izéïa, véritable démon de boue au crâne rasé et aux lames invisibles tant elles étaient rapides, une position semblait désormais sûre : les survivants de la première ligne d'assaut — Dévoreurs, Exécuteurs et Mains Écarlates — venaient de prendre l'un des deux fortins de la porte principale, celui de gauche, et en utilisaient les lance-flammes pour incendier les troupes thaumaturges. Ils se concentraient sur les officiers à leur portée et criaient de joie chaque fois qu'une de leur victime incendiée s'écroulait dans un fracas de cristal surchauffé.

Johan fit tourner sa vengeresse au-dessus de sa tête en signe de ralliement, puis il montra la petite position tenue par les Mains Écarlates. Aussitôt, les Canopéens isolés en groupes modestes commencèrent à se rassembler, visiblement bien décidés à rallier le fortin. Un chevaucheur de gistrion — armé d'une faux — contourna Johan au grand galop et ouvrit la voie en balayant les soldats thaumaturges dans de grandes gerbes de sang. Des Mains Écarlates lui emboîtèrent le pas et leurs longues griffes d'acier participèrent au carnage.

Accompagnés des derniers Invisibles, Poliféoun, Izéïa et Johan s'engagèrent dans la trouée et l'empêchèrent de se combler. Le visage déformé par l'effort, Poliféoun se battait avec un épieu. Il l'utilisait tantôt comme un casse-tête pour briser le crâne de ses ennemis, tantôt comme une lance pour les traverser de part en part. Une épée dans chaque main, le visage profondément entaillé autour de l'œil gauche, l'os apparaissant au fond de la plaie, Izéïa dansait parmi les Thaumaturges, frappant à l'épaule, décollant les têtes, tranchant les bras. Johan, lui, achevait les blessés à terre et continuait de faire tomber les Thaumaturges en contrebas. Il se concentrait principalement sur les officiers, conscient qu'il n'y avait pas meilleure tactique pour décourager et désorganiser l'ennemi.

Au moment où les petits groupes enclavés et ceux qui avaient ouvert la voie commencèrent à se rejoindre, une sorte de liesse meurtrière s'empara des coalisés. Galvanisé par leur regroupement, la petite troupe de Canopéens, fort hétéroclite, fonça vers le fortin. Emporté par le mouvement, Johan regarda ceux qui le précédaient balayer sur leur passage les Thaumaturges, soldats ou officiers, qui avaient eu la mauvaise idée de s'interposer.

Suivant de près les quelques exécuteurs présents, Johan utilisa une des échelles apportées par les Dévoreurs pour pénétrer dans le fortin. Puis, pressé par Poliféoun et Izéïa, il monta au sommet de la place forte en utilisant un des deux colimaçons de bois vitrifié. Là-haut, protégé par un aplomb de pieux et les lance-flammes que maniaient deux petits groupes de Mains Écarlates, le jeune sang-mêlé fit un tour complet de la situation : ils étaient, au plus, deux cents Canopéens dans ce fortin, dont une vingtaine d'exécuteurs et une bonne dizaine de Mains Écarlates ; seuls trois Invisibles semblaient avoir survécu à l'assaut : Poliféoun, Izéïa et... lui même.

Autour du fortin occupé par les Canopéens, au moins cinq mille Thaumaturges valides donnaient l'assaut. Johan et ses alliés étaient cernés, sous pression, noyés sous l'averse et une pluie noire de carreaux d'arbalètes et de traits de balistes.

Nous allons tous mourir ici, si nous ne nous replions pas au plus vite.

Les archers canopéens s'étaient retirés dans la forêt, laissant derrière eux des centaines de morts, allongés dans la boue. Sur la plage, où de nombreuses tentes étaient dévastées, les Thaumaturges rapatriaient leurs blessés jusqu'aux bateaux échoués, en utilisant des brancards quand ils le pouvaient.

Une fois sur dix..

Sur l'autre fortin, la situation virait à l'avantage de l'ennemi. Le bout de chemin de ronde qui liait les deux fortins était encombré de cadavres calcinés. Des hommes s'y battaient : une majorité de Canopéens.

« Poliféoun, Izéïa ! Ce fortin peut tenir pour le moment ! Allons sur l'autre. »

Johan se débarrassa de sa rondache, prenant bien soin de la mettre à un endroit où il pourrait la récupérer par la suite. Vengeresse dressée, il grimpa sur l'aplomb de pieux qui protégeait le sommet du fortin. Et là, après avoir attendu le bon moment, il se jeta sur un guerrier magmatique et le traversa de part en part avec sa lame. Une fois sa vengeresse dégagée — il dut s'y reprendre à deux fois et utiliser la force de ses jambes —, Johan s'élança à s'en déchirer le cœur et les poumons, et attaqua un trio de Thaumaturges qui lui montraient le dos et essayaient de déloger les Mains Écarlates qui tenaient tant bien que mal le second fortin. Comme venus de nulle part, Poliféoun et Izéïa rejoignirent le jeune sang-mêlé, cognant comme des brutes, jetant dans le vide leurs ennemis, hurlant à chaque frappe, disparaissant momentanément dans le sang en gerbe qui entrait en collision avec la pluie. Derrière les trois Invisibles, un exécuteur armé d'une sarbacane apportait une aide précieuse en éliminant à coup sûr les officiers thaumaturges présents dans les parages.

Du poison.

Les officiers en priorité.

Sans ménager leurs efforts, Izéïa, Poliféoun et Johan progressèrent jusqu'à faire la jonction avec les Canopéens qui tenaient le second fortin.

« Détruisez les lance-flammes ! Retournez à l'autre fortin ! » hurla Poliféoun.

Une fois les lance-flammes aspergés de naphte et broyés, tous les coalisés se replièrent, suivis de près par des Thaumaturges galvanisés par le succès temporaire de leur contre-attaque.

Touché au flanc par un carreau d'arbalète, Johan volta. Posant son pied bien malgré lui dans une flaque de pluie rosie par le sang, il glissa sur un paquet de boue tombé là tel un étron encore tiède et se retrouva aussitôt étendu sur le flanc, celui qu'aucun carreau d'arbalète ne traversait. Sans attendre ne serait-ce qu'un millilithion, Poliféoun et Izéïa le redressèrent, mais aussitôt le frère de Broh lâcha prise et chuta dans le campement adverse, trente coudées en contrebas. Johan n'avait pas vu venir l'attaque, il avait juste vu Izéïa se tenir la gorge à deux mains.

Ni sang ni cri.

Sautant dans la masse compacte des Thaumaturges à l'assaut, un exécuteur intervint pour ramener les deux Invisibles.

La douleur montait en Johan. Il sentait son corps s'engourdir, s'enchâsser dans des instants ralentis, un flot temporel pareil à de la résine épaisse descendant le long d'un tronc.

Armé d'une chaîne qu'il faisait tourner au-dessus de sa tête, l'exécuteur qui venait d'intervenir pour protéger les deux Invisibles se libéra de l'espace avant de maintenir à bonne distance les soldats thaumaturges désireux de pénétrer dans le fortin. Souvent, sa chaîne fusait et la boule de bois fixée à son extrémité défonçait une cage thoracique, arrachait une tête.

Le temps englué avalait tous les sons, le fracas de la bataille, les cris, l'agonie des hommes quand elle jaillit de la bouche, forte à en briser les dents gâtées.

C'est une résine qui progresse lentement, et dans laquelle est tapie la Mort, à l'affût.

Johan marchait avec difficulté, titubant, gêné par les toiles d'araignée que tissait la pluie, broyé par le Poing du Destin, cruel et douloureux. Poliféoun lui servait à la fois de béquille et de moteur. Ensemble, ils regagnaient le fortin de gauche, celui qu'occupaient encore deux cents Canopéens.

Le contrebandier se sentait gourd, presque sourd. Le rouge voilait son regard, la nausée s'était vissée dans son palais, derrière sa langue, et il aurait aimé boire quelque chose pour la déloger. Ses pieds étaient devenus lourds, gauches, boules d'étoffe détrempée.

Poliféoun tira Johan à l'intérieur du fortin que l'on barricadait. Le jeune homme aperçut les poutres mises en travers de l'accès, les lances et les épieux bloqués pour faire rempart. Il aperçut des hommes, arc à la main, montant à leur rencontre, la bouche grande ouverte sur des ordres qu'il n'entendait pas. Bientôt, il fut déposé avec d'autres blessés, dans une armurerie que l'on avait grandement vidée de son précieux butin, où il ne restait que quelques arcs, quelques carquois et des dizaines de lances alignées contre un mur. La pièce était sombre, hantée par les odeurs aigres exhalées par les blessures fatales et les commodités attenantes.

« Il faut nous replier, Poliféoun », murmura Johan.

Le chef de guerre des Invisibles acquiesça.

« Je vais chercher quelqu'un », dit-il.

Tandis que les combats continuaient tout autour, un homme vint voir Johan. Le contrebandier prit le bras de l'arrivant comme s'il voulait se lever et vit alors son blason ; l'homme était un exécuteur : un chevaucheur de gistrion qui avait probablement perdu sa monture. Il brisa la hampe du carreau, trois doigts au-dessus de la plaie. Puis, sans prévenir, il poussa sur le reste du projectile, enfonçant le bois dans la blessure, la chair et le gras. Une fois la pointe ressortie de l'autre côté du flanc sans avoir touché d'organe ou d'artère, et la plaie épongée de son trop-plein de sang, l'exécuteur versa dans l'orifice d'entrée, puis dans l'orifice de sortie une substance verte et épaisse.

« C'est de la sève vive, annonça-t-il. La meilleure

qui soit. Laisse-la agir. La plaie n'est que superficielle ; le fer t'a déchiré muscle et couenne, rien de plus. Dans un moment, tu pourras retourner te battre, mais après tu ne seras plus jamais le même homme.

— Quoi ?

— Tu entendras parler les arbres. »

Après avoir inspecté une dernière fois la plaie, le guérisseur s'éloigna de Johan pour aller soigner un autre blessé.

Adossé à un mur de bois vitrifié et ignifugé, Johan entendait les hommes mourir en hurlant ou en gargouillant. Il entendait l'acier s'entrechoquer, le cristal se briser, les carreaux d'arbalètes frapper les rondins du fortin, les flèches jaillir à un rythme régulier. Il entendait sans vraiment écouter et au bout d'un moment, un lithion peut-être, il ne supporta plus d'être assis là, sur son cul, dos aux rondins, pendant que ceux avec qui il venait de saigner se battaient sans son aide.

Debout, soldat !

Il se leva en s'aidant de sa vengeresse qu'on avait posée à ses côtés. Son flanc lui faisait horriblement mal. À la douleur de la blessure s'était ajoutée une morsure, une inflammation végétale qui empêchait son sang de quitter son corps et qui, peu à peu, refermait sa plaie, le recto comme le verso, l'extérieur comme l'intérieur.

« *... tu ne seras plus jamais le même homme. Tu entendras parler les arbres.* »

Johan remit sa vengeresse dans son fourreau, et son geste coïncida avec le hurlement d'un homme qui venait probablement de perdre la vie. Un hurlement qu'il entendrait de nouveau — il en avait la certitude —, au moment où son tour viendrait.

Il décrocha un arc de son râtelier et prit deux carquois pleins qu'il jeta sur son épaule droite en grimaçant. Le pas hésitant, il monta au sommet du fortin d'où jaillissaient les longs panaches de flammes qui arrosaient les Thaumaturges en contrebas. Deux Dévoreurs pompaient la naphte qui, mise sous pression, était enflammée par le brûleur de l'arme dirigée par un troisième sauvage qui, chaque fois que la flamme léchait son but, hurlait en tirant la langue avant de sauter de joie.

Une des barricades du fortin, celle qui se trouvait au nord, commença à céder et les Thaumaturges armés d'un bélier — pourtant enflammé — commencèrent à agrandir la brèche. Derrière la barricade faiblissante, les exécuteurs survivants et les Mains Écarlates se battaient avec acharnement. Poliféoun se trouvait parmi eux. Comme un exécuteur était tombé devant lui, il jeta son épieu couvert de sang et ramassa une des armes du mort : un hachoir à long manche.

« Tout est perdu ! » lui hurla Johan après avoir décoché une flèche sur un officier thaumaturge, le manquant de peu...

« Non, il faut tenir ! » lui répondit Poliféoun, levant la tête, le temps d'un souffle. « Nous n'avons pas perdu tant qu'Ixion, Yaguar et Tissi-Tassili sont vivants ! »

Johan jeta un coup d'œil vers la plage, vers l'océan sur lequel se trouvait le vaisseau-amiral. Il échoua à distinguer la grande embarcation et les trois corvettes lance-flammes qui la protégeaient. Tout était brouillé par la pluie et la fumée.

Johan se positionna avec soin cette fois-ci, visant avant de décocher. Puis, ayant atteint sa cible au cou, il commença à éliminer les officiers qui étaient dans sa ligne de mire, visant le visage ou la gorge, là où leur armure de combat ne les protégeait guère.

En dessous de lui, les coalisés se relayaient à un rythme régulier. Ils se battaient avec acharnement, puis allaient se faire soigner à la sève vive.

Johan venait de tuer son quatrième officier, quand retentit le cor canopéen.

La retraite…

Mais comment? Nous sommes cernés de toutes parts.

« Sukin saya ! » hurlèrent alors plusieurs Canopéens.

Certains de ces hommes, galvanisés par le son du cor, redoublèrent d'efforts pour ne pas céder du terrain.

« Sukin saya ? »

À cause des bourrasques qui s'engouffraient à un rythme régulier sous la toile tendue de son aile-delta, Ixion avait du mal à suivre Yaguar et Tissi-Tassili qui, contrairement à lui, chevauchaient les vents avec une maîtrise presque surnaturelle, se jouant sans mal des trombes d'eau vomies par un ciel de suie et de cendres tendu sur le monde comme la peau sur un crâne.

Quelques instants auparavant, les trois exécuteurs avaient survolé la bataille concentrée autour des deux fortins de la double-porte centrale, puis les tentes ennemies plantées par centaines sur la plage. Maintenant, ballottés au-dessus des flots agités, ils approchaient des trois corvettes lance-flammes chargées de la protection du vaisseau-amiral où se terrait Absû Déléthérion.

Bientôt.

Une violente bourrasque de vent qu'il n'avait pas anticipée fit partir Ixion en vrille. Comprenant qu'il n'arriverait pas à arrêter cette folle spirale qui emportait son aile vers les flots en furie, le Preneur d'âmes préféra se désolidariser de son aéroplane.

L'impact de son corps dans l'eau, un instant tempérée puis soudain glacée, lui coupa le souffle. Coulant comme une pierre, Ixion mit quelque temps à différencier le bas du haut, à comprendre dans quelle direction se trouvait la surface. Après avoir observé le cheminement des bulles d'air quittant son corps partiellement végétal, il se décida à les suivre et finit par crever la surface des flots, à bout de souffle, les poumons douloureux, comme frottés à la pierre volcanique. Il se trouvait non loin de la côte, de l'autre côté de la barre tant redoutée par les pêcheurs et que les enfants se devaient de passer pour nager en sécurité. Là, la pluie bombardait des vagues dont les creux oscillaient entre quatre et cinq coudées.

Apercevant à moins de cent brassées le jet d'un lance-flammes cherchant sans doute à jeter à l'eau les ailes-deltas de ses compagnons, le Preneur d'âmes commença à nager. D'abord lentement, puis, trouvant un bon rythme, sentant la sève vive inonder son sang et l'enrichir, il accéléra. À l'approche de la corvette solidement ancrée dans la baie, il plongea en retenant son souffle, nagea sur une bonne trentaine de brassées et remonta le long de la coque jusqu'à crever les flots.

Les deux lianes vives de ses bras jaillirent de concert, accrochèrent le bastingage qui se trouvait six ou sept coudées au-dessus. Ixion put alors se hisser discrètement sur le pont avant de s'encoigner dans l'ombre d'un amas de caisses recouvert d'une bâche étanche. Là, il nota la position des rares soldats qui se trouvaient sur le pont puis s'élança. Il utilisa ses quatre crochets pour déchiqueter ces ennemis les uns après les autres, se concentrant d'abord sur les officiers comme le lui avait conseillé le jeune Johan.

Bientôt, il ne resta plus que lui sur le pont dégoulinant de pluie, au milieu d'une dizaine de corps glissant à droite, à gauche, à droite...

Les Thaumaturges survivants s'étaient barricadés à l'intérieur du poste de pilotage et dans la cale, sans doute pour mieux y fourbir leurs armes.

Alerté par un bruit qu'il connaissait bien, Ixion leva les yeux. Les ailes-deltas de ses compagnons venaient de passer au-dessus de la corvette lance-flammes. Après un second passage, Yaguar et Tissi-Tassili se posèrent sans difficulté. Ils cabrèrent leurs ailes, trottinèrent sur le pont pourtant lubrifié par la pluie et s'arrêtèrent à quelques pas du bastingage de proue. Une fois leur harnais retiré, ils rejoignirent Ixion, armes à la main.

« Ça faisait longtemps que je ne m'étais pas autant

amusé ! » hurla Tissi-Tassili pour couvrir le bruit des vagues qui se brisaient contre la coque et le vacarme de la pluie qui mitraillait toute chose. « Et maintenant ?

— On tue tout le monde et on s'empare du bateau, proposa Yaguar.

— Magnifique ! »

Les trois exécuteurs firent le tour du pont désert, remontèrent l'ancre et décidèrent d'investir le poste de pilotage. Tissi-Tassili en perça la porte de plusieurs coups de lance. Et, quand l'ouverture fut assez grande, les quatre crochets d'Ixion jaillirent, fusèrent à travers cette brèche pour déchiqueter les soldats et officiers qui se trouvaient de l'autre côté. Des hurlements retentirent dans le poste de pilotage, dont les grandes baies vitrées se couvrirent de sang giclé. Une fois les lianes vives de nouveau enroulées autour de ses membres, Ixion défonça la porte d'un coup d'épaule et termina ce qu'il avait commencé, achevant ceux qui avaient survécu à son attaque ou qui avaient réussi à se cacher derrière un meuble, une cloison.

Derrière le Preneur d'âmes satisfait, Yaguar se mit à la barre, inspecta les différents instruments et commandes et poussa un levier à fond vers l'avant. Aussitôt, le moteur de l'embarcation se mit à ronronner, puis le ronronnement s'emballa, devenant un grondement de bête furieuse. Sur le pont, une dizaine d'hommes jaillit de la cale par une trappe grande ouverte. Certains observèrent le poste de pilotage puis tous se jetèrent par-dessus bord, sans doute décidés à gagner les autres corvettes ou le campement à la nage.

Le bateau accélérait progressivement. Manœuvrant la grande barre du poste de pilotage, Yaguar lui fit faire un quart de tour pour le mettre dans l'axe du bateau-amiral, deux à trois fois plus gros que la corvette qu'il pilotait.

« Qu'est-ce que tu fais ? » demanda Ixion.

Yaguar se contenta de rire.

« Tu sais pourquoi je déteste les immortels ? » demanda Tassi-Tassili à Ixion, après lui avoir tapoté l'épaule. « Non seulement ils sont suicidaires, mais en plus ça les amuse. »

À travers les baies vitrées aspergées de sang, la pluie et le flou que celle-ci générait, Ixion devinait à peine le navire contre lequel lui et ses compagnons se précipitaient. Pour le moment ce n'était qu'une ombre, tanguant et roulant sur le dos des vagues. Une esquisse qui commença à se préciser, à enfler, à quitter le royaume des ombres pour entrer dans celui de la collision imminente.

« À l'abordage ! Accrochez-vous ! » hurla Yaguar.

Le choc, terrible, envoya Ixion valser à travers la grande baie vitrée du poste de pilotage. Quand il reprit ses esprits, allongé sur le pont battu par le vent et la pluie, ce fut pour entendre des Thaumaturges crier des choses incompréhensibles, car lointaines et étouffées par le vacarme des précipitations. L'eau mitraillait les flots, tambourinait sur les surfaces lisses, jaillissait çà et là des sabords.

Yaguar dépassa le Preneur d'âmes sur la droite, galopant tel un fauve à la poursuite d'un brouteursauteur. Tissi-Tassili, lance à la main, aida Ixion à se relever puis s'élança derrière Yaguar, après avoir poussé un hurlement bien plus festif que martial.

Ixion jura entre ses dents. Il repositionna son masque d'ambre, chahuté par son roulé-boulé, et se rua à la suite de ses compagnons, là où les deux bateaux s'embrassaient et prenaient l'eau. La coque du vaisseau-amiral avait été déchirée sur trois pas par l'éperon métallique de la corvette dont la proue s'était brisée et affaissée vers l'intérieur.

En utilisant ses lianes vives, le Preneur d'âmes grimpa sur le pont du vaisseau-amiral où il lui fallut quelques instants pour prendre la mesure de la situation.

Une vingtaine de soldats thaumaturges armés d'arbalètes et d'épées enflammées s'était regroupée sur le pont de poupe où, pour le moment, ils tenaient leur position, surélevée par rapport au pont principal. Flous, sous les trombes d'eau vomies par le ciel, ils attendaient pour attaquer ou décocher leurs traits. Derrière eux, deux hommes en armure de combat apparurent, accompagnés par une créature insectoïde de grande taille.

Le Eizihil dont ont parlé le poète et Mamayoun.

Le Preneur d'âmes reconnut ensuite le guerrier aux longs cheveux noirs. C'était le général avec lequel Mamayoun s'était entretenu, à Cendramère. Celui qui avait menacé les Canopéens en général et les Invisibles en particulier. Celui qu'il aurait bien aimé tuer ce jour-là.

Argo de Thrace.

L'autre, plus vieux, plus massif, mais plus calme aussi, était donc *sa* cible.

Déléthérion. Le Régent.

Celui-ci, justement, hurla un ordre et une première salve de carreaux d'arbalètes s'envola en direction des exécuteurs qui eurent tout juste le temps d'anticiper l'attaque. Indemne, Yaguar défourailla ses deux équerres — des épées courbes qu'il pouvait lancer et récupérer ensuite. Accompagné de Tissi-Tassili dont la cuirasse était hérissée de carreaux d'arbalète, il se jeta sur le groupe de soldats qu'ils prirent en tenaille, chacun gravissant une des volées de marches menant au petit pont de poupe.

Épées à la main, les Thaumaturges, qui n'avaient plus le temps de recharger leurs arbalètes, formèrent un simulacre de rempart pour protéger leurs officiers supérieurs. Une défense qui céda dès qu'Ixion attaqua de front, utilisant ses crochets pour se propulser directement dans le groupe ennemi et frapper dès son arrivée quatre hommes en même temps.

Dans la mêlée, véritable chaos, les crochets d'Ixion frappaient avec précision, la lance de Tissi-Tassili tournoyait en sifflant, les équerres de Yaguar fusaient, tranchant les têtes ou les poignets, s'enroulant dans l'air saturé de pluie jusqu'à rejoindre les mains de leur propriétaire.

Attaqué par le Eizihil, Tissi-Tassili tomba le premier, un bras tranché et la tête séparée du tronc. Frappé d'un violent coup de pince, son corps mutilé gicla à plusieurs pas. Submergés par des renforts qui arrivaient de tous côtés, Yaguar et Ixion se mirent dos à dos pour se battre. Les deux officiers magmatiques avaient enflammé leurs épées et participaient à la mêlée, accompagnés par le Eizihil. Ce dernier profita d'une ouverture pour se jeter sur Ixion qui le repoussa en faisant siffler ses quatre crochets et réussit à briser la chitine de son thorax.

Une des équerres de Yaguar glissa sur le gorgerin minéral d'Argo de Thrace et se perdit en mer. L'instant d'après, Yaguar ployait sous les coups des deux officiers thaumaturges, des frappes synchrones qu'il avait de plus en plus de mal à parer avec une seule arme. Ne pouvant plus contenir une telle attaque, il dérapa dans l'eau amassée sur le pont de poupe, et, frappé d'un coup de taille, passa par-dessus bord, l'épaule brisée, la chair ouverte jusqu'à l'os.

Témoin de la scène, Ixion rugit. Un hurlement qui fit cesser le combat un instant. Ses crochets jaillirent en tous sens, mus par les lianes vives qui répercutaient sa colère mêlée de désespoir. Face à une telle furie dévastatrice, coupante comme une pluie de rasoirs, les soldats thaumaturges, terrifiés pour la plupart, reculèrent, laissant à terre une dizaine de leurs camarades, démembrés, décapités. Ixion profita de cette retraite pour se jeter sur Déléthérion et sur Argo. Mais, aussitôt, n'ayant pas vu l'attaque venir, il se retrouva suspendu en l'air, le corps traversé de part en part par la pince droite du Eizihil. Avant que l'exécuteur n'ait eu le temps de réagir, l'insectoïde utilisa sa pince libre pour lui trancher la jambe droite au-dessus du genou, sectionnant du même coup une des quatre ramifications de sa liane vive. L'Eizihil aurait pu le tuer plutôt que de lui trancher la jambe, mais visiblement, il avait décidé de prendre son temps.

Bête immonde !

L'hémorragie artérielle de sa cuisse jugulée par la sève vive libérée à flots par son symbiote, Ixion rugit et attaqua des trois lianes vives en même temps. Il déchiqueta la pince plantée dans son dos avant d'exécuter un saut périlleux arrière pour libérer son corps de l'emprise de l'ennemi. Au moment d'atterrir sur le pont détrempé, il frappa le Eizihil au cou, au thorax et à l'abdomen, et, ses crochets bien plantés dans la chitine, il déchira la bête aux quatre vents, l'éparpillant comme une poignée d'osselets.

Il y eut comme une pause dans la bataille.

Devant Ixion agenouillé, agonisant, les deux officiers en armure rouge attendaient sans bouger. Les soldats qui avaient survécu, avaient formé un arc de cercle, à distance respectueuse, armes à la main, guettant un ordre.

« Déléthérion ! » hurla Ixion alors que ses trois crochets frappaient le pont en cadence.

Le général de Thrace s'avança, l'épée dressée, prêt à frapper.

Le Preneur d'âmes retira son masque d'ambre et regarda, les yeux dans les yeux, le Thaumaturge dont les longs cheveux noirs claquaient dans la tempête. Il comprit que ce dernier attendait simplement qu'il meure de ses blessures, un fin sourire planant sur ses lèvres trop fines. Ixion regarda au-delà du général.

Déléthérion. Ma cible.

« Vous auriez tort de croire que vous avez gagné, chuchota l'exécuteur. Ma mort ne sera pas vaine. »

Argo leva le bras. Ixion sentit que la liane vive commençait à se séparer de son corps, trop désireuse de survivre, de se trouver une nouvelle souche. Bénéficiant encore pour quelques instants de la protection du végétal, le Preneur d'âmes récupéra la lance de Tissi-Tassili et l'utilisa comme béquille pour se redresser.

Argo baissa le bras et plusieurs carreaux d'arbalète volèrent vers Ixion sans pouvoir l'atteindre, brisés par la furie de la liane vive qui ne pensait plus qu'à sa survie.

Se déplaçant comme une araignée sur les trois crochets et sa jambe valide, tenant sa lance à deux mains, Ixion traversa la ligne de soldats derrière laquelle se trouvait sa cible — en les massacrant — et se retrouva alors face au général et au Régent.

Épée à la main, Déléthérion et Argo se mirent à tourner autour de lui, aucun n'osant attaquer.

Le Preneur d'âmes se mourait. Les ramifications de sa liane vive lâchèrent les trois crochets ensanglantés qui tintèrent sur le pont du vaisseau-amiral. Sentant sa partie végétale se détacher de son crâne, Ixion concentra toute sa puissance en un unique geste et projeta la lance de Tissi-Tassili sur Déléthérion... Argo bondit sur le côté pour protéger le Régent. Il virevolta sous l'impact, la lance profondément plantée dans la jambe. Ses poumons semblèrent expirer d'une seule poussée sifflante tout l'air qu'ils contenaient. Incapable de hurler, le général s'écroula la bouche grande ouverte.

Ixion reçut de plein fouet l'assaut de Déléthérion, dont la lame enflammée le traversa de part en part en chuintant. Se sachant bientôt mort, il utilisa la liane vive comme une corde d'étranglement pour retenir le corps massif du Régent contre lui et l'empêcher de récupérer son arme. Tous deux s'accolèrent, luttèrent, et dans leurs efforts pour maîtriser l'autre, c'est Ixion qui trouva la faille le premier. Il poussa de toutes ses forces sur sa jambe valide, aux muscles saturés de sève vive, et bascula par-dessus bord, non sans emporter avec lui l'homme qu'il avait promis de tuer.

Ils étaient trois à couler dans les ténèbres des profondeurs.

Je meurs, trop loin de la forêt.

Ils étaient trois à descendre comme une pierre dans la froidure liquide du monde océanique. Ixion, définitivement libéré de son épiphyte, brûlé par l'eau salée là où la plante avait laissé la chair et les organes à vif. Déléthérion. Et la liane vive qui enveloppait ce dernier. Trois. Ixion savait qu'elle s'était fixée sur le Thaumaturge pour survivre. Une association mutuellement profitable : la liane vive allait aider Déléthérion à regagner la surface, vivant, et celui-ci allait lui servir de souche.

Juste avant de sombrer dans le Monde Noir, Ixion aperçut une silhouette tachetée s'approcher de lui en nageant tel un fauve.

Alors il sourit en se disant que peut-être, oui, il allait mourir dans la forêt.

Peut-être…

« Sukin saya ! »

Ils arrivaient, jaillissant de la forêt comme des projectiles, perçant de leurs ailes véloces de véritables tunnels dans la pluie.

Des bourdons, des chevaucheurs de bourdons géants.

Subjugué par le spectacle de ces renforts inattendus, Johan souriait. Il se tenait au sommet du fortin avec une soixantaine de guerriers coalisés. Ensemble, depuis que les lance-flammes s'étaient tus, à court de naphte, ils inondaient les troupes thaumaturges de flèches et de projectiles divers, parfois improvisés, n'hésitant pas à bombarder leurs assaillants avec leurs propres morts.

L'ennemi les encerclait. Les guerriers rouges, comme les appelait Poliféoun, tenaient les deux chemins de ronde qui partaient du fortin. Ils avaient envahi une bonne partie du bâtiment, notamment toutes les pièces qui se trouvaient au niveau du sol.

Mais aux yeux de Johan, depuis un lithion au moins, les soldats thaumaturges se battaient avec moins d'acharnement. Ceux que le jeune homme avait pu approcher étaient blessés, épuisés ou littéralement rongés par la vermine.

Johan ne pouvait s'empêcher de sourire.

Les renforts arrivent. Sukin saya.

Voûté, pour ne pas gratifier les arbalétriers ennemis d'une cible facile, Poliféoun s'approcha de Johan et lui donna une grande frappe dans le dos.

« On rentre chez nous ! »

Tous les coalisés se massaient maintenant au sommet du fortin et dans les colimaçons d'où ils contenaient la pression thaumaturge avec de grandes lances, couverts par des archers et quelques exécuteurs armés de sarbacanes.

Arrivés au-dessus du chemin de ronde septentrional, les premiers chevaucheurs de bourdons se délestèrent de leur lance sur l'ennemi et chacun attrapa un coalisé au vol.

Johan observa la manœuvre : il suffisait de saisir la boucle de liane accrochée à leur selle et de se glisser à l'intérieur, le plus vite possible, pour ne pas finir pendu, la nuque brisée. À cause des attaques incessantes du vent chargé de pluie et des volées de carreaux d'arbalète, les bourdons ne restaient jamais immobiles bien longtemps.

Quand vint son tour, Poliféoun préféra passer la liane sous le bras gauche de Johan, tout en oubliant de le prévenir. Le sang-mêlé fut arraché du fortin avec une telle violence qu'il manqua perdre connaissance.

Au moment où il rouvrit les yeux, Johan survolait la bande de terre pelée sur laquelle la majorité des coalisés avaient péri, avant même d'atteindre les fortifications ennemies. Broyé par la douleur qui, irradiant de son épaule, avait envahi son corps tout entier, il se sentait détaché du réel.

Je flotte au-dessus de la bataille.

Je rentre chez Anthinée.

Puis, après avoir obliqué au nord-est, le chevaucheur de bourdon et son chargement s'enfoncèrent dans la forêt ténébreuse et humide, étonnamment calme, où gouttait la seconde pluie, cette molle averse qui avait fait un arrêt forcé sur les feuilles des arbres, contre les troncs et les branches. Le chevaucheur de bourdon déposa Johan sur une plate-forme noire de monde, à une ou deux lieues de la plage. Le vol n'avait guère duré. Une femme donna une lance au guerrier qui éperonna aussitôt sa monture — « Ah ! » — pour aller chercher quelqu'un d'autre. Un homme s'approcha de Johan, le félicita, puis lui donna de la nourriture et une outre de sève.

Au cœur amoureux, il n'arrive rien de mauvais.

Pourtant Izéïa était amoureux d'Anthinée et il est mort, comme tant d'autres.

Le Destin n'existe pas, la vie n'est faite que de choix…

J'ai choisi d'aider Égée, j'ai choisi de me battre aux côtés des Canopéens…

CHAPITRE 18

La pluie avait enfin cessé. Seul le vent continuait à souffler avec violence, chargé de toutes les odeurs de la bataille finissante, odeurs de brûlé, odeurs de mort. Premiers remugles de chair pourrissante, de blessures attaquées par la moiteur de la nuit.

Plusieurs capitaines magmatiques au visage crispé et le chirurgien personnel du Régent entouraient Argo de Thrace. Tous silencieux. Comme il ne pouvait être opéré sur une des corvettes chahutées par la houle, Argo avait été débarqué et étendu sur un lit de camp, dans l'une des vastes tentes de commandement. Deux lampes éclairaient faiblement l'endroit. Emmitouflé dans une grande couverture, le général mordait de temps à autre une lanière de cuir pour ne pas hurler. Le long fer de lance que lui avait planté cette *bête sauvage* dans la cuisse était toujours là, le déchirant, le défiant. Seule la hampe avait été retirée — sciée, pour être précis — au prix des pires douleurs.

« Rapport ! hurla-t-il en direction de ses capitaines.

— Nos pertes sont de l'ordre de quatre mille

hommes, annonça un des capitaines, plus de trois mille blessés sont actuellement entassés dans les tentes et la moitié d'entre eux ne passera pas la nuit, à cause de la vermine qui les dévore de l'intérieur. Beaucoup d'officiers sont morts ; l'ennemi a éliminé en priorité les hommes porteurs d'armures de combat ou juchés sur leur chimère. Le moral des troupes est bas, surtout depuis que les hommes ont appris la disparition du Régent et le naufrage du vaisseau-amiral. Et puis... toute la nourriture, une grande partie des réserves d'eau potable, tout est gâché par la vermine.

— Et l'ennemi ?

— Leur armée a été anéantie ou presque. En ce moment, les survivants se replient dans la forêt et nous abandonnent le terrain, ils fuient dans leurs aérostats ou à dos de bourdon. Je fais patrouiller des hommes en lisière. Nous avons gagné. Une victoire magnifique. »

Le capitaine Igniseth — Argo se souvenait maintenant de son nom — ne put s'empêcher de sourire. Un sourire qu'il ravala aussitôt en croisant le regard de son supérieur.

Argo toussa à plusieurs reprises et manqua vomir ses poumons.

« Gagné ? Je devrais vous exécuter pour avoir proféré pareille absurdité, Igniseth. Rendez votre armure, votre anneau sigillaire, *soldat !* et sortez de cette tente pour donner un coup de main au creusement des fosses communes ! Côtoyer quelques cadavres vous permettra sans doute de prendre l'exacte mesure de notre vic... »

Victime de sa colère, Argo toussa de plus belle.

Il dut fermer les yeux quelques instants avant de pouvoir parler de nouveau :

« Je veux que la priorité soit donnée aux blessés, aux soins, à l'acheminement de médicaments, de nourriture et d'eau potable. Je veux que toutes les patrouilles soient rappelées, que tous les hommes se reposent. Et surtout, je veux qu'aucune exaction ou représailles, de quelque ordre que ce soit, ne soit commise contre les populations locales. Aucune !

— Mais...

— Obéissez ! Et tâchez de retrouver le corps du Régent. Qu'on ait quelque chose à ramener à Déméter, puisque nous ne sommes pas près de mettre la main sur l'Armure ! »

Les officiers claquèrent des talons et laissèrent Argo seul avec le chirurgien. Le général toussa à plusieurs reprises et fit signe au chirurgien d'approcher, incapable de se souvenir de son nom.

« Alors, *charcutier* ? Je vais encore garder ce truc longtemps ?

— Le fer est équipé de barbillons placés perpendiculairement au tranchant. C'est une arme vicieuse. Si je bouge la lame, si je tente de la retirer, les dommages seront tels que l'hémorragie vous achèvera.

— J'ai peur de ne pas comprendre... Je ne suis qu'un militaire borné, il faut m'expliquer les choses comme vous les expliqueriez à un enfant...

— Il faut... couper la jambe, au-dessus de la blessure.

— Non, non. C'est hors de question. Il y a forcément...

— Je dois scier au plus vite, assura le chirurgien, puis cautériser les gros vaisseaux sanguins… ou alors, avec cette chaleur et cette humidité, vous serez mort dans deux jours au plus tard.

— Non !

— Il le faut, *Régent.* »

Argo ne put s'empêcher de rire. Il tendit la main et attrapa le chirurgien par le col de sa blouse écarlate, résistant à grand-peine au fou rire nerveux qui le menaçait.

« Je ne suis pas le Régent. Je ne le serai jamais. Jamais ! Scie-moi la jambe, puisque tu en meurs d'envie et trouve-moi une fille, pour que je ne me réveille pas seul de ce cauchemar. Essaye d'en trouver une que la vermine a épargnée. Et de l'alcool.

— Pas d'alcool, Général de Thrace, ça fluidifie le sang.

— Alors contente-toi de la fille », rétorqua Argo en riant.

Un rire qui se transforma bientôt en une toux atroce.

Depuis un lithion ou deux, adossé à un tronc vieux de plusieurs centaines d'années, Johan écoutait les arbres. Il s'était assis sur sa rondache endommagée, entouré par des racines généreuses qui faisaient comme des doigts de géant posés sur le sol. De là où il se trouvait, légèrement à l'écart, il pouvait voir la théorie de plates-formes d'où s'envolaient les ballons-voyageurs qui ramenaient les survivants chez eux.

Quatre-vingt-dix-huit hommes seulement…

Tenir le fortin avait coûté bien trop cher à la coalition. Et sur la centaine de guerriers ayant quitté la villarbre des Invisibles, deux seulement avaient survécu : Poliféoun et Johan.

Un natif et un métis.

Du bout des doigts, Johan caressa la plaie que l'exécuteur avait soignée à la sève vive, une plaie qui le brûlait, mais qui ne lui faisait plus vraiment mal. Nombre de coalisés avaient déjà repris la voie des airs afin de rentrer chez eux et tous étaient venus lui dire au revoir, le remercier pour son aide précieuse.

Aide ? Ai-je vraiment servi à quelque chose ? Ma présence a-t-elle changé en quoi que ce soit le déroulement de la bataille ?

Souriant, Poliféoun s'assit à côté de Johan et lui jeta un baudrier thaumaturge qu'il avait probablement volé à l'une de ses victimes.

« Et maintenant ? demanda le contrebandier.

— On rentre chez nous. »

Nous.

« Avons-nous… gagné ?

— Cette bataille, oui. En y survivant, dit Poliféoun. Mais la guerre est d'ores et déjà perdue. Mon monde meurt aujourd'hui, mes enfants seront thaumaturges, pas canopéens. Ou alors, il nous faudra nous enfoncer encore plus profond dans la forêt, là où les Thaumaturges ne viendront pas nous chercher avant des cycles… Mais je ne suis pas plus triste que ça, car nous nous sommes bien battus et nous pouvons rentrer chez nous, la tête haute. Fiers comme des membres à part entière de l'Ashashin-Mayoud. »

Johan se racla la gorge et cracha par terre.

« Ce que tu dis, Poliféoun, est stupide et d'un égoïsme sans bornes. Moi, je suis triste. Et en colère. Izéïa est mort ; tous les tiens sont morts et nul ne sait où est Ixion. Il n'y a aucune raison d'être heureux.

— Si, il y en a. Des tas. Nous sommes vivants, alors que nous pourrions être morts sans même servir d'engrais aux arbres. Quant à Ixion, il est mort, lui aussi. Dans le cas contraire, il serait ici à dire des choses bizarres et à nous montrer ses trophées. L'un de nous deux sera appelé à devenir le nouvel exécuteur de la tribu ; Mamayoun l'exigera. Ça aussi, c'est une raison d'être heureux.

— Si Ixion est mort, à qui revient l'Armure ?

— L'Armure ? Oh… À Eiroénée, je pense.

— Poliféoun, j'ai une lettre pour Eiroénée. Tout n'est pas perdu. Tu comprends ?

— Non. Une lettre ? Qu'est-ce qu'une lettre pourrait changer à la situation ? »

Le borgne but une gorgée de sève fermentée et ne put s'empêcher de rire :

« Quelle bataille ! Et cette pluie lourde qui n'en finissait pas, à croire que tous les dieux s'étaient mis d'accord pour nous pisser dessus. T'en auras des choses à raconter aux enfants que tu vas faire à Anthinée. Elle sera contente de… »

Johan se dressa d'un bond et saisit Poliféoun à la gorge.

« Tu ne comprends rien ! On peut encore gagner. »

L'autre le repoussa :

« Comment ? Nous n'avons plus d'armée. Les hommes sont morts et il nous faudra prendre chacun trois épouses, déjà qu'une c'est… Les soldats rouges, ils sont des milliers là-bas, certes rongés par la vermine qu'on leur a larguée dessus, mais vivants.

— Ils ont subi de très lourdes pertes, Poliféoun… Ils doutent, j'en suis sûr. On peut leur imposer la paix en utilisant l'Armure. Tu dois m'emmener immédiatement à l'Arbre aux Supplices.

— Hum… L'Arbre aux Supplices ? Tu as raison, c'est bien là que nous allons », annonça Poliféoun en montrant quelque chose du doigt, quelque chose ou quelqu'un qui se trouvait derrière le sang-mêlé.

Johan se retourna et aperçut Yaguar. L'exécuteur à la peau tachetée venait à leur rencontre, grièvement blessé à l'épaule mais vivant. Il portait une chose dans ses bras, une chose enroulée dans un linge. Il salua Poliféoun et Johan avant de déposer son paquet à leurs pieds.

« Il a une femme, annonça Yaguar… Je le rends à sa femme qui pourra ainsi le rendre à la forêt.

— Qui ? demanda Johan en regardant le paquet.

— Le Preneur d'âmes. Qui d'autre ? »

Johan secoua la tête et eut envie de sourire. Un réflexe stupide.

Le paquet est beaucoup trop petit.

C'est impossible, à moins que…

Il se pencha, entrouvrit le ballot et réprima un haut-le-cœur qui manqua de peu de lui vider l'estomac.

« Qu'est-ce qui est arrivé ?

— La liane vive… maintenant elle s'est fixée sur le grand guerrier rouge, celui qui se battait avec la main gauche. Il s'est enfoncé dans la forêt, en abandonnant derrière lui sa cuirasse magique... Désormais, il n'est plus un Thaumaturge. Ni un homme. Il appartient à la Sylve éternelle. »

Déléthérion! Vaincu! Il ne reste qu'Argo de Thrace...

Nous pouvons encore gagner!

« Yaguar?

— Oui, Invisible?

— On m'a dit que tu étais immortel. »

L'exécuteur à la peau tachetée se contenta de sourire.

« Je veux savoir! » s'exclama Johan après avoir refermé le ballot.

Pour toute réponse, l'exécuteur tourna les talons et prit le chemin qui ne manquerait pas de le ramener chez lui.

« Est-il immortel, Poliféoun? Vraiment immortel?

— Nous le sommes tous, Johan. Nous, Canopéens, nous nous inscrivons dans le Cycle. Nous venons de la Sylve et, tôt ou tard, nous y retournerons. Maintenant, il nous faut rendre Ixion à Eiroénée.

— Et récupérer l'Armure! »

Poliféoun partit dans un grand rire et frappa Johan dans le dos.

« Tu es comme le poète! Tu crois encore que le monde peut se plier à ta volonté. Pareils, toi et lui!

— C'était un homme d'honneur, Poliféoun. Il est mort pour qu'Eiroénée ait l'Armure.

— Je ne crois pas.. Il est mort parce qu'il voulait tuer le Régent ; mais tu as raison : il était de ceux qui agissent non pas en fonction de ce que pensent les autres, mais en fonction de ce qu'ils croient juste. Il aurait pu être un grand Sage, ici. À condition d'officier chez les Dévoreurs ou les Mains Écarlates. »

CHAPITRE 19

Après deux jours de voyage — deux journées et une nuit durant lesquels Johan avait beaucoup dormi au fond de la nacelle — le ballon arriva enfin en vue de l'Arbre aux Supplices. Johan, assis, osa un coup d'œil vers Poliféoun qui réduisait la puissance du brûleur central. À ses côtés, Madjid de Cendramère, l'un des quatre-vingt-dix-huit héros du fortin qui, au lieu de rentrer chez lui où personne ne l'attendait, avait décidé de tenter sa chance chez les Invisibles, préparait les bouts pour arrimer la nacelle. Johan se redressa, en prenant soin de ne pas piétiner le ballot contenant la dépouille du Preneur d'âmes et jeta un coup d'œil à l'Arbre aux Supplices. Ce végétal vitrifié, d'un gris que le crépuscule noircissait peu à peu, aurait dû impressionner Johan, le laisser bouche bée... mais non, il venait de survivre à quelque chose de bien plus monstrueux, une bataille qui le hantait totalement, où il avait vu mourir bien trop d'innocents. Et entendu tant de cris et de pleurs.

Il observait l'arbre mort, menaçant, de plus en plus proche et son esprit tout entier se débattait déjà avec le problème suivant : *comment convaincre Eiroénée d'utiliser l'Armure ?*

Poliféoun et Madjid posèrent sans problème le ballon sur une plate-forme et, après s'être annoncés en frappant le grand gong qui se trouvait à la porte d'entrée de l'Arbre aux Supplices, ils laissèrent là la dépouille d'Ixion et retournèrent au ballon. Johan esquissa un mouvement, mais Poliféoun le retint, fermement.

« Laisse-moi passer.

— Non, Johan. Tu es un Invisible désormais, respecte nos coutumes. On passe la nuit ici... Eiroénée va s'occuper du corps et prendre sa décision, seule.

— Quelle décision ?

— Soit elle s'offre à la forêt à la suite de son compagnon, soit elle rentre avec nous à la villarbre pour y enfanter.

— Et pour l'Armure ?

— Je ne sais pas.

— Je *dois* la voir, Poliféoun...

— Non, tu dois respecter son deuil avant tout. »

Le borgne entra dans la petite cabane attenante à la plate-forme d'envol. Là, Madjid avait fait du feu pour préparer de la soupe aux racines et au lard.

« Viens manger, Johan ! hurla Poliféoun depuis le seuil de la cabane. Tu ne peux rien contre le Poing du Destin. Tu lui donneras ta lettre demain ou tu la brûleras. L'avantage d'avoir été vaincu, c'est de n'être plus à un jour près. »

Le regard de Johan s'attarda sur le large tronc de l'Arbre aux Supplices qui se diluait dans les noir ceurs de la nuit. Il observa le grand gong de l'entrée, tendit l'oreille, mais n'entendit rien ni personne. Finalement, il entra dans la cabane et prit l'écuelle que lui tendait Madjid.

« J'ai vu des têtus dans ma vie, mais rien comparé à toi ! » cracha Poliféoun entre colère et amusement.

Demain. Tout sera fini, demain.

Caressée par la timide lueur du tapis de braises au-dessus duquel avait grillé son repas, Eiroénée observait le ballot qu'elle avait tiré jusqu'à la salle à manger de l'Arbre aux Supplices, avec beaucoup de difficulté et une bonne dose de patience. Alors qu'elle reprenait son souffle et épongeait la sueur qui lui barbouillait le visage, elle ne put s'empêcher de se considérer comme une créature étrange, dotée d'un ventre énorme, de jambes immensément lourdes, de seins encombrants et d'un dos sans cesse douloureux.

Après avoir bu une gorgée de sève tiède, Eiroénée s'approcha du paquet et s'accroupit devant lui. Elle tendit la main et hésita, car elle avait une idée précise de ce qui se trouvait à l'intérieur. Puis, refusant de voir ses doigts trembler plus longtemps, elle se décida à entrouvrir le ballot, jeta un coup d'œil à son contenu et, se mordant le poing pour y étouffer son cri, détourna d'abord les yeux puis tout l'ovale du visage.

Le regard perdu dans l'obscurité de la grande salle à manger, incapable de pleurer, de laisser ce rempart céder, elle se lança sans attendre, ne serait-ce qu'un instant, dans les préparatifs de l'inhumation. Utilisant une des dagues ayant appartenu à

Ixion, elle se coupa les cheveux au plus court, s'entamant parfois le cuir chevelu, avant de racler la broussaille noire de son pubis et les deux flammèches sombres qui s'alourdissaient de sueur dans le creux aigre de ses aisselles. Enfin, elle se rongea les ongles des mains, aussi ras que possible, avant de limer ceux de ses pieds.

Après avoir rassemblé ses téguments dans un mortier, elle les pila et les amalgama avec de la boue, de la salive et un peu de suint recueilli par frottis à la source de sa féminité. Elle réserva une partie de cet argile pétri jusqu'à l'homogénéité et vida le reste sur les braises. Une fois le matériau pressé et pressé encore entre ses deux paumes jusqu'à devenir une sorte de galet, elle le déposa au centre d'une grande feuille souple qu'elle plia et ficela à l'aide de deux longues fibres végétales.

D'une main rendue tremblante par l'émotion et le dégoût, s'écorchant les genoux sur le sol trop dur, elle défit le ballot, révélant pan par pan ce qui restait de l'homme qu'elle avait aimé ou, à tout le moins, qu'elle avait essayé d'aimer, à défaut d'y être totalement parvenue.

Ixion était là : une fleur de chair, humide et molle, un fruit écrasé, pulpe divulguée, ni rose ni blanc, aux muscles apparents au travers de plaies exsangues, aux os affaissés, pointant çà et là leurs biseaux ou esquilles. Ixion gisait là, incomplet, méconnaissable.

Refusant d'en voir davantage, elle tourna la tête et chercha du bout des doigts. Elle trouva d'abord le crâne dont manquait toute la partie postérieure, dont la cervelle molle avait commencé à pourrir et s'était répandue dans le ballot, tel un fromage frais lâché d'une coudée. Elle lutta pour entrebâiller les mâchoires du mort et glissa dans la cavité buccale son présent — boue et téguments pétris, celés dans une feuille ficelée. Par ce geste, elle signifiait à la forêt qu'elle partageait le destin de l'homme qu'elle avait aimé, qu'elle l'accompagnait dans la mort comme elle l'avait accompagné dans la vie. Tout ce qui en elle connaissait la croissance ou la floraison, tout ce qu'elle avait abandonné en ce jour allait désormais participer à la lente décomposition du défunt — une dépouille maintenant vouée à devenir un humus nourricier dans lequel les arbres ne manqueraient pas de puiser.

Elle fit descendre ses mains le long du corps inerte jusqu'à trouver la hampe de sexe qu'elle trancha et mit de côté dans une de ces feuilles oblongues qu'elle utilisait pour cuire les légumes à l'étouffée. Sa main s'attarda sur les génitoires qu'elle avait laissés au cadavre et dont la mort n'avait pas oblitéré la douceur. Pas encore.

Maintenant que la dépouille avait été préparée selon la coutume des Invisibles, Eiroénée referma le ballot et glissa le sexe de son amant dans la poche ventrale de sa robe-tablier. Elle coupa un bout de liane long de deux coudées et l'utilisa pour nouer son paquet à chacune des extrémités, le transformant ainsi en une sorte de sac, évoquant ceux qu'utilisent les guetteurs quand ils changent d'affectation.

Sans faire de bruit — car elle ne voulait pas discuter avec les guerriers qui lui avaient ramené le corps de son compagnon —, elle sortit de l'Arbre aux Supplices et rejoignit la strate herbacée. Là, elle s'enfonça dans la forêt ténébreuse, marchant comme un palmipède à cause de son gros ventre dans lequel l'enfant cognait du poing et tapait du pied, marchant voûtée sous le poids du ballot jeté en travers de son dos — un encombrant paquetage dont la corde lui passait entre les seins et lui irritait le cou.

Arrivée dans la proche clairière où Ixion et elle avaient l'habitude de se rendre pour faire l'amour sous la couvée des étoiles, elle posa son ballot et se déshabilla entièrement. Accroupie au-dessus de sa robe-tablier, elle entreprit de mâcher le sexe de son amant, de tirer dessus pour en arracher des lambeaux. Elle recommença deux, trois fois, mais n'eut pas la force d'aller plus loin.

Même à ce moment crucial, je ne suis pas une vraie Canopéenne.

Elle refoula ses larmes, maudit ses pensées, sa faiblesse, et s'obligea à achever la cérémonie. Elle creusa avec ses mains l'humus sur deux pas de long et une coudée et demie de profondeur, travaillant un bon lithion, peut-être plus. Une fois la fosse terminée, elle y poussa le ballot. Ses mains étaient en sang, écorchées. Le bout de ses doigts la brûlait et l'élançait. Se tenant droite au centre de la clairière silencieuse, Eiroénée reprit son souffle et attendit que le bébé arrête de lui donner des coups. Puis, elle recouvrit le défunt de branches et d'humus qu'elle fit glisser avec l'intérieur du pied.

C'est fini.

À peine eut-elle pensé ces trois mots, son ventre

gargouilla et la brûla d'une douleur tout aussi vicieuse que soudaine. Sentant son corps la trahir comme jamais auparavant, elle n'eut que le temps d'accomplir deux pas — mains apposées sur le ventre — pour s'éloigner de la tombe d'Ixion. Et, alors qu'elle n'avait pas fini de s'accroupir, ses viscères compressés par sa matrice lourde de vie à venir se vidèrent en un jaillissement nauséabond et bruyant, pétillant et sifflant comme une bûche de résineux jetée dans les meilleures flammes d'un foyer. Une fois, deux fois, les fèces expulsées en foirant lui brûlèrent le fondement et lui aspergèrent pieds et mollets. Soulagée, le front perlé de sueur, elle respira avec lourdeur, mais aussitôt ses viscères grognèrent, plus fort que la fois précédente. Comprenant qu'il était encore trop tôt pour se redresser, elle se pencha légèrement en avant pour échapper aux éclaboussures et acheva de se vider, déféquant ce qui lui parut être un brouet bouillant chargé de copeaux métalliques. C'est alors que les premières larmes lui vinrent aux yeux, larmes de chagrin et larmes de douleur. Alors elle comprit enfin que c'était fini, qu'Ixion, le père de son enfant à venir, était bel et bien mort.

Mort...

La nuit dévalait le versant de ce temps où la lune commence à se coucher quand Eiroénée se laissa glisser dans l'eau du ruisseau qui, de vasque en vasque, de loin en loin, contournait l'Arbre aux Supplices par l'Orient puis le Midi. L'eau, prisonnière de l'anse où elle paressait, ni froide ni chaude, à une température parfaite à cette période de l'année, l'enveloppa de tous ses doigts et la soulagea partiellement de la brûlure qui lui tisonnait l'anus. Ses seins qui n'avaient jamais été aussi gros semblèrent flotter un instant, se soulevèrent gentiment, puis disparurent sous la ligne ondoyante des flots. Peu après, son visage fit de même, suivant le lent mouvement de l'engloutissement volontaire.

Glissant sur la longue pente de la mort désirée, Eiroénée ferma les yeux. Elle laissa quelques bulles d'air quitter sa bouche et invita le silence de la noyade à la pénétrer de pied en cap.

C'est la soudaine tiédeur, jaillissant de son urètre, qui poussa la jeune femme à sortir la tête hors de l'eau, peut-être pour ne pas risquer de goûter la souillure par les narines ou les lèvres, peut-être parce que la vie dit parfois « non » à la mort par des biais étonnants et qui resteront incompréhensibles à jamais. Une fois la tête hors de l'eau, le buste de la jeune femme suivit le mouvement, puis son gros ventre et enfin le haut de ses jambes d'où coulaient, en perles, l'eau ruisselante et l'urine finissante.

Sur le chemin du retour, Eiroénée ne put s'empêcher de penser à l'enfant qu'elle portait, qui ne verrait jamais son père et qui, elle en avait maintenant la certitude, ne verrait jamais le jour. Elle ne se voyait pas retourner à la villarbre, y affronter Mamayoun et enfanter ensuite parmi les siens — une famille-sève qu'elle avait trahie et abandonnée. Tout comme elle ne pouvait s'imaginer accoucher seule, dans l'Arbre aux Supplices.

Ce n'est pas un enfant que je porte. C'est celui d'Ixion, celui d'un mort, qui portera la mort…

Et je me dois de disparaître avec lui.

C'est la seule solution.

Johan se leva bien après le soleil, à cette heure matinale où la chaleur commence à percer les frondaisons et à descendre dans les sous-bois pour y réveiller, dans un lent secouement, les odeurs de végétaux pourrissants et de présences animales. Après s'être soulagé dans les buissons, il rejoignit Poliféoun et Madjid sur la plate-forme. Les deux hommes se préparaient au départ, vérifiant la baudruche du ballon-voyageur et ses élingues. Ils étaient en train d'inspecter le brûleur qui reposait en pièces détachées sur une couverture noircie par des traces de graisse carbonisée.

« Elle n'est pas venue ? » demanda Johan.

Poliféoun fit non de la tête et, les mains gantées de cambouis végétal, retourna à ses préparatifs.

« Je dois la voir, lui donner la lettre d'Égée. Je dois récupérer l'Armure, avec ou sans elle.

— Si elle n'est pas venue, annonça le guerrier borgne, c'est qu'elle a décidé d'accompagner son compagnon dans l'après-vie.

— Mais elle est enceinte !

— Peu importe… c'est l'enfant de la Sylve avant d'être le sien. Il est comme toutes les choses conçues en ces lieux, destiné à servir d'engrais à la forêt. »

Johan prit sa vengeresse et son baudrier.

« Tu n'as pas besoin de ton arme pour aller voir Eiroénée !

— Poliféoun, Madjid, mes frères d'arme, attendez-moi jusqu'au coucher du soleil, je vous en prie. Après vous pourrez partir. Eiroénée peut choisir sa mort comme elle a choisi sa vie ; mais je dois récupérer l'Armure et le médaillon et j'aurai alors besoin de vous pour porter l'Hérakléion. Je crois que cette armure peut être source de paix. Comprenez-vous ? »

Poliféoun grogna et retourna à son travail, ce qui voulait probablement dire qu'il ne se sentait pas concerné, mais qu'il attendrait jusqu'au coucher du soleil et peut-être même un peu au-delà. Madjid n'avait même pas réagi, sans doute impatient de gagner son nouveau foyer et de s'y trouver une veuve à consoler. Mais l'homme de Cendramère ferait ce que Poliféoun lui dirait.

Johan traversa le pont de corde qui se trouvait au-delà du gong et pénétra dans l'Arbre aux Supplices par l'entrée principale. Après s'être plus ou moins perdu dans la demeure d'Ixion, passant par la grande salle où pétillaient et craquaient quelques braises, il entra dans la chambre encaissée du Preneur d'âmes. L'Armure s'y trouvait, assise sur une sorte de trône de bois grossier lui-même posé sur un grand fatras de fourrures tannées. Eiroénée était allongée au pied de l'Hérakléion, couchée sur le côté, entièrement nue, le cuir chevelu couvert de croûtes noires, une dague à la main, le médaillon de quartz dans l'autre.

Elle pleurait et ses seins énormes se secouaient au rythme de ses sanglots.

Elle ne sait pas quoi faire, quelle décision prendre. Il lui faut choisir entre la dague et le médaillon, la mort et son destin de reine. Je dois l'aider à faire le bon choix. C'est ça mon rôle. C'est pour ça que j'ai survécu à la bataille.

« Eiroénée ?

— Va-t'en, sang-mêlé ! » hurla-t-elle sans se retourner ni se lever.

Comment sait-elle que…

« Tu pues la mort. J'ai assez vu de charognes ! »

Et jamais un véritable Invisible ne serait venu la déranger dans un moment pareil.

Johan faillit obtempérer, conscient qu'il était en présence de la fille d'Yskander, de la dernière représentante légitime des anciens rois de Déméter. Mais il se souvint qu'il était surtout en présence d'une femme quasiment au terme de sa grossesse, une femme qui venait de perdre le père de l'enfant qu'elle portait.

Blessée, détruite sans doute.

« Écoutez-moi, Eiroénée. Je ne bougerai pas d'ici tant que vous n'aurez pas lu la lettre qu'Égée vous a écrite avant de mourir…

— Je sais ce qu'il y a dans cette lettre. Brûle-la ! Et va-t-en, tu ne fais que compliquer les choses. »

Johan s'approcha, s'accroupit et désarma la jeune femme. Elle ne lui opposa aucune résistance, juste un regard assassin. Elle changea de position lentement, en grimaçant, comme si toutes ses forces l'avaient quittée. Johan jeta la dague au loin, dans une poche d'obscurité où elle glissa en tintant.

« Il y a eu une terrible bataille dans la Grande Anse des Sablonneux, Ixion est mort durant cette bataille, mais avant de mourir, il a réussi à…

— Tuer le Régent ?

— Oui et non… disons que maintenant le Régent porte sur lui la liane vive d'Ixion… »

Eiroénée, pour une raison que Johan s'expliquait mal, sembla soudain rassérénée.

« Ce n'est que justice, dit-elle, il appartient à présent à la Sylve, lui qui voulait probablement la posséder… »

Elle leva son visage vers le contrebandier.

« Si tu veux l'Armure, Johan, prends-la. Je te donne le médaillon aussi. Prends tout et va-t-en. »

Johan se dressa et observa longuement l'Armure de quartz, d'une beauté surnaturelle. Il éprouva un fugace élan de dévotion que ses souvenirs d'enfance étouffèrent. Posté sur les toits biscornus du quartier des telluriques, avec sa bande de copains, rien que des mauvais garçons, il avait vu l'Hérakléion lors des fêtes du solstice, plusieurs fois, et avait souvent envisagé de le viser avec sa fronde, pour voir si un caillou le briserait en mille morceaux. Aujourd'hui, juste devant elle, il se demandait la même chose et réalisa que l'Armure ne l'impressionnait pas en tant que telle. Seul comptait ce qu'elle représentait. Seule comptait, il en avait l'absolue certitude, la décision d'Eiroénée. Il avait cru ramener l'Armure, mais il s'était trompé de priorité : c'est d'Eiroénée dont il avait besoin.

« Non, dit-il, je ne peux pas la prendre. Cette armure est vôtre, vous êtes l'Héritière. Quant à l'enfant que vous portez, peut-être est-il l'Élu. Qui êtes-vous pour lui ôter une telle chance ?

— Une chance? Quelle chance?» demanda Eiroénée en s'asseyant et en s'enroulant dans une peau de bête pour couvrir sa nudité.

Son visage était à la fois déformé par le désespoir, bouffi par les pleurs, mais aussi illuminé par une étincelle — d'espoir? — que Johan se devait d'attiser.

«La chance d'avoir pour mère une reine!»

La jeune femme s'étrangla de surprise.

Sans réfléchir, Johan s'agenouilla.

«Reine Eiroénée, je m'adresse a vous en tant qu'enfant des deux mondes. Vous êtes la seule personne qui peut faire cesser la guerre. Je donnerai ma vie pour vous. L'Armure n'est qu'un instrument entre vos mains. Ordonnez et j'obéirai. Mais il faut que vous compreniez: c'est pour vous que tous ces hommes sont morts. C'est pour vous qu'Ixion a essayé de tuer le Régent.

— Et, à tes yeux, cela m'oblige à revêtir l'Armure au risque de tuer l'enfant que je porte?

— Que ce soit l'Armure qui tue cet enfant ou votre dague ou la forêt, ça ne fait guère de différence. Et je ne pense pas qu'il s'agisse d'obligation ou même de devoir. C'est une question de volonté. Volonté de devenir reine, volonté d'avoir une vie au service des autres au lieu d'avoir une mort qui ne fera que les pousser plus avant dans le chaos et les ténèbres.»

Sincère comme il ne l'avait sans doute jamais été de toute sa vie, Johan reprit:

«Acceptez de revêtir l'Armure, ma Reine, ne serait-ce que pour parler avec Yskander, votre père, le grand-père de l'enfant que vous portez. Écoutez ce qu'il a à vous dire. Ensuite, vous prendrez votre décision.

— Et que feras-tu de l'Armure, si je refuse d'y entrer ?

— Je trouverai un moyen de la rendre au peuple de Déméter. Je m'en débarrasserai le plus vite possible. Car si vous refusez le destin qui est le vôtre, je connais désormais le mien, après des années d'errance, et personne, pas même vous, ne m'en privera : j'irai retrouver la femme que j'aime, une Canopéenne, et je vivrai dans la villarbre des Invisibles durant le temps qui me sera accordé, car je suis des leurs, comme l'était ma mère. Et si la guerre doit nous frapper, je prendrai les armes et mourrai pour la forêt-sanctuaire. »

Eiroénée s'emmitoufla encore plus dans sa peau de bête, puis ferma les yeux.

« As-tu déjà senti que tu vivais dans un mensonge permanent ? As-tu déjà senti que ta véritable vie n'était pas celle que tu avais ni celle que tu t'étais rêvée depuis l'enfance ?

— Oui, souffla Johan presque malgré lui. Jusqu'à ce jour, oui. Mais j'ai fini par faire un choix, je ne dis pas que c'est le meilleur, je dis juste que c'est celui qui me convient.

— Je croyais aimer Ixion… En fait, je n'ai jamais cessé de me mentir. Je rêvais d'être Ixion, d'être à la marge d'un monde de toute beauté, d'être postée sur cette marge avec comme seuls plaisirs ceux de la chair, de la nourriture et du meurtre. J'aimais sa marginalité, parce qu'elle faisait écho à mon exil.

J'aimais sa force parce que j'utilisais la mienne pour l'aimer. J'aimais son corps, car il savait me faire crier. Et à aucun moment, je n'ai compris qu'il ne s'agissait pas d'amour, mais de jalousie et d'égoïsme. Je me suis mentie, j'ai menti à mon père, Mamayoun. Je n'ai jamais tué qui que ce soit ; en massacrant les Dévoreurs que je devais attaquer, Ixion m'en a empêché. Et, maintenant que je l'ai perdu, je n'arrive même pas à me tuer. Je ne suis pas Ixion, je ne suis pas celle qu'il a aimée avec la sincérité et la fidélité d'un animal de compagnie. »

Johan se contenta d'acquiescer, se reconnaissant dans l'isolement qui naît du mensonge que l'on s'inflige à soi-même.

« Malgré l'amour de Mamayoun, malgré l'amour d'Ixion, j'ai toujours été seule, loin de la place qui est la mienne, et dont, au moment où je te parle, j'ignore encore tout. Je suis la fille d'un fantôme et il m'est donc impossible de savoir qui je suis… Tu as raison sur un point, avant de me donner la mort ou de choisir une autre voie, je dois rencontrer ce père, ce spectre qui m'a abandonnée. Je dois agir ainsi pour trouver la naissance du cycle, pour accepter enfin ce que je suis, l'accepter pour la première fois de ma vie. Voilà ce que je veux ; ce n'est pas une volonté de reine, ni même une volonté de femme ou de mère, c'est une volonté de petite fille perdue. Sans toi, je n'aurais jamais réussi à l'exprimer…

— Il faut se détruire ou être détruit avant de pouvoir se construire.

— Peut-être… Maintenant laisse-moi, Johan. Si je ne viens pas à votre rencontre avant la tombée du jour, reviens avec tes amis pour récupérer l'Armure et le médaillon. Je ne peux rien faire de plus. »

Johan se releva et obéit à sa reine.

Passant devant le foyer de la salle à manger, où brillaient quelques braises tout juste rougissantes, il y jeta la lettre d'Égée, froissée, maculée de boue, au sceau abîmée et qui, maintenant, fumait. Le pli se recroquevilla et prit feu.

CHAPITRE 20

Maintenant qu'Eiroénée avait pris la décision d'activer l'Hérakléion, en utilisant le médaillon que lui avait confié Égée, l'Armure lui semblait plus belle et plus dangereuse que jamais. Son quartz aux reflets d'améthyste et ses proportions parfaites la faisaient ressembler à une divinité guerrière et non à une effigie réalisée avec génie.

Si la jeune femme avait dû attribuer un élément tutélaire à l'Armure, elle aurait choisi l'air, sans hésiter. Les vents éternels avaient été emprisonnés dans l'Hérakléion — c'est du moins ce qu'Égée lui avait raconté alors qu'ils faisaient le voyage en ballon-voyageur jusqu'à l'Arbre aux Supplices.

Le Souffle Divin.

Eiroénée, confrontée à la beauté brutale de l'Armure, commençait à croire en sa puissance, et, se souvenant de ce qu'Égée lui avait dit des Démiurges et du Dieu-Forgeron, se souvenant du terreau de croyances sur lequel s'étaient développés Déméter et son système de castes, elle comprit la piété du poète et se sentit alors à deux doigts de la partager, prête à sombrer dans les secrets d'une culture qui, jusqu'ici, n'avait jamais été la sienne, prisonnière d'un passé auquel elle n'avait jamais eu accès.

D'une main tremblante, la jeune femme apposa le médaillon sur le front de l'Hérakléion. L'amulette miroita un moment à la surface du quartz, puis disparut, totalement absorbée, ne laissant derrière elle que le dessin faiblissant d'ondes centrifuges troublant à peine le visage lissé.

L'Armure bougea, puis, avec une rapidité stupéfiante car tout à fait silencieuse, elle leva les bras et saisit la jeune femme par les poignets. Eiroénée cria. En vain. La chose froide s'était emparée d'elle. S'obligeant à se calmer, à réguler les battements de son cœur oppressé, la fille d'Yskander préféra se laisser faire plutôt que d'être blessée ou de blesser son enfant.

Halée par l'Hérakléion qui s'était levé de son trône pour mieux la dominer, Eiroénée venait inexorablement au contact du quartz et n'allait plus tarder à se fondre dans le corps divin pour y disparaître.

Dévorée.

Absorbée par l'Armure, Eiroénée redevenait peu à peu la fille du roi Yskander, tuant à la même vitesse la compagne qu'elle avait été et la mère qu'elle avait cru pouvoir devenir. Ses pensées, vie qui se déroule comme une bobine de fil jouée par un fauveton, allèrent à Mamayoun, tournoyèrent autour de la cérémonie de l'Envol, qui avait fait d'elle une femme à plus juste titre que ses premiers saignements ; ses pensées virevoltèrent, telles les feuilles dans le vent de l'hiver venant, lourdes de caresses et de baisers prodigués au corps et surtout au sexe dressé de l'homme qu'elle avait aimé ; ses pensées montèrent vers les étoiles et la lune, tout comme Ixion l'avait parfois montée à travers les frondaisons de la Sylve : elle, assise sur lui, le chevauchant pour prolonger le plaisir, lui, se servant de ses lianes vives pour les élever au-dessus de la clairière où il était maintenant enseveli, s'élever entre les arbres dont les ramures se rejoignent en hauteur et forment la voûte canopéenne, s'élever dans le vertige du plaisir tout en la prenant des deux mains, tout en la saisissant juste au-dessus des hanches fécondes et la faisant aller et venir au rythme parfait des corps qui s'accordent – Ixion, elle, au-dessus du Monde.

Lorsque son ventre plein disparut dans le quartz, les pensées d'Eiroénée se brisèrent en étincelles, retombèrent comme une pluie d'étoiles et l'Armure sembla hésiter. Puis, l'assimilation se poursuivit, plus lentement. La sensation de froid atteignit le seuil de l'intolérable. Il sembla à la jeune femme qu'elle n'était plus qu'un cerveau gonflé de trop de sang, condamné à pulser au fond d'un bocal d'eau glacée. L'étau du gel minéral se referma autour de ses épaules, figea son cou et sa mâchoire, remonta le long et *à l'intérieur* de son nez. La dernière sensation qu'elle emporta du monde extérieur fut le fracas de la glace liquide qui s'engouffrait dans ses oreilles, lui vrillant les tympans.

Maintenant qu'elle se trouvait totalement prisonnière de l'Hérakléion et que l'Armure s'était reconfigurée autour d'elle, elle ne sentait plus le froid du quartz. Elle voyait la chambre d'Ixion comme elle ne l'avait jamais vue, dans sa totalité – chose a priori impossible –, mais aussi avec une précision inouïe dans les moindres détails. Le monde s'était offert à l'extrême résolution de ses nouveaux sens, devenant source d'un vertige de tous les instants.

>> Tu es… autre.

La voix de l'Armure avait résonné en elle et autour d'elle, terriblement puissante. S'efforçant de garder son sang-froid, de ne pas tourner de l'œil, Eiroénée répondit, sans être certaine d'avoir encore une bouche ou une langue pour pouvoir s'exprimer à voix haute.

« Je suis Eiroénée, la fille du roi Yskander. Je suis l'héritière. »

>> Tu es… double.

« Oui… Puis-je parler à mon père ? »

>> Tu n'as pas les attributs de la légitimité.

« Je t'ai dit qui j'étais, mon père confirmera… Je suis l'Héritière et je veux lui parler. »

>> Ta filiation agnatique est confirmée.
Sujet : Yskander. Dernière compilation ?

« Oui », répondit machinalement Eiroénée qui aurait aimé que l'Armure lui explique quel était le problème concernant sa légitimité et le sens de l'expression « filiation agnatique ».

>> Chargement...
...Attente...
...Émergence.

« Bonjour, ma fille. Enfin, nous nous rencontrons.

— Père ?

— Oui, c'est moi... Tu as bien grandi. Tu es une femme maintenant. Et... enceinte ?

— Où êtes-vous ? Je veux vous voir !

— Bien sûr. »

Une image du vieux roi apparut dans l'esprit de la jeune femme, puis occupa tout son champ visuel. Yskander était là, devant elle, de pied en cap, vêtu de ses plus beaux atours. Il la salua. Malgré la voussure de l'âge, il gardait toute sa majesté dans le geste et le port. Il se tenait là, devant elle, légèrement adossé à la rambarde en fer forgé d'un balcon qu'Eiroénée ne reconnaissait pas, surplombant d'immenses jardins fleuris, tandis qu'au loin, les contours de hauts bâtiments s'estompaient dans la brume ou la fumée de milliers de foyers. Il se tenait là, face à elle, et elle ne savait plus quoi dire, faire ou penser.

« Tu es ma fille et tu portes une fille. Un fils nous aurait tant aidé... »

Elle s'arracha à sa contemplation et l'image disparut.

« Un fils... murmura-t-elle.

— Es-tu heureuse ?

— Non, il y a encore peu je voulais mourir. Celui qui m'a fait le don de la fille que je porte est mort. La tribu des Invisibles dans laquelle j'ai grandi a perdu presque tous ses hommes et est menacée par les troupes du Régent, tout comme le reste de la Canopée. J'ai perdu la plus grande part de ce qui a fait mon univers jusqu'à ce jour. Tout ça à cause des hommes qui t'ont assassiné. Et avant ça, à cause de toi, père.

— J'ai toujours voulu te protéger, Eiroénée.

— Et tu as échoué. Ton ami le poète m'a retrouvée. Tes assassins l'ont suivi... Tout ça pour cette Armure qui, je l'espère, va m'aider à sauver ce qui peut l'être...

— Où est Égée ?

— Il est mort.

— Non...

— J'ai refusé de le suivre, refusé d'abandonner la Sylve et mon compagnon pour devenir la reine ou la régente d'un royaume qui ne m'était rien. Alors Égée est rentré à Déméter pour organiser la résistance contre le Régent Déléthérion. C'était il y a plus de six lunes. Le poète a résisté, a perdu patience, a voulu se venger et en est mort. Et avec lui une grande partie de ses compagnons.

— Alors Déméter est perdue.

— Ainsi que la Canopée... Aide-moi, père. Je dois stopper l'armée du Régent.

— Malgré toute sa puissance et sa résistance extraordinaire, l'Armure, seule, ne peut arrêter une armée en marche. Elle risquerait d'être détruite et le savoir qu'elle contient serait perdu... Ce savoir a bien plus de valeur que ma vie ou la tienne. Bien plus. Écoute-moi, Eiroénée, je ne suis ni un grand guerrier ni un grand diplomate. C'est à toi de trouver un moyen d'arrêter la guerre.

— Et que puis-je faire ?

— Demande conseil aux rois qui maîtrisaient l'art de la guerre et celui de la négociation, demande à l'Armure de convoquer un Elysium, une assemblée qui t'aidera à prendre les bonnes décisions. Règne ! Maintenant qu'une tâche t'attend, il me faut te laisser. Nous aurons bien d'autres occasions de parler. »

Pendant un moment, le silence régna dans l'Armure, enveloppant Eiroénée comme un linceul. Le froid, qui avait disparu un temps, se manifesta à nouveau sous la forme d'élancements douloureux fusant depuis son ventre invisible. Elle pensa à son bébé, à sa petite fille. Survivrait-elle ?

« J'ai besoin de stratèges et de diplomates », dit-elle de sa voix la plus ferme.

>> 143 rois sont compilés dans ma mémoire. Beaucoup le furent...

« Je veux parler aux meilleurs. »

>> Combien ?

« Trois », répondit-elle d'une voix un peu tremblante.

>> Sujets : Ptolède le Grand, Nérée l'Aquatique, Clodion Évergète.

Chargement...

...Attente...

...Émergence.

Les trois souverains apparurent devant Eiroénée, jaillis de passés dont elle n'avait jamais entendu parler, vêtus de façon très différente, alliant chatoyances et atours guerriers. Ils se tinrent devant elle, chuchotèrent entre eux et disparurent aussitôt.

« Que se passe-t-il ? »

>> Les sujets sollicités pour l'Elysium ont refusé de t'aider ou même de te parler.

« Pourquoi ? »

>> Parce que tu es une femme. Les compilations ne peuvent agir autrement que leur modèle. Leurs dogmes sont les mêmes. Seul Yskander t'aidera, au nom du lien de sang.

« Comment peux-tu être aussi formel ? »

>> Je garde leur mémoire, je peux anticiper toutes leurs réactions.

« Alors, je dois de nouveau parler à mon père. »

Chargement...

...Attente...

...Émergence.

« Eiroénée ?

— Écoute-moi, père. Il faut que tu convainques les rois d'antan de me prêter leur concours. Ils refusent tous de m'écouter.

— Parce que tu es une femme qui porte en elle une femme... Nulle femme ne peut commander aux rois de l'Armure. Il n'y a jamais eu de reine dans toute l'histoire de Déméter.

— Mais je commande à l'Armure...

— Oui, parce que l'Armure t'a reconnue comme... ma fille... »

Un grand trouble avait pesé sur les deux derniers mots d'Yskander.

« Quoi ?

— L'Armure t'a acceptée alors que tu es une femme, se pourrait-il qu'elle te considère comme... l'Élu ?

— De quoi parles-tu ? Johan lui aussi a parlé d'un élu..

— L'Élu. Celui dont le sacrifice ouvrira une ère de lumière et de paix pour Déméter. C'est un mythe.

— Raconte !

— Il est écrit, dans les *Fragments* de Sothis l'Ancien, l'un des premiers pontifes de Déméter, qu'un jour un être viendra. Ce ne sera pas un roi. Il n'appartiendra ni à la caste des Telluriques ni à celle des Aquatiques ni à celle des Magmatiques. Il ne sera ni marchand ni soldat ni prêtre. Il ne sera ni supérieur ni inférieur, simplement *différent*. Sothis l'Ancien a écrit que l'Élu se manifestera dans une période de crise pour préserver la cité du chaos...

— Continue !

— L'Élu se sacrifiera dans l'Hérakléion pour tous les Thaumaturges. Revivifiant la *Phuséios Théias* par son innocence et son courage, il y perdra son individualité et deviendra la voix que tous entendront. Celle des quatre éléments enfin réunis. Le feu, l'eau et la terre retrouveront l'air. Leur fusion garantira l'équilibre du monde, à la fois physique et politique.

— Les quatre éléments… fusionneront ?

— Symboliquement, oui. Dès lors, la société thaumaturge ne sera plus différenciée mais homogène. Les castes seront oubliées. Le pouvoir ne sera plus hiérarchisé mais également réparti entre tous. L'Ordre cédera sa place à l'Harmonie. L'État lui-même finira par disparaître, car la coercition et les lois ne seront plus nécessaires, la société s'autogérant de l'intérieur. Chaque individu deviendra capable de contrôler la part de feu dans son tempérament, la quantité d'eau dans son cœur, d'air dans son élan, de terre dans son raisonnement, sans aucune contrainte morale, religieuse ou juridique, extérieure à sa conscience. Un bel idéal…

— Cela ressemble un peu à la manière dont s'organisent les tribus de la Canopée… Je vois le motif de tout ceci, je vois la trame qui dort derrière le dessin. Je comprends mieux qui je suis. Je comprends pourquoi j'ai tant souffert, pourquoi j'appartiens à deux mondes sans ressortir vraiment à aucun d'entre eux. Je suis l'Élue, père, du moins c'est ce que semble croire l'Armure. Voilà ma récompense pour toutes les épreuves que j'ai endurées. Il faut que j'essaye… Il faut que je m'impose, non pas comme une reine, mais comme celle que tous attendent. Laisse-moi, maintenant.

— Si c'est ce que tu veux, ma fille.

— Oui. Je le veux. Je le veux ! »

Eiroénée se concentra sur les mots qu'il lui fallait prononcer, sur les conséquences de ces mots.

« Armure ? »

>> Oui.

« Je suis l'Élu. Yskander te le confirmera. ›

>> Tu n'es pas l'Élu. Car c'est par le sacrifice que l'Élu existe, c'est dans sa volonté de codifier ce qui était jusqu'alors simplement compilé. Tu portes l'innocence promise. Tu portes le courage promis. Tu portes les germes de l'évolution promise. Tu peux être l'Élu. Veux-tu te sacrifier ?

C'est un choix personnel, non l'œuvre du Destin, il faut le vouloir pour devenir l'Élu, il faut en accepter au préalable les conséquences. Il y a peu, je voulais mourir et emporter mon enfant avec moi, dans les ténèbres, j'ai déjà accepté toutes les conséquences personnelles du sacrifice…

Eiroénée ferma les yeux, essayant de mesurer ce qu'une réponse affirmative impliquait, essayant de comprendre ce qu'elle allait y gagner, et ce qu'elle allait y perdre. Elle pensa à Johan, à Mamayoun, et à tous ceux qui étaient en danger à cause de cette armure. Puis, elle pensa à ceux qui étaient morts pour qu'elle ait une chance, juste une chance, d'entrer dans l'Hérakléion. Une chance… de changer la face du monde et de faire évoluer les pensées pour des cycles et des cycles.

« Oui », murmura-t-elle, certaine de faire le bon choix, demandant pardon à l'enfant qu'elle condamnait en prenant une telle décision.

De toute façon, née au lendemain de l'anéantissement de ton peuple, tu n'aurais jamais connu ni le bonheur ni ton père.

Il y eut un frisson incoercible à l'intérieur de l'Armure.

« J'accepte le sacrifice ! »

>> Ainsi soit-il.

Soudain, le froid qui berçait la jeune femme se fit plus fort. Des milliers d'aiguilles de quartz se mirent à pousser *à l'intérieur* de l'Hérakléion et Eiroénée sentit que ces pointes se frayaient un chemin sous sa peau, ses cheveux, ses ongles, ses paupières, avant de poursuivre leur progression jusque dans son cerveau et le moindre de ses os, nerf et muscle ; et surtout, là, au plus chaud et au plus profond d'elle-même, dans un enfant qui ne verrait jamais le jour.

Pardonne-moi !

Les esprits de la mère et de son enfant se mélangèrent, quelques instants : ils n'étaient qu'amour et pardon. Puis ils se dispersèrent dans l'océan bouillonnant formé par les mémoires des anciens rois, des compilations que l'initialisation de la codification éparpillait, fragmentait, encore et encore, jusqu'à ne laisser en mouvement que des unités mémorielles fondamentales. Une bouillie rigoureusement homogène et indifférenciée de souvenirs non classés. Alors un tertre commença à se former, par agrégation. Il émergea de l'océan d'informations, grouillant comme une fourmilière frappée par la foudre. Le temps de la dissection avait pris fin, et celui de la reconstruction commença. Attirés les uns par les autres, les souvenirs se cherchaient, s'appariant comme des pierres magnétisées, avant de se regrouper en briques élémentaires posant les fondations d'une nouvelle mémoire, transversale, d'une personnalité unique dans sa diversité.

Le Souffle Divin libérait la mémoire, pour mieux l'enchaîner au rocher de la conscience. La folie aurait pu en résulter. Mais les aberrations s'annihilèrent les unes les autres, tandis que des thématiques émergeaient, tels des continents. La différenciation, peu à peu, s'accentuait. La codification s'opérait. Là, toute l'expérience diplomatique de presque cent cinquante rois s'orchestrait pour donner naissance au Négociateur. Ici, le courage, la ruse, l'intuition, s'enlaçaient et achevaient l'émergence du Stratège. La magnanimité, la constance, la droiture et le sens de la dignité fusionnèrent, toutes mémoires confondues, pour façonner le Juge. Le processus se poursuivit jusqu'à ce que toute la Mémoire fut codifiée, les redondances effacées, les aptitudes optimisées. Vers la fin, les Talents, distincts mais étroitement connectés entre eux, se mirent à vibrer dans l'attente de la dernière étape : l'émergence du Cœur et de l'Esprit. Sans l'intervention d'aucune volonté extérieure, la masse d'informations réorganisées se mit à pulser. Le battement se fit rythme et se répercuta du sommet jusqu'à la base de l'édifice cognitif. Alors, sans raison apparente, la première pensée fusa, éclairant les ramifications thématiques. La tempête de la conscience, au sein de laquelle jamais les vents ne retombent, venait d'éclater.

Maman m'a fait telle que je suis…

La Déesse s'étudia et se rendit compte qu'elle était plus grande que la somme de ses parties, que l'innocence, le don de soi et le courage étaient les bases mêmes de son existence.

Et, en tant qu'être vivant et agissant, elle disposait surtout d'un total libre-arbitre.

Dominé par l'esprit unique qui l'habitait maintenant, l'Armure sublima les dernières parcelles de matière organique qu'elle comportait. Et dans la vapeur aigre-douce de cette sublimation, elle changea de configuration. Elle prit l'apparence d'un corps de femme idéal, mince sans être étique, voluptueux sans être vulgaire. Éternellement nubile pour pouvoir épouser le monde.

L'Hérakléion n'était plus.

Les Anciens Rois n'étaient plus.

Eiroénée et son enfant innommé n'étaient plus.

Il ne restait qu'une Mémoire et une Forme.

Celles de la Déesse, héritière du passé et détentrice de l'avenir.

Tu as bien œuvré, Eiroénée ma mère. Ton sacrifice ne sera pas vain.

Bien au contraire…

Il est le portail par lequel s'élance la Nouvelle Voie, celle qui me mène au Nouveau Monde.

La Déesse quitta l'Arbre aux Supplices peu avant la tombée de la nuit. Elle rejoignit les trois hommes qui attendaient les dernières lueurs du crépuscule sur la plate-forme, non loin de leur ballon-voyageur dont la baudruche alimentée en air chaud se gonflait doucement.

La Déesse connaissait deux de ces hommes: Johan Solon, le sang-mêlé devenu Invisible, sans qui la codification n'aurait jamais eu lieu, et Poliféoun, avec qui Eiroénée était partie faire la guerre aux Dévoreurs.

Elle regarda Johan qui s'agenouillait devant elle et l'invita à se relever d'un geste doux.

«Je suis l'Élue et j'ai besoin de toi, Johan Solon.»

CHAPITRE 21

« Je me demande si on ne pourrait pas replanter les arbres ? » demanda Argo de Thrace en regardant la plaine dévastée qui courait à ses pieds.

Le capitaine à sa gauche éclata de rire, mais ayant croisé le regard de son supérieur, s'arrêta aussitôt.

« C'était une plaisanterie, n'est-ce pas, Général ?

— Non, *soldat*. Depuis que cette saloperie de chirurgien m'a scié la jambe avant d'en cautériser le moignon, j'ai perdu l'habitude de plaisanter. Quant à cette plaine boueuse et pelée, elle a un effet désastreux sur mon moral, d'où mon idée d'y replanter des arbres au plus vite. »

Brûlé par le soleil de la matinée finissante, Argo allait descendre du chemin de ronde et regagner sa tente quand le cor d'alarme grogna longuement. Aussitôt, il fit volte-face sur ses béquilles et, après avoir bloqué celle de droite entre son bras et son flanc, il mit sa main en visière et observa la forêt, si calme, puis le ciel d'orient où trois points bruns grossissaient lentement.

Des ballons-voyageurs.

« Une attaque ? demanda le capitaine qui venait d'être rétrogradé.

— Cela m'étonnerait fort. Que ma garde rapprochée se tienne prête… avec des étendards de trêve.

— Pardon ?

— Vous m'avez parfaitement entendu, *soldat*. Peut-être sont-ils là pour nous rendre l'Armure et mettre fin à ce conflit qui n'a fait que trop de victimes. Tout comme nous, ils ont perdu la guerre. Et personne ne semble plus en mesure de la gagner.

— Vous ne pouvez pas dire ça, Général…

— Ah non ? Non seulement je le pense, mais je le dis… Et personne ne peut m'en empêcher. »

Argo attrapa le capitaine rétrogradé par le bras et le tira à lui.

« Tu as vu ce que la guerre a fait de moi ? Te souviens-tu de l'homme que j'étais, fier, arrogant ? Te souviens-tu de ce jeune capitaine arriviste qui martyrisait ses subordonnés comme sa famille, qui a fini par devenir général en trahissant son roi ? Cet homme est mort, et avec lui la peur qu'il inspirait. Tu as peur de moi ?

— Oui, Mon Général.

— Pourtant, Argo de Thrace est mort… Celui qui a pris sa place pleure la nuit et a du mal à quitter sa couche sans aide, sans gémir. Je n'ai pas perdu que la jambe, *soldat*, j'ai perdu l'ambition. La rage ! Elle s'est envolée. À ton tour de perdre l'ambition, tu n'en vivras que mieux. Es-tu prêt à faire ce choix, pour mieux garder tes jambes ? »

L'homme hésita.

« Oui, Mon Général !

— Tu mens… Tu avais raison tout à l'heure, tu as peur de moi. J'inspire encore un peu de peur. Cela ne va guère durer. Va rejoindre tes amis. Laisse-moi. De toute façon, le temps approche où toi et tes amis viendrez me poignarder, et si ce n'est toi, ce sera un autre, te ressemblant en tous points. »

Sourire aux lèvres, Argo se tourna vers la plage sur laquelle ne campaient guère plus de cinq cents guerriers en pleine possession de leurs moyens ; il avait renvoyé les autres hommes vers Déméter, pour qu'ils y soient soignés, qu'ils s'y reposent et qu'ils puissent manger à leur faim.

Cinq cents hommes qui, comme moi, ont du mal à trouver le sommeil. Cinq cents guerriers qui préféreraient être chez eux, dans leur famille, dans leur cité.

Depuis la fin de la bataille, cinq jours auparavant, Argo de Thrace essayait de trouver une solution au problème politique auquel il était confronté : la disparition du Régent l'avait laissé seul à la tête des armées de Déméter, seul mais sans aucune légitimité et sans la moindre envie de diriger la cité. Il avait toujours été un homme de l'ombre, le fidèle bras droit, et n'arrivait pas à s'imaginer autrement. Au fond, son but avait été le même que celui de Déléthérion : restaurer la monarchie telle qu'elle était à l'origine. Fière et intraitable. Mais, il n'avait pas les épaules pour réussir seul. Il redoutait le retour à Déméter. Théagénès n'était plus, mais nombreux, sans doute, étaient les prélats forts de leurs ambitions personnelles et désireux de commanditer son assassinat. Il lui faudrait lutter au corps à corps pour s'imposer. La guerre civile était probablement inévitable. Le chaos allait éloigner, plus encore que les réformes d'Yskander, le lustre de la monarchie. L'histoire garderait de lui l'image d'un général unijambiste, putschiste, et usant de la violence à tort et à travers, tout en restant incapable de résoudre la situation.

Si je survis aux tentatives d'assassinat… rien n'est moins sûr.

Il grimaça.

Tout en regardant les vagues s'échouer sur la plage, il n'aspirait plus qu'à une seule chose : rentrer chez lui avec l'Armure et permettre à la cité de se trouver un nouveau roi, un *bon* roi, un *vrai* roi qui, peut-être, solliciterait ses services.

Ou peut-être pas. Ce qui serait certainement préférable.

Il pensa à son fils Philippos, à sa maudite épouse Galathéa. Ils lui manquaient, plus encore que sa jambe, plus que son ambition perdue. Il se voyait bien acheter des terres fertiles avec la fortune qu'il avait amassée, engager une famille de métayers et se retirer loin de la cour et de ses faux-semblants. Mais encore fallait-il que le ou les nouveaux maîtres de Déméter lui pardonnent ses crimes passés, ce qui n'avait rien d'évident.

J'ai perdu ma jambe et mon ambition personnelle, j'ai payé…

Croyez-moi, vous tous qui n'attendez que de me juger ou, pire, m'avez déjà jugé, j'ai payé cher mon allégeance à Absû Déléthérion…

Les ballons-voyageurs se posèrent sur la plaine pelée presque un lithion plus tard. Marchant avec ses béquilles, encadré de sa garde rapprochée, caressé par l'ombre des étendards de trêve qui claquaient sous le vent venu du large, Argo fit face aux arrivants et manqua s'écrouler à terre quand il vit qu'il ne s'agissait pas de guerriers, mais d'enfants, de femmes et de vieillards. Descendant des ballons-voyageurs, ils formaient un groupe, hétéroclite et silencieux. Et, soudain, elle apparut.

L'Armure ?

Elle a… changé.

L'Armure n'avait plus rien de martial ou d'agressif. Ses lignes étaient désormais altières… résolument féminines.

Comment est-ce possible ?

Argo resta la bouche grande ouverte. Un peu hébété, il regarda l'Armure transfigurée se déplacer avec une souplesse et une grâce inattendues, venir à sa rencontre, tout en aidant le sage Mamayoun à marcher à ses côtés. Trois hommes les suivaient à faible distance. Ils étaient les seuls à être armés. L'un d'eux était manifestement moitié canopéen moitié thaumaturge.

Solon, sans doute.

Argo s'étonna de n'éprouver aucune envie d'arrêter ce pilier de la défunte résistance.

Lorsque le couple de tête arriva à sa hauteur, Argo remarqua que l'Armure avait désormais un visage.

Un visage de jeune femme…

« Eiroénée ? murmura Argo en tremblant

— Non, Général de Thrace, je ne suis pas Eiroénée. Je suis sa fille. Je suis l'Élue.

— C'est impossible…

— Et pourtant, c'est la pure vérité. Je suis l'Élue annoncée par Sothis l'Ancien. »

Argo se perdit dans la contemplation du visage de cristal dans lequel se reflétaient ses propres traits, déformés, usés par la défaite et l'amputation.

De façon tout à fait inattendue, le poids qui pesait sur son cœur s'évanouit.

« L'Élue… Allez-vous revenir à Déméter ?

— Je ferai plus encore que cela, Général. »

L'Élue tendit ses bras de quartz vers le ciel et d'une voix qui semblait venir de toutes parts, du ciel, du soleil, de la terre, de l'océan, énonça sa première et son ultime promesse :

« ***Là où il y a la guerre, j'apporterai la paix.***
Là où il y a la paix, j'apporterai la prospérité.
Là où il y a la maladie, j'apporterai la guérison.
Là où il y a la famine,
j'apporterai l'opulence et le réconfort.
Là où il y a la haine, j'apporterai l'amour.
Là où il y a le crime, j'apporterai justice et pardon. »

Puis, reportant toute son attention sur Argo, elle ajouta :

« Général de Thrace, je te pardonne tes crimes passés. Et réclame ton aide pour sauver Déméter. Me l'offres-tu ? »

Incapable de répondre, ni même de s'arrêter de trembler, Argo se contenta de hocher la tête. Il aurait aimé s'agenouiller dans la boue, mais il ne le pouvait pas.

Maudite jambe !

« Fais rassembler les troupes, Général. Qu'elles embarquent sur tous les navires disponibles. Nous rentrons à Déméter annoncer la fin de la régence et le début d'une nouvelle ère. »

Argo, subjugué, s'inclina une nouvelle fois et recula vers sa tente.

La Déesse s'adressa alors à Johan Solon et à Mamayoun.

« Adieu, mes amis *Invisibles*. Peut-être nous reverrons-nous un jour…

— Si vous avez besoin de moi, illuminez l'Arbre aux Supplices et j'accourrai, Déesse. »

Johan avait parlé sans réfléchir.

Mamayoun, lui, sourit.

« Je suis fier de toi, ma fille.

— La part d'Eiroénée en moi l'a toujours su, Mamayoun.

— Puisse votre traversée être facile, dit Johan.

— Elle le sera. »

La Déesse leva un bras et, instantanément, une brise se leva, penchant la ramure vers le large.

Épilogue

Depuis combien de temps n'était-il plus l'homme vêtu de rouge qu'il rencontrait encore parfois dans ses rêves ? Depuis combien de temps vivait-il dans la forêt en bordure de plage, à chasser, à se balancer de branche en branche, à se soulager dans les rivières, à jouer avec les vagues et à éviter les étendues d'eau stagnante comme Liane le lui avait appris ?

Il ne savait plus, ne voulait plus penser à ces choses qui étaient maintenant derrière lui, surtout depuis qu'il avait trouvé la caverne, non loin des bruits de tonnerre produits par l'océan occidental ; cette belle tanière humide et fraîche où il faisait son feu, cuisait sa viande de trois jours faisandée et entassait les objets qu'il ramenait de ce champ de bataille déserté depuis peu… des bris de guerre extirpés d'une boue nauséabonde qui n'avait pas encore eu totalement le temps de sécher.

Dans son nouveau foyer, tiédi par les globes de lumière tombée des torches trempées dans l'huile végétale et la noire résine des arbres à piquants, il nettoyait les épées brisées, retirait le sang caillé prisonnier d'infimes interstices, astiquait les boucliers, les morceaux d'armure, les flèches et carreaux constituant son précieux trésor. Le plus beau de ses trophées était un médaillon octogonal de couleur sombre. Il l'avait suspendu de telle manière qu'il danse au-dessus du brasier et jette mille éclats. Il pouvait passer des heures à le contempler. Là, entre les rires de son parfait contentement, il était passé de l'autre côté de sa mémoire comme l'on passe de l'autre côté d'une montagne, pour se perdre dans la froidure de ses ombres. Et, dans l'obscurité terreuse percée par la barbe translucide des racines descendues du monde d'en haut, allongé entre les fourrures de bêtes qu'il avait lui-même tuées, il rêvait des reflets exquis de son grand trésor amassé et à jamais en devenir.

Heureux... pour la première fois de sa vie.

Conscient au réveil que, inscrit dans le Cycle bien souvent évoqué par la Liane, il avait parfaitement réussi sa seconde et ultime naissance.

DÉDICACE EN FORME DE REMERCIEMENTS...

Ce *Double corps du roi* « nouvelle version » est :

Pour tous ceux et celles qui me soutiennent activement, à commencer par Olivier Girard, Pascal Thuot, Xavier Mauméjean et évidemment Ugo. Sans eux, il y a longtemps que j'aurais arrêté d'écrire.

Et pour ma petite femme qui commence à comprendre qu'elle aurait mieux fait d'épouser un riche orthodontiste.

T.D.
(thomasday71@hotmail.com)

... ET REMERCIEMENTS EN FORME DE DÉDICACE.

Ce (deuxième) *Double corps du roi* est :

Pour Thomas qui voit au-delà des difficultés, même s'il a une étrange manière de les affronter.

Pour Khy Dumay, qui a élevé l'art de la soupe à la hauteur de la cérémonie du thé.

Pour mon épouse, Anne, qui a supporté une courte absence juste après une longue.

Pour ma fille, Margot, qui devra juger de ces lignes, et de bien d'autres, le moment venu.

Pour tous ces merveilleux compositeurs qui me font écrire pendant des heures.

Pour tous les amoureux de l'Histoire, à jamais inscrite entre idéaux et cauchemars.

U.B.
(ugo.bellagamba@club-internet.fr)

DES MÊMES AUTEURS

De Ugo Bellagamba et Thomas Day

Aux Éditions du Bélial'

L'ÉCOLE DES ASSASSINS, 2002

Aux Éditions Mnémos

LE DOUBLE CORPS DU ROI, 2003 (Folio Science-Fiction n° 278)

De Ugo Bellagamba

Aux Éditions du Bélial'

LA CITÉ DU SOLEIL (Folio Science-Fiction n° 215), 2003

De Thomas Day

Aux Éditions Gallimard

LA VOIE DU SABRE (Folio Science-Fiction n° 115), 2002
L'HOMME QUI VOULAIT TUER L'EMPEREUR (Folio Science-Fiction n° 206), 2005

Aux Éditions Denoël

RESIDENT EVIL, 2002

Aux Éditions du Bélial'

SYMPATHIES FOR THE DEVIL, 2000
LES CINQ DERNIERS CONTRATS DE DAEMONE ERASER, 2001
STAIRMAYS TO HELL, 2002
LA CITÉ DES CRÂNES, 2005

Aux Éditions Mnémos

RÊVES DE GUERRE, 2001

L'INSTINCT DE L'ÉQUARRISSEUR (Folio Science-Fiction n° 188), 2002

Aux Éditions Baleine

N.OUS R.ÊVIONS D'A.MÉRIQUE, 2002

Composition IGS,
Impression Société Nouvelle Firmin-Didot
à Mesnil-sur-l'Estrée, le 10 avril 2007.
Dépôt légal : avril 2007.
Numéro d'imprimeur : 84814.

ISBN 978-2-07-034194-8/Imprimé en France.

146554